クリスティー文庫
51

ポアロ登場

アガサ・クリスティー

真崎義博訳

POIROT INVESTIGATES
by
Agatha Christie

Translated by
Yoshihiro Masaki
Published 2024 in Japan by
HAYAKAWA PUBLISHING, INC.
This book is published in Japan by
arrangement with
AGATHA CHRISTIE LIMITED
through TIMO ASSOCIATES, INC.

目次

ポアロ登場

〈西洋の星〉盗難事件

The Adventure of 'The Western Star'

私はポアロの部屋の窓際に立ち、ぼんやりと下の通りを眺めていた。

「どうも変だぞ」私は思わず大声を出した。

「どうしたんだ？」快適な椅子に深々と坐っているポアロが落ち着いた口調で訊いた。

「ここから見えることを言うから、推理してみてくれ。まず、高そうな服を着た若い女性がいる――ファッショナブルな帽子と豪華な毛皮が目を惹くな。家並みを見上げながらゆっくりと歩いて来る。彼女は気づいていないようだが、三人の男と中年の女がひとり、彼女をつけている。四人のところへ使い走りの少年が来たぞ。若い女性を指差して、身振り手振りで何か言っている。どういうドラマがはじまったんだろう？　若い女が詐欺師で、四人組のほうは彼女を逮捕しようとしている刑事なのかな？　それとも四人組のほうが悪党で、純真な彼女に狙いをつけているのか？　名探偵はどう推理するかな？」

「名探偵はね、きみ、いつだっていちばん単純な方法を選ぶものだよ。立ち上がって自分の眼で見るのさ」こう言って、我が友も窓辺へやって来た。

一目見るなり、ポアロはうれしそうにクスクスと笑った。

「相変わらずきみの言う事実というやつは救いようのないロマンティシズムに染まっているな。あれは映画スターのミス・メアリ・マーヴェルじゃないか。彼女に気づいたファンたちが追いかけているのさ。ちなみにね、ヘイスティングズ、そんなこと、彼女は先刻ご承知だよ！」

私は笑った。

「それで説明はついたわけだ！　だがな、ポアロ、それで点数を稼いだなんて思わないほうがいいぞ。彼女の正体を知っていさえすれば、誰にだってわかることなんだ」

「そのとおり！　ところで、きみはメアリ・マーヴェルの映画をどれくらい観た？」

考えてみた。

「十回以上かな」

「ぼくはね、たったの一回なんだよ！　それでもぼくには彼女がわかったのに、きみにはわからなかったんだ」

「スクリーンの彼女とは全然ちがうからさ」私は蚊の泣くような声で言い返した。

「まったく！　やれやれだ！」ポアロは大声で言った。「きみは、彼女がカウボーイ・ハットをかぶったり、アイルランド娘のように髪をやたらとカールさせたりして、素足のままロンドンの通りを歩くとでも思っているのか？　きみの観察はいつも的外れなんだ！　ダンサーのヴァレリー・サンクレア、彼女の事件を思い出してみるといい」

私はかすかに苛立ちを覚えて肩をすくめた。

「でも、がっかりすることはないよ」ポアロは落ち着いた声音で言った。「誰もがエルキュール・ポアロのようになれるわけではないんだからね！　ぼくだって、それくらいのことはよくわかっているよ」

「きみほどの自信家はいないな！」私はおかしさ半分、苛立ち半分でこう言った。

「きみはどうなんだ？　独創的な人間はそれを心得ているものさ！　ほかの人たちも同感だろうね――ぼくの考えにまちがいがなければ、ミス・メアリ・マーヴェルもね」

「何だって？」

「まちがいなく彼女はここへ来る、ということだよ」

「なぜそんなことがわかるんだ？」

「単純明快さ。この通りは高級な通りではないんだよ、きみ。一流の医者がいるわけでもなければ、一流の歯医者がいるわけでもない――もちろん、流行の先端を行くような帽子屋があるわけでもないんだ。だがね、一流の探偵ならいる。そうとも、ぼくのことさ――ぼくは一流、それも最先端の一流なんだ！　世間ではみんながこう言っているよ。『どうしたんだ？　金のペンケースをなくしたって？　だったら、あの小柄なベルギー人のところへ行けばいい。彼は優秀なんてもんじゃないからな！　みんな、彼のところへ行くんだ。さあ、急いで！』そうして、誰も彼もがやって来る！　群れをなしてな！　愚にもつかない問題を持ち込んでくるんだ！」階下でベルが鳴った。「言っただろ？　あれはメアリ・マーヴェルだよ」

今回もまた、ポアロの言うとおりだった。しばらくするとアメリカの映画スターが案内されてきたので、私たちは立ち上がった。

メアリ・マーヴェルは文句なしにもっとも人気のある映画女優のひとりだ。彼女は、やはり映画俳優である夫のグレゴリー・B・ロルフと共に、つい最近イギリスへやって来た。二人は一年ほど前にアメリカで結婚し、イギリス訪問はこれがはじめてだった。イギリスでの歓迎ぶりは大変なものだった。誰も彼もがメアリ・マーヴェルに熱狂していた――その素晴らしい服、毛皮、宝石。なかでも、この持ち主に相応しく〈西洋の星〉と呼ばれるダイアチンドは特に賞賛の的だった。五万ポンドという巨額の保険をかけたといわれるこの有名な宝石については、真偽はともかく、さまざまなことが書かれていた。

　ポアロといっしょにこの美しい依頼人に挨拶をしていると、こうしたことが私の頭をかすめていった。

　メアリ・マーヴェルは小柄でほっそりしたからだつきをし、見事な金髪に少女のような顔、無邪気なブルーの大きな瞳をしている。

　ポアロが椅子を勧めると、彼女はすぐに話をはじめた。

「ムッシュ・ポアロ、あなたには愚か者だと思われてしまうかもしれませんが、昨夜、クロンショウ卿に、甥ごさんが亡くなったときの謎を見事に解いたあなたのお話をうかがいまして、私もぜひあなたに相談しなければ、と思ったのです。グレゴリーの言うとおり、ただの悪ふざけかもしれませんが、私としては心配で心配で」

　彼女がここでことばを切って一息つくと、ポアロは励ますように微笑んだ。

「先をつづけてください、奥さん。おわかりでしょうが、私はまだどういうことなのか存じませんので」

「手紙なんです」メアリはハンドバッグを開け、三通の手紙を出してポアロに渡した。

ポアロは三つの封筒をじっくり調べた。
「安物の紙ですね――住所と名前はていねいに活字体で書いてある。中身を拝見しましょうか」こう言って、彼は手紙を引き出した。
ポアロのそばへ行っていた私は、彼の肩越しに覗き込んだ。文面は一行だけで、封筒と同じようにていねいな活字体で書かれていた。

神の左眼であるあの大きなダイアモンドは、元の場所へ戻らなければならない。

二通目の手紙も一通目とまったく同じ内容だったが、三通目はより具体的だった。

あなたは警告を受けた。が、従わなかった。それゆえ、あのダイアモンドはあなたのもとから奪われるだろう。満月の夜、神の左右の眼である二個のダイアモンドは元の場所へ戻ることになるだろう。そのことを、ここに記しておく。

「最初の手紙は冗談として片づけました」メアリ・マーヴェルはこう説明した。「二通目を受け取って、これは変だなと思いはじめました。三通目が届いたのは昨日ですが、思っていた以上に事は深刻かもしれない、そう感じたのです」

「三通とも、郵便で配達されたのではありませんね」

「ええ。手渡しでした――中国人が来て。私にはそれが恐ろしいのです」

「なぜですか？」

「三年前にグレゴリーがあのダイアモンドを買った相手が、中国人だったからです」

「どうやら、あなたは手紙に書かれているダイアモンドが――」

「ええ、〈西洋の星〉のことだと思っています」メアリが答えた。「そうなんです。グレゴリーがよく覚えているのですが、あの宝石には因縁話があるのにその中国人は何も言わなかったそうです。その中国人はひどく怯えた様子で、一刻も早くそれを処分したがっているようだった、グレゴリーはそう言っています。売値も相場の十分の一だったそうです。それで、私への結婚プレゼントに買ったのです」

ポアロは考え込むように頷いた。

「信じられないような伝奇的なお話ですね。まあ――どういうことなのかよくわかりませんが。ヘイスティングズ、すまないがその暦を取ってくれないか」

私はそれを手渡した。

「ええっと」ポアロはページを繰りながら言った。「次の満月はいつかな？　あった、今度の金曜日だ。あと三日あるな。ところで、奥さん、私の意見をお聞きになりたいということなので――お聞かせしましょう。いまの面白いお話は悪ふざけかもしれません――ですが、そうでないかもしれない！　ですから、今度の金曜日が過ぎるまで、そのダイアモンドを私にお預けになることを強くお勧めします。そうすれば、私たちとしてもさまざまに策を講ずることができますからね」

女優の顔がかすかに曇り、ためらいがちに言った。

「それは、無理だと思います」

「いまお持ちなんでしょ――ねっ？」ポアロは疑うような目を向けた。

彼女はちょっとためらいを見せていたが、すぐにドレスの胸元に手を入れて細く長い鎖を引き出した。そして、少し身を乗り出すようにして手を開いた。掌には白い炎のように輝くプラチナ台の宝石が載り、私たちにおごそかな瞬きを向けていた。

ポアロが思わず息を呑んだ。

「これは見事だ！」彼は呟いた。「ちょっとよろしいですか、奥さん？」こう言って宝石を手にするとじっくり調べ、小さく会釈して彼女の手へ戻した。「目の覚めるような宝石だ――傷ひとつない。ほんとうにびっくりしました！　いつもこんな風に持ち歩いているのですか？」

「いえいえ、とんでもありません。いつもはとても気をつけているんですよ、ムッシュ・ポアロ。ふだんは鍵のかかる宝石箱に入れて、ホテルの金庫に預けているんです。私たちが泊まっているマグニフィサント・ホテルの金庫です。今日は、あなたにお見せするために持ってきたのです」

「で、このポアロの忠告どおり、私にお預け願えるんですよね？」

「それがですね、ムッシュ・ポアロ、金曜日にはヤードリー猟場へ行って、ヤードリー卿ご夫妻のところに何日か滞在することになっているんです」

これを聞いて、私のなかでおぼろげな記憶がよみがえってきた。ゴシップがあったような気がするんだが――何だったか？　何年か前にヤードリー卿夫妻がアメリカを訪問したとき、卿は女友だちに誘われて遊びまわっていたという噂が流れたが――もっとほかにもあったなあ……ヤードリー夫人とカリフォルニアの〝映画〟スターが絡んだゴシップだった――そうだ！　思い出したぞ――あのグレゴリー・B・ロルフだ。

「ムッシュ・ポアロ、これは内密のことなのですが」メアリ・マーヴェルの話はつづいていた。「ヤードリー卿と取り決めをしまして、あそこにある彼の古い邸宅で映画の撮影をするかもしれないんです」

「ヤードリー猟場で？」興味津々になり、私は思わず大きな声を出してしまった。「あそこはイギリスの名所のひとつなんですよ」

メアリは頷いた。

「ええ、封建時代の古い建物だそうですね。でも、ヤードリー卿がかなり高額の使用料を求めているので、撮影が実現するかどうかはまだわかりません。ですが、グレッグも私もお仕事と遊びをいっしょにするのが好きですから」

「思い違いだったらお許し願いたいんですが……ヤードリー猟場へそのダイアモンドを持って行かれるようなことはありませんよね？」

一見幼く見えるメアリの目に抜け目のなさそうな硬い表情が浮かび、そのせいで急に彼女が老けて見えた。

「向こうで着けたいんです」

「たしか」私は出し抜けに言った。「ヤードリー・コレクションにも有名な宝石がありましたね？　大きなダイアモンドとか」

「そのようですね」メアリは素っ気なく答えた。

「そういうことか！」ポアロの呟きが聞こえた。そして、いつもの声でいつものごとく、超人的な勘を働かせて的を射るようなことを言った（彼はもったいぶってこれを心理学だと称しているが）。「ということは、あなたご自身かご主人が、ヤードリー夫人とお知り合いなのですね？」

「三年前に彼女が西部を訪問されたときに、グレゴリーがお目にかかっています」メアリはそう答えてしばらくためらっていたが、不意にこう訊いた。「お二人は《ソサエティ・ゴシップ》をご覧になっていらっしゃいますか？」

いささか恥ずかしかったが、私たちはばつの悪い言い訳をした。

「私がお尋ねしたのは、今週号に有名な宝石についての記事が載っていて、妙なことが書かれていたからなのですが――」彼女はここで話をやめてしまった。

私は立ち上がり、部屋の反対側にあるテーブルからその新聞を持ってきた。彼女はそれを受け取り、記事が載っているページを開いて声に出して読みはじめた。

……他の有名な宝石のなかに、ヤードリー家の所有になる〈東洋の星〉というダイアモンドを加えてもよいだろう。現在のヤードリー卿の祖先が中国から持ち帰ったもので、それにまつわるロマンティックな物語があると言われている。その物語によると、このダイアモンドはかつてある寺院の神像の右眼だった。そして、左眼には形も大きさもそっくりなもうひとつのダイアモンドがはめ込まれていたが、これもいつか盗まれる運命にあるという。〝片方の眼は西へ、もう一方は東へ行くが、やがて二つのダイアモンドはふたたび出会い、ともに意気揚々と神のもとへ戻るであろう〟というのだ。興味深い偶然だが、このダイアモンドの形と大きさにぴたりと当てはまるものが存在し、〈西洋の星〉あるいは〈西部の星〉と呼ばれている。現在は、有名な映画スターのミス・メアリ・マーヴェルが所有している。この二つの宝石を比較してみるのも興味深いことだろう。

メアリ・マーヴェルが新聞を置いた。

「素晴らしい！　まちがいなく一級のロマンスだ」ポアロはこう言い、メアリに顔を向けた。「心配ではないんですか、奥さん？　迷信が怖くはないんですか？　シャム双生児のような二つの宝石を引き合わせたらそこへ中国人が現われて、あっという間に盗まれたあげく中国へ持ち帰られてしまう、そんな不安はないんですか？」

ポアロはからかうような口調で言ったが、私にはその奥に本音があるように思えた。

「ヤードリー夫人のダイアモンドが私のものほど素晴らしいとは思っていませんから」メアリは言った。「とにかく、見てみるつもりです」

そのあとポアロが何を言うつもりだったのか、私にはわからない。というのも、ちょうどそのときドアが開き、目を見張るような二枚目が部屋へ入ってきたのだ。カールした黒髪からエナメルのブーツの先まで、まさにロマンスの主人公にふさわしい男だった。

「迎えに来ると言っただろ、メアリ」グレゴリー・ロルフが言った。「ちゃんと来たよ。で、ぼくらが抱えている問題について、ムッシュ・ポアロは何と？　ぼくが言ったように、ただの悪ふざけだと？」

背の高いスターを見上げ、ポアロが笑みを見せた。二人は滑稽なほどのコントラストだ。

「悪ふざけかどうかはわかりませんが、ミスタ・ロルフ」ポアロが素っ気なく言った。

「奥様には、金曜日に宝石を持ってヤードリー猟場へ行くのはおやめになったほうがいいと申し上げました」

「その点については私も同感です。メアリにもそう言ったのですよ。ところが！　彼女もやはり女でしてね。宝石くらべとなると他の女性にはどうしても負けたくないのでしょう」

「ばかなことを言わないで、グレゴリー！」メアリが顔をまっ赤にして語気鋭く言った。

ポアロは肩をすくめた。

「奥さん、私の意見は申し上げました。これ以上、私にできることはありません。では、お引き取りを」

ポアロは会釈して二人をドアから送り出した。

「いやはや！」彼はこう言いながら戻ってきた。「女の話となるとな！　さすがは旦那だ、彼の言うことは図星だよ――それにしても、扱いが下手だ！　まったくもってだめだな」

「ぼくもそう思ったよ。やはりこれには何か裏があるな。ちょっと失敬して外の空気を吸ってくる。すぐに戻るから待っていてくれ」

私がかすかに思い出したことを言うと、ポアロは大きく頷いた。

椅子に坐ってうとうとしていると、大家がドアをノックして中を覗いた。

「またミスタ・ポアロに会いたいという女の人が来ていますよ。彼は留守だと言ったんですが、田舎から出てきたらしく、待たせてほしいと言うんです」

「そういうことなら通してくれないか、ミセス・マーチンソン。私にも役に立てることがあるかもしれない」

私が答えると、すぐにその女性が入ってきた。彼女が誰かはすぐにわかり、心臓が高鳴った。ヤードリー夫人の写真は社交界の新聞各紙に載るので、知らぬ者はいないだろう。

「どうぞお掛けください、ヤードリー夫人」私は椅子を勧めて言った。「友人のポアロは外出中ですが、すぐに戻ってきますので」

彼女は礼を言って腰を下ろした。メアリ・マーヴェルとはまったくタイプのちがう女性だ。長身に黒い髪、輝く眼に貴族的な青白い顔——だが、口元にはどことなく物言いたげな表情が浮かんでいた。

ぜひ相談にのってあげたいと思った。いいじゃないか。ポアロがいるとなかなか口もはさめない——出る幕がないのだ。こう見えても、私にだって探偵のセンスはかなりある。不意の衝動に駆られて身を乗り出した。

「ヤードリー夫人、ここへいらした理由はわかっています。ダイアモンドのことで脅迫状が届きましたね」

図星だったにちがいない。頰から血の気が失せた彼女が口を開いた。

「ご存知ですの？」彼女は喘ぐように言った。「いったい、なぜ？」

私はにっこりした。

「純粋な論理的思考ですよ。メアリ・マーヴェルが警告の手紙を受け取ったとなれば——」

「メアリ・マーヴェルですって？　ここへいらしたのですか？」

「たったいま、お帰りになったところです。いま申し上げましたように、双子のダイアの片方をお持ちのマーヴェルさんが謎の警告を受けたのですから、もう一方をお持ちのあなたも、当然、同じような警告を受けたものと考えられるわけです。どうです、単純明快でしょ？　私の推理が正しければ、あなたも謎の警告を受けたはずですが？」

彼女は私を信用してよいものかどうか迷っている様子だったが、やがてかすかな笑みを浮かべて頷いた。

「おしゃるとおりです」彼女は言った。

「あなたのところへも直接届けてきたのですか？——中国人が？」

「いいえ、郵便で来ました。それより、マーヴェルさんにも同じことがあったというのですね？」

私がもう一度、午前中にあったことを話すと、彼女は注意深く聞いていた。

「まったく同じですね。私に届いた手紙は彼女が受け取ったものと同じです。たしかに私には郵便で届きましたが、それには奇妙な匂いが染み込んでいました——神像のまえに立てるお線香《ジョス・スティック》のような匂いです——それで、すぐに東洋を連想したのです。いったいどういうことなのでしょう？」

私は首を振った。

「それを突き止めなければなりません。手紙はお持ちですか？　消印から何か手がかりがつかめるかもしれませんよ」

「あいにく、破ってしまったんです。わかっていただけると思いますが、そのときは馬鹿げた冗談だと思っていましたので。中国のギャングがダイアを取り戻そうとしているという話は、本当なのでしょうか？　とても信じられないのですが」

　私たちは何度も事実を検討してみたが、謎解きはいっこうに進まなかった。やがて、ヤードリー夫人が立ち上がった。

「ムッシュ・ポアロのお帰りを待つ必要はなさそうですね。この話はあなたからお伝えください。どうもありがとうございました、ミスター——」

　彼女は、片手を差し出したまま口ごもった。

「ヘイスティングズ大尉です」

「まあ、そうでしたわね！　なんて馬鹿なんでしょう、私って。あなたはキャヴァンディッシュ家のお友だちでしたわね？　ムッシュ・ポアロを薦めてくれたのはメアリ・キャヴァンディッシュなんですのよ」

　ポアロが戻ってくると、私は彼の留守中のできごとを得意げに話して聞かせた。彼は、私とヤードリー夫人のやり取りについて鋭く訊いてきた。その話しぶりから、その場にいなかったことを残念がっているのがわかった。それに、我が旧友がやっかんでいるわけではないこともわかった。私の能力を見くびるのが習慣になっている彼にとっては、ケチのつけようがないことが悔しいのだろう。彼を苛立たせてはいけないと思い、本音が表に出ないようにはしていたが、内心ではかなり痛快だった。彼にはいろいろと妙な性癖があるが、私はこの風変わりな友人が大いに気に入っているのだ。

「よし！」やがて、ポアロが奇妙な表情を浮かべてこう言った。「目論見どおりになってきたぞ。すまないが、いちばん上の棚にある『貴族名鑑』をとってくれないか」私がそれを渡すと、彼はページを繰っていった。「ああ、あったぞ！　〝ヤードリー……第十代子爵、南ア戦争に従軍〟……これはどうでもいい……　〝一九〇七年、第三代コテリル男爵の四女モード・ストッパートンと結婚〟……なるほどなるほど……　〝一九〇八年生まれと一九一〇年生まれの二人の娘があり……所属クラブは……現住所は……〟たいした役には立たないが、どのみち明日の朝にはこの閣下にお目にかかるんだ！」

「なんだって？」

「そう、彼にはもう電報を打っておいた」

「きみはもうこの事件から手を引いたんだとばかり思っていたが？」

「メアリ・マーヴェルはぼくの忠告を聞き入れなかったわけだから、彼女のために動くんじゃない。自己満足のため——エルキュール・ポアロを納得させるためなんだよ！

どんなことがあろうと、この一件を調べないと」

「で、きみは自分の都合のいいように電報でヤードリー卿をロンドンへ呼び出したというわけだ。彼としては、あまりいい気はしないだろうな」

「それどころか、ぼくが家宝のダイアを守ってやれば大いに感謝されるさ」

「ということは、きみは本気でそれが盗まれるかもしれないと思っているわけだな？」

私は身を乗り出すようにして訊いた。

「ほぼ確実にね」ポアロは落ち着き払って答えた。「何もかもがその可能性を示しているからな」

「しかし、どうやって――」

ポアロはもったいぶるように手を振り、勢い込んで訊こうとする私を抑えた。

「いまは勘弁してくれ。頭が混乱しないようにしないと。それと、あの『貴族名鑑』を見てみたまえ――なんという置き方をしてるんだ！　見ればわかるだろ、いちばん背の高い本はいちばん上の棚、次に高いのは次の棚に、という具合に並べてあるんだ。そうやってこそ秩序というものが生まれるんだよ。ヘイスティングズ、いつも言っているように――」

「たしかに」私は慌てて言い、置き場所をまちがえた本を元のところへ戻した。

会ってみると、ヤードリー卿はどちらかというと赤ら顔をし、陽気で声の大きなスポーツマン・タイプの男だった。知性の面で欠ける部分があるにしても、気さくで愛想がいいという魅力が充分にそれを補っていた。

「どうにも奇妙なことになりましたね、ムッシュ・ポアロ。わけがわかりませんよ。妻のところへ妙な手紙がきたうえに、ミス・マーヴェルにも同じような手紙が届いたとは。いったいどういうことなんでしょうね?」

ポアロは、例の記事が載った《ソサエティ・ゴシップ》を彼に渡した。

「まずは、閣下、そこに書かれていることはおおむね事実なのでしょうか?」

読みすすめるうちに、ヤードリー卿の顔が怒りに曇っていった。

「馬鹿馬鹿しいにもほどがある!」彼は吐き捨てるように言った。「そもそも、あのダイアにロマンティックな物語などありはしないのですよ。たしか、原産地はインドです。中国の神像のことなど、聞いたこともない」

「そうはいっても、それは〈東洋の星〉という名で知られているわけですし」

「だったらどうだというのですか?」彼は憤然として訊いた。

ポアロはかすかな笑みを浮かべるだけで、はっきりとは答えなかった。

「閣下には、すべてを私にお任せ願いたいのです。無条件にそうしていただければ、とんでもない事態を回避できる可能性が大いにあるのですが」

「つまり、あなたはこのいかがわしい話が事実だとでも？」

「お願いしたとおりにしていただけませんか？」

「もちろんかまいませんが――」

「それはよかった！　では二、三、お聞かせください。まずは今回のヤードリー猟場の件ですが、あなたとミスタ・ロルフとのあいだで話はまとまっているのですか？」

「ほほう、彼からお聞きになったんですね？　いいえ、まだ何も決まってはいません」彼はこう答えて口ごもったが、レンガ色の顔がさらに赤らんでいた。「きちんとお話ししたほうがよさそうですね。私はいろいろと馬鹿な真似をしてきたんですよ、ムッシュ・ポアロ。それに、多額の借金も抱えていましてね……ですが、なんとかそれを返済したいと思っているんです。私は子どもたちを愛していますから、すべてを清算して、あの古い屋敷に住みつづけたいのですよ。そこへ、グレゴリー・ロルフが大金を出すと言ってきていましてね――私が立ち直るのに充分な額なのです。本当は嫌なんです――でも、仕方がない。大勢の映画関係の人間が猟場をうろうろするかと思うとゾッとします――でも、仕方がないのかもしれません。さもないと――」彼はここでことばを切った。

ポアロが鋭い眼を彼に向けた。「別な解決策がおありなんですね？　当ててみましょうか？　〈東洋の星〉を売るつもりでは？」

ヤードリー卿は頷いた。「そのとおりです。あれは何世代にもわたって我が家に伝わる家宝ですが、それは重要な問題ではありません。何よりも、買い手を見つけるのがむずかしいのですよ。ハットン・ガーデンにいるホフバーグという男が買ってくれそうな者を探しているのですが、早く見つけてくれないと大変なことになってしまいますし」

「もうひとつよろしいですか――奥様はどちらの案に賛成しておられますか？」

「もちろん、宝石を売ることには大反対ですよ。女がどういうものか、ご存知でしょう？　妻は映画撮影の案に大乗り気です」

「わかりました」ポアロはこう答え、しばらく考え込んでいた。やがて、勢いよく立ち上がって言った。「すぐにヤードリー猟場へ戻られますね？　よろしい！　これは口外無用にしていただきたいのですが――いいですね、誰にもです――今晩、私たちもそちらへ伺います。五時少し過ぎくらいに」

「わかりましたが、私にはどういうことなのか……」

「それはお気になさらないように」ポアロが柔らかい口調で言った。「私があなたのダイアモンドを守るということが大事なのですから、そうでしょう？」

「ええ、ですが——」

「だったら、私の言うとおりになさってください」

子爵は、キツネにつままれたような表情で部屋を出て行った。


私たちがヤードリー猟場へ着いたのは五時半で、貫禄のある執事が燃え立つように輝く板張りの広間へ案内してくれた。絵のように美しい光景が日に入った——ヤードリー夫人と二人の子どもがいたのだ。見事な黒髪をした頭が、金髪の二つの頭のほうへ傾いでいる。そばに立つヤードリー卿は、彼女たちに笑みを向けていた。

「ムッシュ・ポアロとヘイスティングズ大尉がお見えになりました」執事が告げた。

ヤードリー夫人がびっくりして顔を上げ、ヤードリー卿はどうしたらいいかと尋ねるような眼をポアロに向けながら、おずおずとやって来た。ポアロのほうはといえば動ずる様子もない。

「どうぞお許しを！　まだメアリ・マーヴェルさんに依頼された一件を調べているものですから。彼女、金曜日にこちらへ伺うことになっていますね？　万事手抜かりのないように先におじゃました次第です。それに、ヤードリー夫人に届いた手紙の消印を多少なりとも思い出されたかどうかも伺いたかったものですから」

ヤードリー夫人は悔しそうに首を振った。「残念ながら思い出せませんの。私としたことが。でもおわかりでしょ、あの手紙が大事だなんて思いもしなかったので」

「今夜は泊まっていかれますよね？」ヤードリー卿が訊いた。

「いやいや、閣下、ご迷惑になりますから。それに、旅行鞄を宿に置いたままですし」

「それならご心配なく」ヤードリー卿はこれをきっかけにして言った。「鞄なら取りに行かせますから。いえいえ――面倒なことなど何もありませんよ」

ポアロは彼の勧めを受け入れてヤードリー夫人の横に腰を下ろし、子どもたちの相手をしはじめた。はしゃぎまわる彼女たちに、私も仲間入りをさせられた。

「あなたはいいお母さんですね」子どもたちが厳しい乳母に連れられてしぶしぶ部屋を出て行くと、ポアロは小さく会釈しながらヤードリー夫人に言った。

彼女が乱れた髪を整えた。

「かわいくて仕方がないんです」ヤードリー夫人は思い入れたっぷりにこう言った。

「だからですね――なるほど！」ポアロがもう一度会釈した。

夕食のための身仕度合図のベルが鳴り、私たちは立ち上がって二階の部屋へ行こうとした。ちょうどそのとき執事が一通の電報が載った盆を手にやって来て、それをヤードリー卿に手渡した。子爵は失礼と言って電報を開けた。それを読む子爵がみるみる強張っていった。

彼は大きな声を出してそれを夫人に渡し、ポアロにちらりと眼を向けた。

「ポアロさん、ちょっとお待ちを。あなたにもお知らせしておいたほうがよさそうです。ホフバーグからの電報なのですが、ダイアモンドの買い手が見つかったそうです。明日の船で合衆国へ戻るアメリカ人です。それで、今夜、宝石を調べるために人をよこすと言っています。やれやれ、この取引がうまくいけば――」消え入るような声になっていった。

ヤードリー夫人が、電報を手にしたまま顔をそむけた。

「ジョージ、売らないでほしいわ」低い声で言った。「むかしから受け継がれてきたものなのよ」子爵の返事を待っている様子だったが、彼が黙っているので表情が硬くなった。やがて、肩をすくめた。「着替えてきます。〝あの品物〟をお見せしたほうがよさそうですね」こう言うと、かすかに顔をしかめてポアロに眼を向けた。「ネックレスなんですが、これがひどいデザインでしてね！　ジョージはいつも石をはめなおしてくれると言うんですが、いまだにやってくれないんですよ」こう言い残して部屋を出て行った。

三十分後、私たちは広い客間に集まって夫人を待っていた。食事の時間を何分か過ぎている。

やがて、柔らかな衣擦れの音とともにヤードリー夫人がドアのところへ現われた。白くきらめくロングドレスを着た晴れやかな姿だった。首には細い炎の輪がかかっている。彼女は片手で軽くネックレスに触れながら、そこで立ち止まった。

「この犠牲《いけにえ》をよくご覧になって」彼女は上機嫌に言った。先ほどの不快そうな様子はすっかり消えている。「いま、大きな明かりをつけますから。イギリス一番の醜いネックレスがお楽しみになれますわ」

スイッチはドアのすぐ外にあった。彼女がそこへ手を伸ばすと、信じられないことが起こった。なんの前ぶれもなく不意にすべての明かりが消えてしまい、ドアが閉まってその向こうから長く尾を引く鋭い女の悲鳴が聞こえたのだ。

「どうしたんだ！」ヤードリー卿が叫んだ。「あれはモードの声だ！　いったい何が？」

暗闇の中、私たちは互いにぶつかり合いながらドアへ急いだ。状況がわかったのは数分後のことだった。そして、眼に飛び込んできたのは！　大理石の床に気を失って倒れているヤードリー夫人の姿だった。白い喉元にまっ赤な跡がついている。ネックレスがもぎ取られたのだ。

私たちが生死のわからぬヤードリー夫人の脇にかがみ込むと、彼女が眼を開けた。

「中国人が」彼女が苦しそうに囁いた。「中国人が――横のドアから」

ヤードリー卿が悪態をつきながら勢いよく立ち上がった。私も立ち上がったが、心臓の鼓動が激しくなっていた。また中国人か！　横のドアというのは、そこから十ヤードと離れていない壁の隅にある小さなドアだった。そのドアのところで、私は思わず声をあげてしまった。敷居のすぐそばに、きらきらと輝くネックレスが落ちていたのだ。慌てて逃げる盗人が落としていったにちがいない。私はほっとしてそれを拾い上げたが、またもや叫んでしまった。ヤードリー卿も叫んでいた。ネックレスの中央に大きな穴があき、〈東洋の星〉がなくなっていたのだ！

「これではっきりした」私はこう言ってひと息ついた。「これはふつうの盗みじゃないな。あの宝石だけを狙っていたんだ」

「でも、どうやって入ったんですか？」

「このドアからですよ」

「しかし、このドアにはいつも鍵が掛かっているんですよ」

私は首を振った。「いまは開いていますよ。ほら」こう言いながら、私はドアを引き開けた。

するると、何かが床に落ちた。拾い上げてみるとそれは絹地の切れ端で、はっきりと刺繍がわかった。中国人の長衣からちぎれたにちがいない。

「慌てていたので、ドアにはさまったんですよ」私は説明した。「さあ、急いで。まだ遠くへは行っていないはずです」

どんなに探しても徒労だった。漆黒の闇夜だったので、犯人はやすやすと逃げおおせたのだ。肩を落として戻ると、ヤードリー卿が大急ぎで使用人を警察へ行かせた。

夫人は、こうしたことにかけては女性にも負けないほど器用なポアロの介抱で、話ができるほど回復していた。

「明かりをつけようとしたときに、うしろから男が飛びかかってきたのです」彼女は言った。「ものすごい力でネックレスを引きちぎられたので、頭から倒れてしまいました。倒れるときに、横のドアから逃げて行く男を見ました。弁髪と刺繍のある長衣で中国人だとわかりました」彼女は身震いしてことばを切った。

執事がやって来て、低い声でヤードリー卿に話しかけた。

「ミスタ・ホフバーグの使いの方がお見えになりました。お話は通っている、とのことですが」

「なんてことだ！」取り乱した子爵が叫んだ。「会わないわけにはいかないだろう。いや、ここではまずい。マリングズ、書斎へお通ししてくれ」

　私はポアロを脇へ引っぱっていった。

「なあ、我々はロンドンへ戻ったほうがよくはないか？」

「そう思うか、ヘイスティングズ？　なぜ？」

「なぜ、って」――私は小さく咳払いをした――「まずいことになっているじゃないか。きみはヤードリー卿に、任せてくれればすべてうまくいく、そう言ったんだぞ。それなのに、あのダイアモンドはきみの目と鼻の先で消えちまったんだ！」

「たしかに」ポアロは意気消沈した様子で言った。「めざましい勝利、というわけにはいかなかったな」

　この台詞を聞いて私は思わずにんまりしかけたが、攻撃の手はゆるめなかった。

「こんな言い方はなんだが――これほどのヘマをやらかした以上、おとなしく退散するほうが潔いとは思わないか？」

「そうしたら、夕食は――ヤードリー卿のシェフが料理した素晴らしい夕食はどうなるんだ？」

「夕食だと？」私は苛々して言った。

　ポアロはうんざりだとでもいうように両手を挙げた。

「まったく！　この国じゃ、グルメのこととなるとまるで犯罪のように冷淡な扱いをするんだから」

「一刻も早くロンドンへ戻ろうと言っているのには、別な理由もあるんだ」

「ほう、どんな理由かな？」

「もうひとつのダイアだよ」私は声をひそめて言った。「メアリ・マーヴェルのダイアだ」

「それがどうした？」

「わからないのか？」いつもとはまるでちがう彼の鈍さに、私は不愉快になってきた。あの鋭い才知はどこへ行ってしまったのだろう？「犯人はひとつを手に入れたんだ。そうなれば、もうひとつも狙うにちがいない」

「こいつは驚きだ！」ポアロはこう叫んで一歩退がり、感心したような眼で私を見つめた。「きみの頭も驚異的に回転するようになったじゃないか！　そんなこと、ぼくは考えもしなかった！　とはいっても、まだ時間はたっぷりある。次の満月は今度の金曜日だからな」

私は半信半疑で首を振った。満月の話など、まるで興味をそそられなかったのだ。私はポアロを説き伏せ、ヤードリー卿への説明と謝罪の置手紙を残して早々に退散した。

私は、マグニフィサント・ホテルへ直行してメアリ・マーヴェルに事の次第を話すつもりでいた。ところがポアロはこの計画に反対で、翌朝でも充分に間に合うと言い張った。私はしぶしぶポアロに従った。

翌朝になるとポアロが妙に出渋るので、私は、出鼻をくじかれる形でヘマをやった彼はこの事件の調査が嫌になったのではないか、と疑いはじめた。私が説得にかかると、彼は陳腐な常識論を展開した。ヤードリー猟場でのことはすでに朝刊に載っているので、ロルフ夫妻も私たちが話す程度のことは知っているはずだ、というのだ。仕方なく、私はしぶしぶ折れた。

事の成り行きが、私の予感の正しさを証明してくれた。二時頃に電話が鳴った。電話に出たポアロがしばらく話を聞いていたが、やがて、「わかりました。すぐに伺います」とだけ答えた。受話器を置いた彼が私に顔を向けた。

「どう思う?」ポアロは半ば恥じ入るような、半ば昂ぶったような顔つきだった。「ミス・マーヴェルのダイアだが、盗まれてしまったよ」

「何だって?」私は勢いよく立ち上がって叫んだ。「だったら、あの〝満月〟とやらの話はどうなったんだ?」ポアロはうなだれている。「いつ盗まれた?」

「今朝らしい」

私は情けなくなって首を振った。「ぼくの言うとおりにさえしていればな。言ったとおりだろ？」

「そのようだな」慎重な口ぶりだった。「世間ではうわべは当てにならないと言うが、今度ばかりはそのようだ」

タクシーに乗ってマグニフィサント・ホテルへ急ぐなか、私はこの犯罪の本質がどこにあるのかを突き止めようと頭をしぼっていた。

「あの〝満月〟というアイディアは巧妙だったな。その狙いは、我々の注意を金曜日に向けさせて、それまでは油断させることにあったんだ。きみともあろうものが、そこに気づかなかったとはお気の毒だったな」

「確かに！」ポアロは陽気に言った。少し前に評判ががた落ちになったことなどすっかり忘れたかのように、のほほんとしている。「一度にあれもこれも考えることなどできないからな！」

彼が気の毒になった。ポアロは何よりも失敗を嫌っているからだ。

「元気を出せよ」私は慰めるように言った。「次は運も戻ってくるさ」

マグニフィサント・ホテルに着くと、すぐにマネージャーのオフィスへ案内された。そこには、グレゴリー・ロルフとスコットランド・ヤードから来た刑事が二人いた。彼らの向かいには、青ざめた顔のマネージャーが坐っている。

部屋へ入るとロルフが会釈した。

「事件の真相を探っているところなのですが」彼が言った。「信じられませんよ。犯人の図太い神経が信じられません」

ものの数分で事件の概要がつかめた。ミスタ・ロルフは十一時十五分にホテルを出た。十一時三十分、彼とそっくりな紳士がホテルへやって来て、金庫から宝石箱を出すように言った。男は受取証にサインをしながらさりげなくこう言った。「いつものサインとちがって見えるかもしれないが、タクシーを降りるときに指を痛めてしまってね」マネージャーは笑みを浮かべ、ほとんど同じように見える、と答えた。すると偽ロルフは笑い、こう言った。「とにかく、ぼくを悪党とまちがえて捕まえたりしないでくれ。ある中国人から脅迫状を何通か受け取ったんだが、ぼく自身が中国人に見えるから始末が悪いんだ——眼のあたりが特にね」

「私は彼を見ましたので」事情を説明していたマネージャーが言った。「彼の言っていることがすぐにわかりました。東洋人のように目尻が吊り上がっていたのです。それまではまったく気づかなかったのですが」

「なんてことだ」グレゴリー・ロルフが身を乗り出して大声をあげた。「どうだ、今もそう見えるか？」

マネージャーが彼を見つめ、ぎょっとしたような表情になった。

「いいえ、そうは見えません」彼はこう答えた。私たちを見つめるグレゴリー・ロルフの率直そうな茶色い目には、東洋人風なところなどまるでなかった。

スコットランド・ヤードの刑事が唸るように言った。「大胆なやつだ。目のちがいに気づかれると思って、疑いをそらすために先手を打ったんだ。やつはあなたがホテルを出るのを待っていて、姿が見えなくなったのを確かめてから犯行に及んだようですね」

「宝石箱はどうなりました？」私は訊いた。

「ホテルの廊下で発見されました。中から盗まれたのはひとつだけ――〈西洋の星〉だけです」

私たちは顔を見合わせた――あまりにも突飛で現実離れしていたのだ。

ポアロが勢いよく立ち上がり、申し訳なさそうに言った。「残念ながらあまりお役に立てませんでしたね。ところで、奥様にお目にかかれますか？」

「ショックのあまり寝込んでいると思いますよ」ロルフが答えた。

「でしたら、あなたと二人きりでお話しできませんか？」

「もちろんかまいませんよ」

五分ほどして、ポアロが戻ってきた。

「さあ、ヘイスティングズ」彼が陽気な声音で言った。「郵便局へ行こう。電報を打たなければ」

「誰に？」

「ヤードリー卿だよ」ポアロは、それ以上の質問を遮るように私の腕を取った。「さあさあ、行くぞ。今回のヘマをきみがどう思っているかはわかっているよ。まるでいいところがなかったからな！　ぼくのかわりにきみが頑張ってくれたんだ。よし！　そいつは認めるよ。さあ、そんなことは忘れて昼食にしよう」

ポアロの部屋へ戻ったのは四時頃だった。窓際の椅子から誰かが立ち上がった。ヤードリー卿だった。憔悴しきって頭が混乱している様子だった。

「あなたからの電報で飛んで来たんですよ。ホフバーグのところに寄ったんですが、昨夜の使いの男のことも、電報のことも心当たりがないと言うんです。いったい――」

ポアロが片手を上げた。

「申し訳ない！　あの電報を打ったのは私で、例の紳士を雇ったのも私なのです」

「あなたが？　でも、なぜ？」子爵は、抑えきれない様子でまくしたてた。

「事件をわかりやすくするためのちょっとしたアイディアですよ」ポアロは落ち着き払

って説明した。

「わかりやすくする、ですって！　なんてことだ！」ヤードリー卿が大声で言った。

「この目論見は大成功でした」ポアロは楽しそうに言った。「こうしてあなたにお返しすることができて大満足です――さあ！」芝居じみた仕草でキラキラと光るものを取り出した。それは、大きなダイアモンドだった。

「〈東洋の星〉だ」ヤードリー卿は喘ぐように言った。「それにしても、よくわかりませんが――」

「おわかりになりませんか？」ポアロは言った。「どうということはありません。実は、そのダイアモンドは盗まれる必要があったのですよ。私はそれを守るとお約束したので、その約束を守ったままででして。まだお話しできないことがあるということは、お許し願いたい。奥様には私の心からの敬意をお伝えください。それに、宝石を取り戻すことができてどれほどうれしく思っているかということも。まあ、実にいい天気ではありませんか。閣下、それではこれで」

にこにこして喋りながら、この小柄な驚くべき男はめんくらう貴族をドアまで案内した。そして、両手をこすり合わせながら戻ってきた。

「ポアロ」私は言った。「ぼくの頭が混乱しているのかな？」

「いいや。頭は大丈夫だが、いつものように心にもやがかかっているんだよ」

「どうやってあのダイアを取り戻したんだ？」

「ミスタ・ロルフからさ」

「ロルフだって？」

「そうとも！　あの警告の手紙も、中国人も、《ソサエティ・ゴシップ》の記事も、すべてはミスタ・ロルフの独創的な頭脳から湧き出てきたものなんだ！　双子のようにそっくりだと言われる二つのダイアモンド——ふん！　そんなものは存在しないんだよ。本当に存在するのはひとつだけなんだ！　元々はヤードリー家のコレクションのひとつだったんだが、三年前にミスタ・ロルフの所有になったんだ。今朝、彼は目尻にちょっとメイクをして盗んだというわけさ！　映画に出ている彼を見てみないと。彼は名優だからな！」

「しかし、なぜ自分のダイアを盗んだりするんだ？」私にはわけがわからず、こう訊いた。

「理由はいろいろあるが、まずは、ヤードリー夫人が手に負えなくなってきたからだよ」

「ヤードリー夫人が？」

「ヤードリー卿夫妻がカリフォルニアへ旅行したときに、夫人が放っておかれたという話は知っているだろ？　ご主人はよそで遊びまわっていた。で、ミスタ・ロルフはハンサムだし、どこかロマンスの香りがする。ところが、実際はかなりドライな男なんだ！　ヤードリー夫人と寝たあげくに彼女をゆすった。このあいだの晩、問い詰めてみたところ、彼女はそれを認めたよ。軽率なことをしたのは一度だけだったと誓っていたが、ぼくは彼女の言うことを信じている。だが、明らかにロルフは、いろいろに解釈できる彼女からの手紙を何通か持っていた。離婚を宣告されることや子どもたちから引き離されることを恐れた彼女は、ロルフの言うままになってしまった。彼女には自分の財産がないから、ロルフが本物のダイアを贋物《レプリカ》とすり替えると言い出したときも、イエスと答えるしかなかった。〈西洋の星〉が記事になった日付が同じだったので、ぼくにはぴんと来た。万事がうまくいっていた。ところが、ヤードリー卿がまじめな生活を考えはじめた——落ち着いた生活をしようとね。それで、あのダイアを売ると言い出した。そうなれば、すり替えたことが発覚してしまう。それで、ヤードリー夫人はイギリスに着いたばかりのグレゴリー・ロルフに慌てて手紙を書いたにちがいない。彼は夫人にすべてうまくやると約束して——二重強盗の準備に取りかかったんだ。こうして、彼は夫人を安心させた。さもないと、夫にすべてを打ち明けてしまうかもしれないからな。こういう事態は、我が脅迫者殿にとってはまことに都合が悪かろう。彼には五万ポンドの保険金が入るはずだし（どうだ、きみはこのことを忘れていただろ！）、おまけにダイアも手元に残るという寸法だ！　そこで、ぼくが活動を開始したわけだ。まず、ダイアモンドの専門家がやって来ると言った。予想どおり、ヤードリー夫人が強盗事件の準備にとりかかった――これはこれでたいした出来栄えだったよ！　だが、エルキュール・ポアロが見るのは事実だけだ。実際には何がどうなっていたか？　夫人は明かりのスイッチを切ってドアを叩き、廊下にネックレスを投げ出して悲鳴をあげた。ダイアは、すでに二階でペンチを使って外してあったのさ――」

「でも、ネックレスは彼女の首にかかっていたぞ！」私は反論した。

「まことに申し訳ないがね、きみ、ダイアを外した部分は彼女が手を当てて隠していたんだよ。ドアに絹の切れ端をはさむなんてことは、子どもにだってできる！　もちろん、強盗の記事を読んだロルフは自分の茶番に取りかかった。それも、見事に演じきったよ！」

「きみは、彼に何と言ったんだ？」私はますます好奇心をそそられて訊いた。

「ヤードリー夫人が何もかも夫に打ち明けた、と言ったんだ。それに、宝石を取り戻すことについてはぼくが一任されているとか、すぐに返さなければ裁判沙汰になるとかね。

ほかにも、ちょっと思いついた嘘を少々、かな。あとはもう、ぼくの思いのままさ！」

私は事件のことを考えてみた。

「メアリ・マーヴェルに対してはフェアじゃないように思うが。なんの落ち度もないのにダイアを失ったんだから」

「馬鹿馬鹿しい！」ポアロはにべもなく言った。「彼女にとっては最高の宣伝になったじゃないか。それこそ、彼女の望むところさ！　もうひとりの女性は別だ。良き母であり、良き妻なんだからね！」

「そうかな」私はポアロの女性観には同調できず、疑うように言った。「彼女に同じ脅迫状を送ったのもロルフなんだろうな」

「とんでもない」ポアロは素っ気なく言った。「窮地に立った彼女は、メアリ・キャヴァンディッシュの勧めでぼくのところへ助けを求めに来たんだぞ。ところが、敵だと思っているメアリ・マーヴェルもここへ来たことを知って気が変わり、きみが与えた口実に飛びついたんだ。きみにほんの二、三質問をしただけで、手紙のことを言い出したのが彼女ではなくきみだということがわかったよ！　きみが差し出したことばに、彼女は飛びついたんだ」

「信じられないな」痛いところを突かれた私は、大声で言った。

「いいや、言ったとおりさ。きみが心理学を勉強していないのが残念だよ。彼女、手紙は破り捨てたと言ったんだろ？　いやいや、女というやつは手紙を破り捨てたりはしないものなんだよ！　たとえ、そうしたほうがいいという場合にもな！」

「たいしたものだ」込み上げてくる怒りに、私は言った。「私をさんざん馬鹿にして！　しかも、最初から最後までだ！　ぜんぶ終わってから説明して聞かせるとは、たいしたものだよ。いい加減にしてくれ！」

「とは言っても、きみも大いに楽しんでいたじゃないか。きみの幻想を壊したくなかったんだよ」

「いいや、今回はいささかやり過ぎだ」

「まったく！　どうしてそうも空回りするんだい、きみは！」

「もうたくさんだよ！」私は部屋を出て力任せにドアを閉めた。ポアロは私を徹底的に笑いものにしたのだ。私は、彼に思い知らせてやろうと心に決めた。当分のあいだ、ぜったいに許さないぞ。すっかりその気にさせたあげくに、笑いものにしやがって。

マースドン荘の悲劇

The Tragedy at Marsdon Manor

　私は所用で二、三日ロンドンを離れていたが、戻ってみるとポアロが小型の手提げ鞄を革紐で縛っているところだった。

「ちょうどいいところへ帰ってきたな、ヘイスティングズ。間に合わないんじゃないかと心配してたんだ」

「ということは、何か事件で出かけるんだな？」

「そうなんだ。ちょっと見には事件にちがいないが、たいしたことはなさそうだ。北部連合保険会社が、マルトラヴァーズという男の死について調べてほしいというんだ。その男は、何週間か前に五万ポンドという高額の生命保険に入ったそうだ」

「それで？」私は興味を惹かれて訊いた。

「もちろんその保険の約款には自殺に関する通例の条項があって、契約から一年以内に自殺した場合には保険金は支払われないことになっている。マルトラヴァーズが加入するときも保険会社の契約医がちゃんと健康診断をして、壮年期は多少過ぎているが健康状態はきわめて良好ということで通っていた。ところが一昨日の水曜日に、エセックスの自宅、マースドン荘の敷地内で彼の死体が発見されたんだ。死因は一種の内出血、と記載されている。それ自体はどうということもないんだが、最近、彼の経済状態についてよからぬ噂が流れていたものだから、保険会社が詳しく調べて彼が破産寸前の状態にあったことを確認した。こうなると、状況はがらりと変わってくる。マルトラヴァーズには若くてきれいな奥さんがいるんだが、彼女のためにできるかぎりの現金をかき集めて保険料を支払い、そのうえで自殺したんじゃないかという見方が出てきたわけだ。こういうのは珍しいことじゃないからな。とにかく、その保険会社で役員をしているぼくの友人のアルフレッド・ライトが、事実関係を調べてみてくれと言うんだよ。だが、彼にも言ったんだが、この件に関しては調べてもたいしたことはないと思うんだ。もし死因が心臓麻痺なら、もっとやり甲斐があるんだがね。心臓麻痺というのは、地元の開業医が患者の死因を特定できないときに使う病名だが、内出血となるとまちがいようがないらしいんだ。まあ、我々としては、必要なことを訊くくらいしかすることはなさそうだ。ヘイスティングズ、五分で支度をしてくれないか。リヴァプール・ストリートまではタクシーで行こう」

それから一時間ほどして、私たちはマースドン・リーという小さな駅でグレイト・イースタン鉄道の列車を降りた。駅で訊くと、マースドン荘はそこから一マイルほどだった。ポアロが歩こうと言うので、私たちは目抜き通りを歩いていった。

「我々の作戦計画は？」私は訊いた。

「まずは医者を訪ねてみよう。調べたんだが、マースドン・リーにはラルフ・バーナードという医者しかいない。ほら、ここが彼の家だ」

それは高級な別荘風の建物で、通りから少し奥まったところに建っていた。門に掛かる真鍮の表札に医者の名前があった。玄関まで行ってベルを鳴らした。

私たちは運がよかった。診療時間だが、患者がいなかったのだ。ドクタ・バーナードはいかり肩の猫背で、人当たりのいい初老の男だった。

ポアロが自己紹介をして訪問の目的を告げ、今度のような場合には保険会社としても充分な調査をしなければならないということを付け加えた。

「そうでしょう、そうでしょうね」ドクタ・バーナードは漠然と答えた。「あれほどの金持ちですから、かなりの保険金を掛けていたでしょうしね？」

「彼が金持ちだとお思いなのですね、ドクタ？」

医者はびっくりしたような顔をした。

「そうではなかったのですか？　車が二台もありましたし、マースドン荘だって買ったときは安かったでしょうが、大きな屋敷ですからかなりの維持費がかかるはずですよ」

「最近は相当な損をしたと聞いていますが」ポアロは、ドクタを見据えるようにして言った。

だが、ドクタは気の毒そうに首を振るだけだった。

「そうですか。なるほど。そういうことなら、生命保険に入っていたのは奥さんにとってはよかったですね。とてもきれいで若いチャーミングな人ですが、今度の悲しい不幸でひどく気が動転しています。かわいそうに、とても神経質になっていましてね。私としてもできる限りのことはしたのですが、なにぶんにもショックが大きくて」

「最近、ミスタ・マルトラヴァーズを診察なさっていたんですよね？」

「いいえポアロさん、診たことはありませんよ」

「なんですって？」

「ミスタ・マルトラヴァーズはたしかクリスチャン・サイエンス（一八六六年創始。信仰の力によって病気は治ると主張）か何かの信者だったのです」

「ですが、検死をしたのはあなたですよね？」

「ええ、私です。庭師のひとりが呼びに来たのです」

「死因ははっきりしていたのですね？」

「おっしゃるとおりです。唇に血がついてはいましたが、出血の大半は内出血にちがいありません」

「死体は発見当時のままでしたか？」

「ええ、手を触れられてはいませんでした。小さな植え込みの隅に倒れていました。脇にカラス撃ちの小型ライフルが落ちていましたから、きっとカラスを撃ちに出ていたのでしょう。突然、内出血に襲われたにちがいありません。まちがいなく胃潰瘍でしょうね」

「銃で撃たれたような疑いは？」

「とんでもありません！」

「失礼しました」ポアロは低姿勢になって言った。「ですが、私の記憶ちがいでなければ、最近のある殺人事件ではドクタが心臓麻痺という診断を下したのに――警察に頭の弾痕を指摘されてそれを訂正するということがありましたからね」

「ミスタ・マルトラヴァーズの死体には弾痕などありませんでしたよ」ドクタ・バーナ

ードは素っ気なく言い返した。「さて、ほかにご用がなければ――」

彼の言わんとするところはわかった。

「では失礼します、ドクタ。質問にお答えくださったご親切に感謝します。ところで、ドクタは検死解剖の必要はないと思われたのですね？」

「もちろんです」ドクタは激昂したかのように答えた。「死因ははっきりしています。医者の立場からすれば、親族によけいな苦痛を与える必要はありませんからね」

私たちに背を向けたドクタは、力任せにドアを閉めた。

「ヘイスティングズ、ドクタ・バーナードをどう思う？」マースドン荘への道を歩きながら、ポアロが訊いた。

「頑固じいさんだな」

「まさに。きみの人物判断はいつも読みが深いからな」

私は彼に疑いの目を向けたが、彼は真顔だった。しかし、瞳をキラキラさせながら、彼はいたずらっぽくこう付け加えた。「つまり、あそこには美しいご婦人がいるってことだ！」

私は冷ややかな目で彼を見つめた。

マースドン荘に着くと、中年のメイドがドアを開けた。ポアロが、自分の名刺とミセス・マルトラヴァーズへ宛てた保険会社の手紙を彼女に渡した。私たちを居間に案内したメイドは、女主人に私たちの訪問を伝えに行った。十分ほどしてドアが開き、喪服を着た細身の女性が現われた。

「ムッシュ・ポアロですね？」彼女が口ごもるように言った。

「奥様ですね」ポアロは礼儀正しく立ち上がり、急いで彼女のそばへ行った。「突然おじゃましてしまい、申し訳ございません。ですが、仕事というのは――無慈悲なものでして」

ポアロは椅子のところまで彼女に付き添った。泣いていたせいで赤い目をしていたが、人並みはずれた美しさを損なってはいなかった。年齢は二十七、八で、透き通るような白い肌に青い大きな目と愛らしいふっくらとした口元をしている。

「主人の保険のことですね？　それにしても、いま――こんなに早く――そんなことに煩わされなければいけないのですか？」

「元気を出してください、奥様。元気を出して！　ご存知のとおり、亡くなられたご主人は高額の生命保険を掛けていらしたのです。そういう場合はいつも、保険会社はいくつかの細かい点を調査しなければならないのです。私は、その調査を依頼されました。私としましても失礼のないようにいたしますので、どうぞご安心ください。まずは、水曜日の悲しい出来事を簡単にお話し願えますか？」

「メイドが上がってきて、私はお茶の時間のために着替えをしていました――そこへ、庭師のひとりが家に駆け込んできました。彼が見つけたのです――」

彼女の声が消えていった。ポアロは思いやるように彼女の手を取った。

「お察しいたしますよ。午後早くにはご主人と顔を合わせておられたのですね？」

「昼食のときが最後でした。昼食後、私は切手を買いに村へ出かけていましたから。主人は庭を散歩していたのだと思います」

「カラスを撃ちに、ですか？」

「ええ、いつもカラス撃ちの小型ライフルを持ち歩いていましたし、私にも遠くの銃声が一、二度聞こえました」

「そのライフルは、いま、どこに？」

「玄関の広間だと思います」

マルトラヴァーズ夫人に案内されて部屋を出ると、彼女がそのライフルを見つけてポアロに手渡した。彼はそれをざっと調べた。

「なるほど、二発撃っていますね」ライフルを返しながら言った。「ところで、奥様、できれば――」

ポアロは意味ありげにことばを切った。

「誰かに案内させましょう」夫人は顔をそむけて呟いた。

メイドが呼ばれ、ポアロを二階へ案内していった。私は、不幸な美人と二人きりで部屋に残された。口を開くべきか黙っているべきか、判断がつかなかった。一つ二つ世間話を持ち出してみたが、彼女からは上の空の返事しか返ってこなかった。すぐにポアロが戻ってきた。

「奥様、ご協力を感謝いたします。この件に関しましては、これ以上ご迷惑をおかけすることはないと思います。ところで、ご主人の経済状態について何かご存知ありませんか？」

彼女は首を振った。

「何も知りません。私は、ビジネスについては疎いものですから」

「わかりました。ということは、なぜご主人が急に生命保険に入られたのかについてはおわかりにならない、ということですね？　いままで保険には入られたことがないと伺っているものですから」

「なにせ、私たちは結婚してから一年と少ししか経っていませんので。主人がなぜ生命保険に入ったかですが、あまり長生きできないと悟ったからだと思います。死が近いことを強く感じていたのでしょう。以前にも一度出血したことがあるので、次に同じことが起きたら命はないものと覚悟していました。私も主人のそんな暗い不安を拭い去ろうとはしてみたのですが、だめでした。やはり、主人の思っていたとおりだったのです！」

彼女は目に涙を浮かべ、私たちにていねいな別れの挨拶をした。玄関を出て通りに向かって歩いていると、ポアロが例の仕草をしてみせた。

「まあ、これはこれでよしだ！　ロンドンへ戻ろう。ここのネズミ穴にネズミはいないようだからな。だが――」

「だが？」

「ちょっとした食い違いがあった、それだけのことさ！　気がついただろ？　気がつかなかったのか？　もっとも、人生は食い違いだらけだがね。あの男の死が自殺のはずはないね――口から血を吐くような毒薬などどこにもないからな。いやいや、いまわかっているのはどれも明々白々かつ公明正大なことばかりだ。これは認めざるを得まい。ところで、あれは誰かな？」

背の高い若者が私たちのほうへ歩いて来る。彼は会釈もせずにすれちがったが、熱帯での生活を物語るようなブロンズ色の面長な顔をした、見るからに健康そうな男だということはわかった。ちょうど落ち葉を掃いている庭師が手を休めていたので、ポアロは彼のところへ走っていった。

「すまないが、あの紳士が誰か、教えてくれないか？　知っている人か？」

「名前は聞いたことがあるのですが、忘れてしまいました。一晩ここに泊まりましたよ。火曜日でした」

「ヘイスティングズ、急げ。彼を尾行するんだ」

私たちは遠ざかる男を追った。建物の横のテラスに喪服の人影が見え、男がその方向へ曲がったので私たちもついて行くと、二人が顔を合わせるところだった。

ミセス・マルトラヴァーズがよろめきそうになり、その顔は傍目にもわかるほど青ざめていた。

「あなた」彼女が喘ぐように言った。「船の上だとばかり思っていたわ――東アフリカへ行くんじゃなかったの？」

「弁護士から連絡があって、行けなくなったんだ」若者はこう説明した。「スコットランドの叔父が急死して、いくらか遺産を残してくれてね。だから旅行はやめたほうがいいと思ってね。そうしたら新聞にこのニュースが載ったんで、何かできることはないかと思って来てみたんだ。手伝いが欲しいんじゃないかと」

そのとき、二人が私たちに気づいた。ポアロがまえに出てしきりと詫びを言い、ホールにステッキを忘れてしまったのだと説明した。マルトラヴァーズ夫人がしぶしぶ——と、私には思えた——紹介した。

「ムッシュ・ポアロ、こちらはブラック大尉です」

それから二、三分、お喋りがつづき、そのあいだにポアロはブラック大尉がアンカー・インに宿泊していることを聞き出した。忘れ物のステッキが見つからず（当たり前だ）、ポアロがまた詫びを言って私たちはその場をあとにした。

私たちは大急ぎで村へ戻り、そのままアンカー・インへ直行した。

「あの大尉が戻ってくるまでここで待つことにしよう」ポアロが言った。「ぼくは一番列車でロンドンへ帰ることを強調したんだが、気がついたかい？　たぶん、きみはそれを真に受けただろうな。だが、そうじゃないんだ——ブラック大尉に気づいたときのミセス・マルトラヴァーズの表情はきみも見ただろ？　彼女、本当にびっくりしていたよ。それに、彼のほうだが——なっ、相当ご執心の様子だった。そうは思わなかったかい？　それに、彼は火曜日の夜——ミスタ・マルトラヴァーズが死ぬ前日に——ここへ来ていた。我々としては、ブラック大尉の行動を調べてみる必要があるんだよ、ヘイスティングズ」

三十分ほどで、宿へ戻ってくる大尉の姿が目に入った。ポアロが外へ出て声を掛け、私たちがとった部屋へ彼を連れてきた。

「ブラック大尉に、我々がここへ来た目的を話していたんだ。大尉、おわかりでしょう？　私は、ミスタ・マルトラヴァーズの死の直前の心境が知りたいのです。そうは言っても、マルトラヴァーズ夫人に辛い質問をして、むやみに彼女を苦しませたくはないのですよ。あなたはあの出来事の少し前までここにおられたわけですから、彼女と同じくらい貴重なお話を伺えると思いましてね」

「もちろん、お手伝いできることがあれば何でもします」若い士官は答えた。「ですが、いつもと変わった様子はありませんでした。マルトラヴァーズ家とは家族ぐるみの長いお付き合いですが、ぼく自身は彼をあまりよく知らないのです」

「あなたがここへいらしたのは――いつでしたっけ？」

「火曜日の午後です。水曜日の早朝にはロンドンへ戻りました。ぼくの乗る船が、十二時にティルベリーを出港することになっていたのです。ところが、マルトラヴァーズ夫人に説明しているのをお聞きになったと思いますが、ある報せがあって予定を変更したのです」

「東アフリカへ戻られるはずだったとか？」

「ええ。戦後はずっと向こうにいるのです——素晴らしい国ですよ」

「そうですね。ところで、火曜日の夕食の席ではどんなお話を？」

「特には。ふつうの会話でした。マルトラヴァーズ家の人がぼくの家族について訊いたり、ドイツの賠償問題について話し合ったり。ミスタ・マルトラヴァーズに東アフリカについていろいろと訊かれて、二、三、話をしました。それくらいだったと思います」

「ありがとう」

ポアロはしばらく黙っていたが、やがて穏やかに口を開いた。「できれば、ちょっとした実験をしてみたいのですが、よろしいでしょうか？　いまあなたが話されたことは意識上の記憶ですが、意識下の記憶を探ってみたいのです」

「精神分析、というわけですか？」ブラックが警戒感をにじませて言った。

「いやいや」ポアロは安心させるような口調で答えた。「ただ、私の言うことばに対して別なことばで答えていただくだけでいいんです。どんなことばでも、最初に浮かんだことばをね。はじめましょうか？」

「いいですよ」ブラックはおもむろに答えたが、落ち着かぬ様子だった。

「ヘイスティングズ、ことばをメモしておいてくれないか？」ポアロが言った。そしてポケットから大きな懐中時計を取り出し、脇のテーブルに置いた。「ではありましょう。昼」

少し間を置いてブラックが答えた。

「夜」

ポアロが先をつづけるに従って、彼の答えも速くなっていった。

「名前」

「場所」

「バーナード」

「ショウ」

「火曜日」

「夕食」

「旅」

「船」

「国」
「ウガンダ」
「話題」
「ライオン」
「カラス撃ちのライフル」
「農場」
「発砲」
「自殺」
「象」
「牙」
「マネー」

「弁護士」

「ありがとう、ブラック大尉。三十分ほどしてから、また二、三分お時間をいただけますか？」

「ええ、もちろん」若い士官はポアロに訝しげな目を向け、額の汗を拭って立ち上がった。

「さて、ヘイスティングズ」ブラックが部屋を出てドアが閉まると、ポアロはにこにこしながら私に言った。「これでわかっただろ？」

「というと？」

「そのことばのリストを見てもわからないのか？」

私はリストにざっと目を通したが、ただ首を振るしかなかった。

「それなら解説してやろう。まず、ブラックはつっかえもせずに制限時間内にちゃんと答えたから、彼には隠さなければならない事柄はなかったと解釈していい。〝昼〟に対する〝夜〟、〝名前〟に対する〝場所〟、これはふつうの連想だ。ぼくが〝バーナード〟と言ったのは、もしブラックが彼に会っていたらすぐにあの医者を思い浮かべるだろうと思ったからだ。明らかに彼は会っていないな。〝火曜日〟に対しては、少し前に話したばかりだから、〝夕食〟と答えた。だが、〝旅〟と〝国〟に対する〝船〟と〝ウガンダ〟という答えは、彼にとって大事なのは海外への旅で、ここへの旅ではないことをはっきりと示している。〝話題〟ということばで、彼は夕食の席で話した〝ライオン〟の話を思い出した。〝カラス撃ちのライフル〟に対しては、〝農場〟というまったく予想外のことばで答えた。〝発砲〟には〝自殺〟と即答した。この連想ははっきりしているようだな。彼の知っている誰かが、どこかの農場でカラス撃ちのライフルを使って自殺をしたということだ。彼が夕食の席で交わした話題にこだわりをもっているということも、覚えておいてくれ。あとでブラック大尉に火曜日の夕食の席でした自殺の話をするように頼めば、ぼくの言っていることが的外れでないことがわかるはずだ」

ブラックは、この件に関して率直に話してくれた。

「ええ、いま思い出してみると確かにその話をしました。ある男が向こうの農場で自殺をしたのです。カラス撃ちのライフルの銃口をくわえて引き金を引いたのですが、弾丸は頭の中に残っていました。これには医者たちも首をひねっていました――唇に少量の血がついているだけで、他には何もなかったんですから。しかし、どうして――」

「どうしてそれがミスタ・マルトラヴァーズと関係があるのか、ということでしょう？どうやら、彼の死体の脇にカラス撃ちのライフルがあったということをご存知ないようですね」

「つまり、ぼくの話がヒントになって彼が——そんな恐ろしいことが！」

「自分を責める必要はありません——どのみちそうなったでしょうから。さて、ロンドンへ電話をしなければ」

長電話が終わると、ポアロは考え込むようにして戻ってきた。午後になってひとりで出かけたポアロが戻り、七時頃に、もうこれ以上引き延ばすことはできない、若い未亡人に知らせなければ、と言った。私はもう、すっかり彼女に同情していた。文無しでひとり残され、しかも自分の将来のために夫が自殺したとなれば、どんな女性でも気が重くなるだろう。しかし私は、彼女が当初の悲しみを乗り越えさえすれば若いブラックが慰めになれるかもしれない、という密かな希望を抱いていた。見たところ、ブラックは彼女に熱い思いを抱いているようだから。

彼女と話をするのは辛かった。彼女はポアロが話す事実を頑として受け入れなかったが、やがて納得すると泣き崩れてしまった。死体を調べたところ、私たちの疑念は確実なものとなった。ポアロは彼女をとても気の毒に思っていたが、つまるところ彼も保険会社に雇われた身で、なんともしようがなかった。帰り支度をしながら、ポアロはミセス・マルトラヴァーズに優しく言った。

「奥様、ほかの人はともかく、あなただけは死人などいないことをご存知のはずですが！」

「どういうことですか？」彼女は目を大きく見開き、口ごもるように言った。

「奥様は降霊術の会に出席なさったことは？　あなたには霊媒の素質がおありのようなので」

「よくそう言われます。でも、あなただって本気で降霊術など信じてはおられないでしょう？」

「不思議なものは見たことがあります。村の人々がこの家は憑かれていると噂していることはご存知ですよね？」

彼女は頷いた。そのとき、夕食の支度ができたことを知らせにメイドがやって来た。

「お食事をしていかれませんか？」

私たちは、彼女のことばに甘えることにした。私は、自分たちがいれば彼女の悲しみも少しは紛れるのではないかと思った。

スープを飲み終えたころ、ドアの向こうから悲鳴と瀬戸物の割れる音が聞こえた。私たちはとっさに立ち上がった。メイドが、片手で心臓を押さえて現われた。

「男の人が――廊下に立っていたんです」

　ポアロが飛び出していったが、すぐに戻ってきた。

「誰もいませんよ」

「誰も、ですか？」メイドがか細い声で言った。「本当にびっくりしたんです！」

「なぜ？」

　メイドは囁くように答えた。

「てっきりご主人様かと思って――そっくりだったんです」

　私は、マルトラヴァーズ夫人がぎょっとする様子に気がついた。私は、自殺をした者は永眠できないという昔からの迷信を思い出した。彼女も同じことを考えたのだろう、しばらくしてから悲鳴をあげてポアロの腕をつかんだ。

「あれが聞こえませんでした？　コツコツと窓を三回叩く音です。彼は、家のまわりを歩くときにいつもああいう叩き方をしたんです」

「ツタですよ」私は大声で言った。「ツタが窓ガラスに当たったんです」

　とはいえ、私たちのあいだに恐怖心のようなものが拡がっていった。メイドは気が動転していたし、食後にはマルトラヴァーズ夫人もポアロにすぐには帰らないでほしいと頼んでいた。ひとり残されるのが恐ろしいのだ。私たちは小さな居間の椅子に坐っていた。風が強くなり、家のまわりで薄気味悪く唸っている。部屋のドアのラッチが二度も外れてゆっくりと開き、そのたびに彼女は荒い息遣いになって私にしがみついた。

「このドアは取り憑かれているぞ!」とうとうポアロが苛立たしげに怒鳴った。彼は立ち上がってまたドアを閉め、鍵を掛けた。「鍵さえ掛ければ!」

「鍵は開けておいて」彼女が言った。「また開いたら——」

彼女が言い終わらぬうちに、信じられないことが起こった。鍵のかかったドアがゆっくりと開いたのだ。私のところからは廊下が見えなかったが、彼女とポアロは廊下に向かって坐っていた。彼女が悲鳴をあげてポアロにからだを向けた。

「廊下にいる彼が——見えたでしょ?」彼女が叫んだ。

ポアロは途方に暮れたような顔を彼女に向け、首を振った。

「見たんです——夫を——あなたにも見えたにちがいないわ」

「奥様、私には何も見えませんでしたよ。きっと具合が悪いのでしょう——気が動転して——」

「具合など悪くありません。私——ああ、なんということでしょう!」

不意に明かりが明滅し、すぐに消えた。暗闇の中で大きなノックの音が三回した。マルトラヴァーズ夫人の呻き声が聞こえた。

次の瞬間——私も見た!

二階のベッドに横たわっていた男がこちらを向いて立ち、ぼうっと不気味な白い光を放っているのだ。唇には血がつき、右手を伸ばして指を差している。その指先から明るい光が放出されたように見えた。それはポアロと私を越え、マルトラヴァーズ夫人まで達した。恐怖に満ちた彼女の蒼白な顔が目に入った。そして、ほかのものも！

「おい、ポアロ！」私は叫んだ。「彼女の手を見てみろ、右手だ。まっ赤だぞ！」

彼女も自分の右手に目をやり、そのまま床にくずおれてしまった。

「血だわ」彼女がヒステリックに叫んだ。「血よ。私が彼を殺したの。私がやったの。彼が自殺の真似をしたんで、私が引き金に指を掛けて引いたのよ。助けて——助けて！彼が生き返ったんだわ！」

声が消え、せき込むような音になった。

「明かりをつけろ」ポアロがぶっきらぼうに言った。

まるで魔法のように明かりがついた。

「そういうわけだ」ポアロがつづけて言った。「聞いただろ、ヘイスティングズ？きみもな、エヴェレット？そうそう、彼はミスタ・エヴェレット、素晴らしいプロの役者なんだ。午後、彼に電話をしたんだよ。メイクも、なかなかのものだろ？死んだ彼にそっくりだし、懐中電灯と燐光も効果絶大だった。ヘイスティングズ、ぼくがきみだったら彼女の右手には触れないね。赤い塗料がべったりとつくからな。明かりが消えたときに、ぼくが彼女の手を握ったのさ。ところで、列車に遅れるとまずい。窓の外にジャップ警部が来ている。天気はよくないが――彼もときどき窓を叩いていたから、退屈しのぎにはなっただろうな」

「わかっただろ?」風雨のなかを元気に歩きながら、ポアロはつづきを話しはじめた。

「ちょっと矛盾することがあったんだ。ドクタはあの死んだ男をクリスチャン・サイエンスの信者だと思っていたようだが、そう思わせられるのはマルトラヴァーズ夫人以外にいないだろ? ところが彼女、我々には彼が自分の健康状態をひどく心配していたようなことを言っていた。それと、なぜ彼女はブラックが現われたことにあれほど驚いたんだ? 最後にもうひとつ、旦那に先立たれた女はいかにも悲しそうな様子をして見せるものだが、それにしても、彼女みたいにまぶたにべったり化粧をするのはどんなものかな! そういうことに気がつかなかったのか、ヘイスティングズ? 気づかなかった? いつも言うように、きみは何も見ていないんだな!

ところで、厄介だったのはここからだ。可能性は二つあった。ブラックの話でミスタ・マルトラヴァーズがいい自殺の方法を思いついたか、その話を聞いていた彼女がいい殺害方法を思いついたか、この二つだ。ぼくはあとの見方をとった。話に出たような方法で自分を撃つには、爪先で引き金を引かなければならない——少なくともぼくはそう思うね。もし発見された死体の片方のブーツが脱げていたら、誰かがそのことを言うはずだ。そういうふつうと違うことは忘れないものだよ。

そう、これは自殺ではなく他殺だ、とぼくは思った。だが、ぼくの推理を裏付ける証拠は何もないことに気づいた。だから、今夜きみが見たお芝居をしたというわけだ」

「いまだに事件の細かな経緯がわからないんだが」私は言った。

「だったら、最初から見てみようか。ここに、ひとりの利口で狡猾な女がいると思ってくれ。夫の経済的な破綻を知ったその女は、財産目当てに結婚した年配の男にうんざりしていて、多額の保険を掛けるように説き伏せ、目的を果たす方法を考える。偶然、女はその方法を思いつく——若き将校の奇妙な話だよ。大尉は船に乗っているものとばかり思っていた翌日の午後、夫婦で散歩をしている。『昨夜のお話は本当に変なお話でしたね！』と女が言う。『あんなやり方で自分を撃つことができるものでしょうか？　ちょっと真似をしてみてくださらない？』哀れな男は——真似をしてみせる。男がライフルの銃口を口にくわえると、女は屈み込んで、引き金に指を掛け、彼を見上げて笑う。そして、図々しくもこう言うんだ。『もし私が引き金を引いたら？』

そして——女は引き金を引くんだよ、ヘイスティングズ！」

安アパート事件

The Adventure of the Cheap Flat

これまで私が記録してきた事件では、殺人にせよ強盗にせよ、ポアロの調査は中核となる事実から出発して、論理的な推論を経て最後の見事な解決へと進んでいった。これから私が詳しく述べる事件では、一連の驚くべき状況が、まずポアロの注意を惹いた些細な出来事からはじまり、いくつかの不気味な出来事を経てひとつの異常な事件へと移行していく。

その晩、私は旧友のジェラルド・パーカーといっしょに時を過ごしていた。ホストのパーカーと私以外に、たしか五、六人の客がいたと思う。パーカーがいる席では遅かれ早かれいつもそうなるのだが、話題はロンドンでの家探しというところへ落ち着いた。貸家やアパート探しはパーカーお気に入りの趣味なのだ。第一次世界大戦が終わってから、彼は少なくとも六件のアパートやメゾネットを転々としてきた。どこかに落ち着いてもすぐに別なところを見つけ出し、あれよあれよという間に引っ越してしまう。しかも引っ越すたびに、たいてい僅かながらも金銭的に得をしている。彼は商才に長《た》けてはいるが、そんなことをするのは金儲けがしたいからではなく、純粋にそうすることを愉しんでいるだけなのだ。しばらく、私たちは専門家の話を聴く初心者のように敬意を払ってパーカーの話を聴いていた。やがて私たちが話す番になると侃侃諤諤《かんかんがくがく》の状態になり、収拾がつかなくなってしまった。最後にはミセス・ロビンソンに締めくくってもらうことになった。彼女は新婚ほやほやの小柄でチャーミングな女性で、夫といっしょに来ていた。パーカーがロビンソンと知り合ったのはごく最近のことなので、私はこの二人とは初対面だった。

「アパートといえば」彼女が言った。「私たちはとてもラッキーだったんですよ、ミスタ・パーカー。アパートが見つかったんです――やっとのことでね！　モンタギュー・マンションです」

「そうですか」パーカーは言った。「いつも言っていることですが、アパートならいくらでもあるんですよ――お金さえ出せばね！」

「たしかにそうですが、あそこはただみたいに安いんです。年に八十ポンドですからね！」

「しかし——モンタギュー・マンションといえば、ナイトブリッジのすぐ近くでしょ？　大きくてきれいな建物ですよね？　それとも、どこかのスラムにある同じ名前の安アパートのことですか？」

「いいえ、ナイトブリッジの近くです。だから不思議なんですよ」

「たしかに不思議だ！　奇跡としか言いようがない。でも、どこかに落とし穴があるにちがいありませんよ。権利金が高額なのでは？」

「権利金はありません！」

「なしですって——ああ、眩暈《めまい》がする！　誰かぼくを支えてくれ！」パーカーは呻くように言った。

「でも、備え付けの家具は買い取らなければなりませんでした」

「やっぱり！」パーカーは我が意を得たりという感じだった。「それが落とし穴なんだ！」

「五十ポンドですよ。おかげで立派な家具がそろいました！」

「私の負けですね」パーカーが言った。「いまいる居住者は、博愛精神をもった変人にちがいない」

ミセス・ロビンソンはいささか困ったような顔つきになった。きれいな眉間に少し皺が寄っている。

「ちょっと変ですよね？　まさか――まさか、幽霊屋敷なんかじゃ？」

「幽霊屋敷の話など、聞いたことがありませんよ」パーカーはこう断言した。

「ありませんか」ミセス・ロビンソンはとうてい納得できないといった様子だった。

「でも、いくつかあったんですよ――変だと思うようなことが」

「たとえば？」私は口をはさんだ。

「とうとう我が名探偵の興味を惹いたようだぞ！」パーカーが言った。「ロビンソンさん、彼に話してみてください。ヘイスティングズは謎解きの名人なんです」

私は照れくさくなって笑ったが、押し付けられた役割に悪い気はしなかった。

「でも、そんなに変というわけでもないんですよ、ヘイスティングズ大尉。ストッサー・アンド・ポールという仲介業者のところへ行ってみたところ――そこは高級住宅地のメイフェアにある物件しか扱ってないので訪ねてなかったんですが、まあ行ってみるだけ行ってみようということになりましてね――店員が薦める物件はどれも年に四、五百ポンドのものか、権利金の高いものばかりでした。しかたなく帰ろうとすると、八十ポンドの部屋もあるにはある、と言うんです。でも、その物件は以前から台帳に載っていて、何人ものお客を見に行かせたからもう決まってしまった可能性が高いので――店員は〝飛びついた〟と言っていましたが――行っても無駄じゃないか、とのことでした。決めた人がいても面倒くさがって結果を店に伝えないものだから、店としても次から次へと見に行かせていたんでしょうね。ですからお客のなかには、決まってしまったかもしれない物件を見に行かされることに嫌気がさしてやめてしまう人もいたのでしょう」

一気にまくし立てたミセス・ロビンソンが大きく息をつき、先をつづけた。

「店員にお礼を言って、行っても無駄なことはよくわかるけれど――万が一ということもあるので行くだけは行ってみる、と言いました。すぐにタクシーに乗って行ってみました。四号室は三階にあるのでエレヴェーターを待っていると、友だちのエルシー・ファーガソンが大急ぎで階段を下りてきたんです。その夫婦も部屋を探しているんですよ、ヘイスティングズ大尉。彼女、『今日はあなたより先だったわね。でも、もう遅いわ。借り手が決まってしまったんですって』と言いました。もうだめかと思いましたが、ジョンの言うように、そこはとても安いからもう少し出そうと思えば出せるし、権利金を払うと言えばなんとかなるんじゃないかと思ったんです。もちろん嫌なやり方なので話すのも恥ずかしいんですが、でも、アパート探しがどんなものか、あなたもご存知でしょ？」

私は、部屋探し競争では利己的な者のほうが勝つ場合が多いのは知っているし、喰うか喰われるかの法則が当てはまるものだ、と言って彼女を安心させた。

「で、三階へ行ってみたんです。そうしたらなんと、借り手はまだ決まっていなかったんですよ。メイドの案内で部屋を見せてもらいました。それから家主の女性に会って、その場で話を決めました。条件はすぐに引っ越してくることと、家具を五十ポンドで買い取るということでした。翌日には契約書にサインをしたんです。引っ越しは明日なんですよ！」ミセス・ロビンソンは得意げに言った。

「すると、ミセス・ファーガソンはどうしたんだろう？」パーカーが言った。「ヘイスティングズ、きみの推理を聞かせてくれないか？」

「言うまでもないことさ、ワトソン」私はシャーロック・ホームズを真似て答えた。「彼女は部屋をまちがえたんだよ」

「まあ、ヘイスティングズ大尉ったら。なんて頭がいいんでしょう！」ミセス・ロビンソンは感心したように大声で言った。

私は、ポアロがいたらなあ、と思った。ときどき、彼に見くびられているんじゃないかと感じることがあったからだ。

この出来事はかなり面白かったので、翌朝、ポアロへの知恵試しのつもりで話してみた。彼も興味を惹かれたようで、あちこちの家賃についてかなり細かく私に訊いてきた。「奇妙な話だな」彼は考え込んだ様子で言った。「すまないが、ヘイスティングズ、ちょっと出かけてくるよ」

一時間ほどして戻って来た彼の目は、妙に興奮して輝いていた。テーブルにステッキを置き、いつものように帽子のけばをていねいにブラッシングしてから口を開いた。

「ちょうど仕事のないときでよかったな。おかげで、今度の調査に全力投球ができる」

「調査って、何の調査だ？」

「友だちのミセス・ロビンソンが借りた部屋の家賃が極端に安いということさ」

「ポアロ、まさか本気じゃないだろうな！」

「本気も本気、大真面目さ。あそこは、どの部屋も本当の家賃は三百五十ポンドだということを考えてみたまえ。いま、家主の代理人から聞いてきたばかりなんだ。それなのに、彼女の部屋だけが八十ポンドで又貸しされたんだぞ！　なぜだと思う？」

「何か特別な事情でもあるにちがいないな。ミセス・ロビンソンが言っていたように、幽霊屋敷だとか」

ポアロは納得できないというように首を振った。

「それに、彼女の友人が借り主は決まっていると言ったのに、彼女が行ってみるとそうではなかったんだ！　奇妙じゃないか」

「そんなことを言っても、彼女の友人が部屋をまちがえたという説にきみも賛成したじゃないか。ほかに考えようがないからな」

「ヘイスティングズ、その点についてはきみの言うとおりかもしれないし、そうでないかもしれない。大勢が部屋を見に行っていて、しかもあんなに安いのに、ミセス・ロビンソンが行ったときもまだ決まっていなかったという事実は、厳然としてあるんだ」

「それこそ、特別な事情があるにちがいないという証だよ」

「だが、ミセス・ロビンソンに何か不都合に気づいたという様子はなかった。実におかしな話じゃないか？　きみの印象では、彼女は正直そうな女性だったか？」

「感じのいい人だったよ！」

「そうだろうとも！　きみを、ぼくの質問に答えられないようにしてしまったくらいだからな。彼女のことをもう少し聞かせてくれないか」

「そうだな、背の高い美人で、髪はきれいな赤みがかった金髪で――」

「例によって、きみは赤毛がお気に入りなんだな！」ポアロは呟いた。「まあいい、つづけてくれ」

「瞳はブルーで色白——まあ、そんなところだよ」私は歯切れ悪く口をつぐんだ。

「で、ご主人は？」

「感じのいい男だよ——びっくりするほどじゃないが」

「浅黒い肌なのか、色白か？」

「どうだったかな——その中間といったところかな。よくあるタイプの顔さ」

　ポアロは頷いた。

「なるほど。そういうふつうの男はいくらでもいるな——とにかく、きみは女の説明をするときのほうが好意的だし、目も行き届いているよ。ところで、きみはその二人を知っているのかい？　パーカーはどうだ？」

「最近、知り合ったばかりらしい。なあ、ポアロ、まさかきみは——」

　ポアロは片手をあげて私を制した。

「まあ落ち着けよ。ぼくに考えがあるなんて、言ったかい？　ぼくが言ったのは——奇妙な話だ、ということだけだ。それに、手がかりになるようなものは何もないしな。あえて言えば、彼女の名前くらいかな。そうじゃないか、ヘイスティングズ？」

「彼女の名前はステラだが」私はぎごちなく言った。「それが何か——」

　ポアロは大げさにくすくす笑い、私を遮った。何かを面白がっているらしい。

「ステラといえば、星のことだろ？　素晴らしいじゃないか！」

「いったい何が――？」

「星は光を放つんだよ！　なっ！　まあ落ち着けよ、ヘイスティングズ。そんなに面子《めんつ》をつぶされたような顔をしないでくれ。さあ、モンタギュー・マンションへ行って少し訊いてみることにしよう」

私はよろこんで彼のお供をした。モンタギュー・マンションは、手入れの行き届いた立派な建物だった。制服を着た守衛が、入口でひなたぼっこをしている。ポアロが最初に話しかけたのは彼だった。

「ちょっと尋ねたいんだが、ここにロビンソン夫妻は住んでいるかな？」

守衛は口数の少ない男で、無愛想か疑り深い性格の持ち主のようだった。私たちには目もくれず、ぶっきらぼうに答えた。

「三階の四号室です」

「ありがとう。夫妻がここへ越してきてからどれくらいかな？」

「六カ月です」

私はびっくりして一歩まえに出たが、ポアロは意地悪そうににんまりしていた。

「そんな馬鹿な」私は思わず叫んでしまった。「何か思いちがいをしているんだ」

「六カ月です」

「確かなのか？　私が言っている女性は背の高い美人で、髪は赤みがかった金髪で――

――」

「その人です」彼は言った。「聖ミカエル祭の日に引っ越してきたのですから、ちょうど半年前です」

守衛はうんざりしたらしく、ゆっくりとホールの奥へ行ってしまった。私はポアロのあとから外へ出た。

「どうだい、ヘイスティングズ？」ポアロが意地悪く言った。「これでもまだ、感じのいい女はぜったいに嘘をつかないと言い張るつもりか？」

私は黙っていた。

ポアロがブロンプトン・ロードへ向かうので、これからどうするつもりなのか、どこへ行くのかを訊いた。

「仲介業者のところだよ。ぼくも、モンタギュー・マンションに部屋が借りたくなったんだ。もしぼくの考えにまちがいがなければ、もうすぐ立てつづけに面白いことが起こるぞ」

私たちの部屋探しは運がよかった。五階の八号室が週に十ギニーで借りられるというのだ。ポアロはその場で一カ月借りることにした。外へ出ると、彼は私の反対意見を遮った。

「最近、ぼくは金回りがいいんだ！　少しくらいの気紛れはかまわないだろ？　ところで、ヘイスティングズ、レヴォルヴァーを持っているか？」

「ああ——どこかにあるはずだ」私はいささかぞくぞくして答えた。「まさか——」

「必要になるか、というんだな？　その可能性は大いにある。どうだ、うれしいだろう？　華々しくてロマンティックなことがきみのお気に入りだからな」

翌日、私たちは仮住いに落ち着いた。部屋には感じのいい家具が備え付けになっていた。ロビンソン夫妻と同じ位置の二階上にあたる。

引っ越しの翌日は日曜日だった。その日の午後、ポアロは玄関のドアを少しだけ開けたままにしておいた。そして、階下からドアを閉める音が聞こえると、急いで私を呼んだ。

「階段の手すりから覗いてみろ。きみの友だちじゃないか？　見つからないように気をつけて」

私は手すり越しに首を伸ばした。

「あれは彼らだ」私は慣用的な語法から外れた言い方で囁いた。

「よし、しばらく様子を見ていよう」

　三十分ほどすると、派手な色使いの服を着た若い女が現われた。ポアロが満足そうに溜息をつき、忍び足で部屋へ戻った。

「やっぱり。夫婦のあとからメイドも出て行ったから、あの部屋には誰もいなくなったはずだ」

「どうするつもりなんだ？」私は落ち着かぬ気分で訊いた。

　ポアロは勢いよく流し場へ行き、石炭を引き上げる荷台のついたロープを引っ張りはじめた。

「ごみ箱を下ろす要領で降りるんだよ」彼は上機嫌で説明した。「誰にも見られやしないさ。日曜コンサート、日曜の午後の外出、イギリスの習慣になってる日曜の昼のごちそう——ローストビーフだな——そのあとの日曜の昼寝、こうしたことがエルキュール・ポアロから注意をそらせてくれるさ。さあ、行くぞ」

　彼が粗末な木製の荷台に乗り、つづいて私も慎重に乗った。

「部屋に押し入る気か？」私は半信半疑で訊いた。

　ポアロの答えは曖昧だった。

「今日というわけじゃないがね」

ロープを引きながら、私たちはゆっくりと三階まで降りた。流し場のドアが開いているのを見ると、ポアロが満足そうに言った。

「見ただろ？　彼ら、昼間はここのドアに鍵をかけないいんだ。その気になれば誰だって上からも下からも来られるのに。夜には鍵をかけてしまう――毎晩というわけじゃないだろうが――だから、こうやって準備をしておくのさ」

こう言いながらポアロはポケットから道具をいくつか取り出し、手際よく作業に取りかかった。作業の目的は、荷台からも閂《かんぬき》を外せるように細工することだった。作業はたった三分で終わった。ポアロが道具をポケットに戻し、私たちは自分たちの部屋へ上がった。


月曜日、ポアロは一日中外出していたが、夕方になって戻ってきた彼は満足そうな溜息をついてどっかりと椅子に坐った。

「ヘイスティングズ、ちょっとした話をして聞かせようか？　きみが好きそうな話だし、きっとお気に入りの映画を思い出すぞ」

「聞かせてくれ」私は笑った。「きみがあれこれ想像して創り上げた話でなく、実話だろうからな」

「もちろん実話さ。その正確さはスコットランド・ヤードのジャップ警部の折り紙つきだ。なんといっても、彼が特別に聞かせてくれた話なんだからな。いいかい、ヘイスティングズ、半年ちょっと前のことなんだが、アメリカ政府のある省から海軍の重要な計画書が盗まれた。そこにはもっとも重要な港湾防衛施設の位置が書かれていて、外国――たとえば日本の――政府にとっては相当な金額を払っても手に入れたいものなんだ。イタリア生まれのルイジ・ヴァルダルノという青年が疑われた。というのも、その省の小さな部署に勤務していた彼が、書類の盗難と同時に行方不明になってしまったからなんだよ。ルイジ・ヴァルダルノが犯人かどうかはわからないが、二日後に彼はニューヨークのイーストサイドで射殺死体で発見された。書類は持っていなかった。ところで、彼はしばらく前からミス・エルザ・ハートと付き合っていた。彼女は売り出し中の若いコンサート・シンガーで、ワシントンのアパートメントに弟と住んでいた。ミス・エルザ・ハートの経歴については何ひとつわかっていないんだが、ヴァルダルノが死んだところに忽然と姿を消してしまったんだ。しかも、彼女が優秀な国際スパイで、さまざまな偽名を使って不埒な活動をしていたことを示す証拠がいくつか挙がっている。アメリカの秘密情報機関は、全力を尽くして彼女の行方を追うと同時に、ワシントンに住む特にはどうということのない何人かの日本人を監視していた。情報機関は、足取りを消したエルザ・ハートがいずれこの日本人たちと接触するにちがいないと睨んでいた。そして二週間前、その日本人のひとりが急にイギリスへ渡った。そういうわけで、見たところではエルザ・ハートもイギリスにいるのではないか、そう思われているんだ」ポアロはことばを切り、やがて落ち着いた口調で付け加えた。「当局の発表によると、エルザ・ハートは身長五フィート七インチ、目はブルー、髪は金褐色、色白、まっすぐな鼻、特記すべき特徴はなし、となっている」

「ミセス・ロビンソンだ！」私は思わず声をあげてしまった。

「まあ、そういうこともあり得るけどね」ポアロはたしなめるように言った。「それと、つい今朝ほど、浅黒い外国人の男が四号室の住人について訊きに来たそうだ。ということはだね、今夜は気持ちのいい睡眠をあきらめて、ぼくといっしょに階下の部屋で寝ずの番をしてもらわなければならない、ということだな——もちろん、きみの素晴らしいレヴォルヴァーを持ってね！」

「了解！」私は興奮気味に答えた。「で、いつはじめる？」

「夜中の十二時ころが静かだし、いいだろう。それまでは何も起きそうにないからな」

十二時ちょうど、私たちは石炭用のリフトに乗って三階へ降りた。ポアロが細工をしておいたおかげで木製のドアはすぐに開き、私たちは部屋に潜り込んだ。流し場からキッチンへ行き、ホールに面したドアを少しだけ開けて椅子に腰を下ろした。

「さてと、あとは待つだけだ」ポアロが目を閉じて、満足そうに言った。

私には待っている時間が永遠にも感じられ、居眠りをしてしまうのではないかと不安だった。八時間も待ったように感じられたころ――あとになって、実際にはたったの一時間と二十分だということがわかったが――何かを引っかくようなかすかな音が聞こえてきた。ポアロが私の手に触れた。私たちは忍び足でホールのほうへ行った。音はそっちから聞こえてくる。ポアロが私の耳に口を近づけて言った。

「玄関のドアだな。鍵を切り取ろうとしてるんだ。ぼくが合図をしたら、うしろからやつを押さえ込んでくれ。ナイフを持っているだろうから気をつけてな」

鍵をもぎ取る音がし、ドアから小さな光の輪が射し込んできた。それもすぐに消え、ゆっくりとドアが開いた。ポアロと私は壁に張りついた。通り過ぎる男の息遣いが聞こえた。やがて男が懐中電灯をつけ、それと同時にポアロが私の耳元で囁いた。

「行くぞ」

私たちはいっしょに飛びかかった。私が男の両腕を固めているあいだに、ポアロが薄いウールのマフラーを素早く彼の頭にかぶせた。音も立てずに手際よくできた。私が男の手から短剣をもぎ取り、ポアロはかぶせたマフラーを男の目の下まで引っぱり下ろし、口を覆ってしっかりと縛った。私はレヴォルヴァーを突きつけ、抵抗しても無駄だということを示した。男がもがくのをやめると、ポアロが彼の耳元で早口に何事か囁いた。やがて、男が頷いた。ポアロは手で声を出すなという合図をし、先頭に立って部屋を出ると階段を下りはじめた。人質が彼につづき、私はレヴォルヴァーを構えてそのうしろについた。通りへ出ると、ポアロが私のほうを向いた。

「あの角を曲がったところでタクシーが待ってるから呼んできてくれ。そのレヴォルヴァーはぼくが預かろう。もう必要ないからな」

「だが、もしこいつが逃げようとしたら？」

ポアロは笑みを浮かべた。

「逃げやしないさ」

私はタクシーのところへ行って乗り込み、すぐに戻った。男の顔に巻きつけられていたマフラーが外されていた。その顔を見て、私は仰天した。

「こいつは日本人じゃないぞ」私は強い口調でポアロに囁いた。

「きみの強みはその観察眼だな、ヘイスティングズ！　ぜったいに見落としがない。いかにも、彼は日本人じゃない。イタリア人だ」

タクシーに乗ると、ポアロがセント・ジョンズ・ウッドの住所を運転手に告げた。私はすっかりわけがわからなくなっていた。捕まえた男がいるところでポアロに行き先を訊くのも嫌なので、あれこれ考えてみたが、やはりわからなかった。

私たちは、通りから少し入ったところに建つ小さな家のまえでタクシーを降りた。ほろ酔い加減で帰宅途中の男が千鳥足で歩いてきて、ポアロにぶつかりそうになった。彼が男に鋭い口調で何か言ったが、私には聞こえなかった。私たち三人は家のまえの階段を上がった。ポアロがドアベルを鳴らし、私たちに脇へ寄れと合図した。誰も出てこない。彼はもう一度ベルを鳴らし、それからドアノッカーをつかむと、しばらくのあいだ激しくノックをつづけた。

ドアの上の小窓が明るくなり、用心するようにかすかにドアが開いた。

「いったい何の用だ？」つっけんどんな男の声がした。

「お医者様に診てほしいんです。妻の具合が悪くて」

「うちには医者などいない」

男がドアを閉めようとすると、ポアロが素早く隙間に足をはさんだ。突然、彼がマンガに出てきそうな激怒したフランス人に変身した。

「何だって？　医者はいないだと？　警察を呼ぶぞ。出て来い！　一晩中、ドアベルを鳴らしてノックしてやるからな」

「おいおい――」またドアが開いた。ガウンを着てスリッパをはいた男が、ポアロをなだめようと出てきてあたりを見まわした。

「警察を呼んでくる」こう言って、ポアロが階段を下りようとした。

「よせ、頼むからそれだけはやめてくれ!」男がポアロを追った。

それをポアロが突き飛ばし、男は落ちるように階段の下までよろめいていった。そのすきに私たち三人は家の中に入ってドアを閉め、鍵をかけた。

「急げ――この部屋に入ろう」ポアロが先頭に立って部屋に入り、明かりのスイッチを入れた。「きみは――カーテンの陰だ」

「わかりました」イタリア人は答え、出窓に掛かっている、たっぷりとひだの寄ったバラ色のヴェルヴェットのカーテンの陰に、素早く身を隠した。

実に手際がよかった。彼がカーテンに隠れたそのとき、女が部屋へ駆け込んできた。背の高い赤味がかった髪の女で、ほっそりとしたからだに緋色のキモノをまとっていた。

「夫はどこ?」ぎょっとしたような目をして叫んだ。「あなた、どなた?」

ポアロがまえに出て会釈をした。

「ご主人が寒さに震えることはありますまい。スリッパをはいていましたし、ガウンも暖かそうでしたからね」

「どなたですか？　ここで何をしているんですか？」

「たしかに私たちは見も知らぬ者ですがね、奥さん、あなたにお目にかかろうとわざわざニューヨークからやって来た者がいるのですよ」

カーテンの陰からイタリア人が出てきた。驚いたことに、その手には私のレヴォルヴァーが握られている。タクシーの中で、ポアロがうっかり手を放してしまったにちがいない。

女は甲高い悲鳴をあげて逃げ出そうとしたが、閉まったドアのまえにはポアロが立ちはだかっていた。

「通して」女が金切り声をあげた。「彼、私を殺す気よ」

「ルイジ・ヴァルダルノを殺したのは誰だ？」私たちに順に銃口を向けながら、イタリア人がしわがれ声で訊いた。私たちは身動きひとつできなかった。

「おい、ポアロ、とんでもないことになったぞ。どうするつもりだ？」私は叫んだ。

「頼むから黙っていてくれ、ヘイスティングズ。彼は、ぼくが撃てと言うまでは撃たないから大丈夫だ」

「そうかな？」陰険な目つきでイタリア人が言った。

私はキツネにつままれたような気分だったが、女がポアロにさっとからだを向けた。

「何が欲しいの？」

ポアロはお辞儀をして言った。「それを言って、頭のいいミス・エルザ・ハートを侮辱する必要はないと思いますがね」

女は、電話カバーにしている大きな黒いヴェルヴェットのネコをひったくった。

「この裏に縫い込んであるわ」

「頭がいいですな」感心したように呟き、ポアロがドアのまえからどいた。「さようなら、奥さん。あなたが逃げるまでニューヨークからのお友だちは引き留めておいてあげますからね」

「何を馬鹿な！」大柄なイタリア人がこうがなり、私が飛びかかった瞬間、彼は銃口を女に向けて引き金を引いた。

が、銃からはカチッという音がするだけだった。穏やかにたしなめるポアロの声が聞こえた。

「きみは古い友人も信頼しないんだな、ヘイスティングズ。ぼくはね、友人が弾の入ったピストルを持ち歩くのは嫌だし、ただの知り合いがそんなことをするのはもっと嫌なんだよ。ぜったいにな」最後のひと言は悪態をつくイタリア人に言ったものだった。ポアロは諭すようにつづけた。「ぼくがきみにしてやったことがわかったはずだ。きみを絞首刑から救ってやったんだぞ。それに、この美女は逃げられやしないんだ。この家は表も裏も警察に見張られているんだよ。すぐに捕まってしまう。そう考えると気分もいいし、納得できるだろ？　さあ、きみはもう出て行っていいぞ。だが、気をつけてな――充分に気をつけるんだ。ぼくは――あれっ、もう行っちまった！　ところで、我が友人のヘイスティングズが恨めしそうな目でぼくを見ているが、この事件は実に単純明快だったんだよ！　モンタギュー・マンションの四号室の、おそらく何百という申込者のなかで、ロビンソン夫妻だけが相応しいということは最初から決まっていたんだ。その理由？　他の大勢のなかからあの夫婦がなぜ選ばれたのか――しかも、たった一目でね。見た感じか？　それもあるかもしれないが、特にどうということもない。となれば、彼らの名前さ！」

「しかし、ロビンソンという名前だって特にどうということはないぞ」私は大きな声で言った。「ありふれた名前じゃないか」

「いやはや、そのとおりだよ！　だが、そこがポイントなんだ。エルザ・ハートと彼女の夫が――まあ、弟だろうとなんだろうと何でもいいんだが――ニューヨークからやって来て、ロビンソン夫妻という名前で部屋を借りる。ふとしたことから二人は、マフィアや、おそらくルイジ・ヴァルダルノが属していたにちがいないイタリアのカモラといった、犯罪秘密結社のひとつが自分たちを追っていることを知る。そういう状況で、彼らはどうすると思う？　単純な計画を思いついたんだ。明らかに二人は、追っ手が自分たちと面識のないことを知っていた。となれば、これほど簡単なことはないだろう？　二人は、ばかばかしいほど安い家賃で部屋を貸すことにする。ロンドンで部屋を探している何千という若いカップルのなかに、ロビンソンという名前の夫婦がいないわけがない。あとは、ただ待っていればいいんだ。電話帳でロビンソンという名前を見れば、きみだっていずれは金褐色の髪をしたミセス・ロビンソンがやって来ると思うだろう。そして、どうなる？　追っ手がやって来るのさ。彼は、名前も住所も知っている。そして、襲撃だ！　すべてが終わり、追っ手は目的を果たし、ミス・エルザ・ハートはまたもやかろうじて逃げ出した、というわけさ。ところで、ヘイスティングズ、本物のミセス・ロビンソンに会わせてくれよな――好感のもてる正直者に！　誰かが部屋に侵入したことを知ったら、どう思うだろう！　さあ、急いで戻らなければ。ちょっと待て、どうやらジャップ警部たちが来たようだ」

ノッカーの大きな音がした。

「ここの住所をどうやって知ったんだ？」ポアロのあとについてホールへ戻るときに私は訊いた。「ああそうか、偽のミセス・ロビンソンが向こうの部屋を出たときに尾行したんだな」

「よかったな、ヘイスティングズ、やっと灰色の脳細胞が働きだしたようで。さて、次はジャップを少しばかりびっくりさせてやろう」

ポアロはドアをそっと開け、ヴェルヴェットのネコの頭を隙間から出して鋭く〝ニャオ〟という声を出した。

もうひとりの男とドアの外に立っていたスコットランド・ヤードの警部が、思わず飛び退《の》いた。

「なんだ、またムッシュ・ポアロのいたずらか！」ネコにつづいてポアロが姿を現わすと、警部はこう叫んだ。「中へ入れてくれ、ムッシュ」

「さっきの連中、無事に確保したでしょうね？」

「ああ、身柄は確保した。だが、例のものは持っていなかったぞ」

「なるほど。それで、捜しに来たわけだ。さて、ぼくとヘイスティングズはもう帰るが、そのまえにこの飼い猫の言い伝えと習性を教えてあげよう」

「頼むよ、ムッシュ。頭がどうかしちまったんじゃないか？」

「ネコというやつは」ポアロが熱弁をふるいだした。「古代エジプト人に崇められていた。いまでも、自分のまえを黒ネコが横切ったらそれは幸運のしるしだと言われている。

ジャップ、今夜はこのネコがきみのまえを横切ったんだぞ。イギリスでは、動物や人間の心の内を話すことが礼儀に反するとされているのはぼくも知っている。だがね、このネコの内面はひじょうにデリケートなんだ。ぼくが言っているのは裏張りのことだぞ」

もうひとりの男が急に唸るような声を出し、ポアロの手からそのネコをひったくった。

「そうだ、紹介するのを忘れていたよ」ジャップが言った。「こちら、合衆国秘密情報部のミスタ・バートだ」

そのアメリカ人は、訓練された指で捜していた物をすでに探り当てていた。彼はその手をネコの裏から出したが、適当なことばが見つからない様子だった。やがて、気を取り直したように言った。

「はじめまして」

狩人荘の怪事件

The Mystery of Hunter's Lodge

「どうやら」ポアロが呟いた。「今回も死なずにすみそうだ」

インフルエンザが治りかけている彼のことばなので、だいぶ楽になってきたのだろうと思うと私もうれしかった。インフルエンザにかかったのは私が先で、それがポアロにうつってしまったからだ。彼はベッドで起き上がって背中に枕をあてがい、頭からウールの肩掛けをすっぽりかぶっている。そして、彼の指示に従って私が作った特製の煎じ薬をゆっくりすすっている。その目は、用済みになってマントルピースを飾る空の薬瓶をうれしそうに見つめていた。

「そうとも」小柄な我が友人はつづけた。「悪人が恐れる偉大なエルキュール・ポアロの復活だ！　なあ、ぼくが《ソサエティ・ゴシップ》に載ることを想像してみてくれ。

そうとも！　記事はこんなふうだ――〝犯罪者諸君……全力で頑張りたまえ！――そして世の淑女のみなさん……エルキュール・ポアロ（Hercule Poirot）こそ真のヘラクレス（Hercules）なのであります！――我らが誇る名探偵も、いまは手綱を締める（get a grip）ことができません。なぜなら？　彼はインフルエンザにかかっている（got la grippe）からです〟とね」

　私は笑ってしまった。

「よかったな、ポアロ。きみもすっかり有名人だ。それに幸い、寝込んでいるあいだには面白そうな事件もなかったし」

「たしかに。断わらなければならなかった事件も、残念だと思うようなものはなかったからね」

　大家がドアから覗き込んだ。

「階下にお客さんが見えましたよ。ポアロさんか大尉に会いたいと言っています。だいぶ慌てている様子ですし――とても紳士らしい方なので――名刺を預かってきました」

　彼女が私にその名刺をよこした。「ミスタ・ロジャー・ヘイヴァリングか」

　ポアロが頭を動かして本棚を示すので、私は黙ってそこから『紳士録』を取り出した。ポアロに渡すと、彼は急いでページを繰りはじめた。

「〝第五代ウィンザー男爵の次男。一九一三年、ウィリアム・クラブの四女ゾーイと結婚〟」

「そうか！」私は言った。「どうやら、以前フリヴォリティ座に出ていた女性のようだな――自分ではゾーイ・キャリスブルックと名乗っていたが。たしか、戦争がはじまる少し前にロンドンの若者と結婚したはずだ」

「ヘイスティングズ、よかったら階下へ行って、悩み事を訊いてきてくれないか？　ぼくはちょっと失礼するとよくお詫びをしてな」

ロジャー・ヘイヴァリングは四十がらみで、がっちりした体格のあか抜けした男だった。だが、憔悴しきったような顔をし、見るからに動揺している様子だった。

「ヘイスティングズ大尉ですね？　ムッシュ・ポアロのパートナーとお聞きしていますが。実は、今日、どうしても私といっしょにダービシャーへいらしていただきたいのです」

「申し訳ありませんが、それは無理ですね」私は答えた。「ポアロは臥せっているのですよ――インフルエンザでね」

彼の顔が曇った。

「そいつは困ったな」

「ポアロへの相談事というのは重大なことなのですか？」

「そうなんですよ！　昨夜、大の親友でもある叔父がむごたらしく殺されたのです」

「ロンドンで？」

「いいえ、ダービシャーでです。私はこちらに滞在していたのですが、今朝、妻から電報が来ましてね。それを読んですぐに、ムッシュ・ポアロにこの事件を依頼しようと思って訪ねてきたわけです」

「少しお待ちください」私はふと思いついてこう言った。

部屋へ駆け上がり、事件についてポアロにかいつまんで話をした。彼は私にいくつか突っ込んだ質問をした。

「なるほど。ところでどうだい、きみひとりで行ってみるというのは？　いいだろう？　もうぼくの手法はわかっているはずだし。毎日、ぼくに詳細な報告をしてくれればいいよ。それで、きみに電報で指示を伝えるから、それに従ってくれ」

私は喜んで引き受けた。

一時間後、私はロンドンから遠ざかるミッドランド鉄道の一等車でミスタ・ヘイヴァリングと向き合っていた。

「ヘイスティングズ大尉、最初にお話ししておかなければならないことがあります。これから行く殺人現場の狩人荘というのは、ダービシャーの原野に立つただの小さな狩小屋なのです。自宅はニューマーケットの近くにありまして、社交の季節にはたいていロンドンに部屋を借りています。狩人荘の管理は家政婦に任せてあります。とても有能な人で、私たちがときどき週末に訪れるときも、彼女が世話をしてくれるのです。もちろん、狩猟シーズンにはニューマーケットの自宅から使用人を何人か連れて行きますがね。叔父のハリントン・ペイスは（ご存知かもしれませんが、私の母はニューヨークのペイス家の出なのです）、三年前から私たちと同居していました。私の父や兄とはうまくいっていませんでした。私が放蕩息子だということも、私への叔父の愛が深まった理由ではないかと思っています。もちろん私は貧乏で、叔父は裕福でした――生活費を出してくれていたのです。叔父には厳しいところもありましたが気さくな人で、私たち三人は円満に暮らしていました。二日前のことですが、叔父はロンドンでのにぎやかな生活に飽きたらしく、一日、二日、みんなでダービシャーへ行こうと言い出したのです。妻が家政婦のミセス・ミドルトンに電報を打って、その日の午後に三人で向こうへ行きました。昨日の夕方、私は用事があってロンドンへ戻らなければなりませんでしたが、妻と叔父はそのまま残りました。そして今朝、この電報が届いたのです」

彼はその電報を私に見せた。

サクヤ　オジ　コロサル　スグ　モドレ　ヨキタンテイヲ　タノム　ハヤク　モド

レ——ゾーイ

「ということは、あなたもまだ詳しいことはご存知ないのですね？」

「ええ。きっと夕刊に出るでしょう。警察はもう捜査をはじめていると思いますが」

エルマーズ・デイルの小さな駅に到着したのは三時頃だった。そこから車で五マイルほど行くと、荒涼とした原野に立つ灰色をした小さな石造りの建物に着いた。

「寂しいところですね」私は身震いしながら言った。

ヘイヴァリングが頷いた。

「これは取り壊すことにします。もうここで寝泊まりはできませんからね」

ゲートの閂《かんぬき》を外し、細い小道を歩いてオーク材のドアまで行くと、見慣れた男が出てきて私たちを迎えた。

「ジャップ！」私は思わず叫んでしまった。

スコットランド・ヤードの警部が親しげににんまりし、ヘイヴァリングに話しかけた。

「ミスタ・ヘイヴァリングですね？　今度の事件の捜査にロンドンから派遣された者です。差し支えなければお話を伺いたいのですが」

「妻が――」

「奥様にはお目にかかりました――それと、家政婦さんにも。お手間は取らせません。ここでの調べは終わりましたので、私としても村のほうへ戻りたいのです」

「私はまだ何も知らないのですよ」

「ごもっともですが」ジャップは慰めるように言った。「二、三、ご意見をお伺いしたいことがありまして。ここにいるヘイスティングズ大尉は私の知り合いなので、お宅へ行ってあなたのお帰りを伝えてもらいましょう。ところで、ヘイスティングズ大尉、あの小さなお友だちはどうしたんだ？」

「インフルエンザにかかって寝ているよ」

「彼がか？　それはお気の毒に。きみがひとりで来るなんて、馬のない馬車みたいなものじゃないか？」

　私は意地の悪い冗談を無視して家へ向かった。出るときにジャップがドアを閉めて来たので、私はベルを鳴らした。やがて、喪服を着た中年の女がドアを開けた。

「ミスタ・ヘイヴァリングもすぐに来られます」私は告げた。「いまは、警部とお話をなさっていますので。私は、今度の一件を調べるためにロンドンからヘイヴァリングさんといっしょに来た者です。昨夜のことを簡単にお話し願えますか？」

「どうぞお入りください」私が中へ入ると、彼女がドアを閉めた。そこは薄暗いホールになっていた。「昨夜の夕食のあと、ミスタ・ペイスにお目にかかりたいといって男が訪ねてきました。話し方からしてアメリカのお友だちだろうと思い、銃器室へご案内してからミスタ・ペイスにお知らせに参りました。男が名乗ろうとしなかったのも、いま思うとおかしなことです。ミスタ・ペイスにそのことをお話しすると首を傾げていらっしゃいましたが、それでも若奥様に『失礼するよ、ゾーイ。何の用か訊いてくる』とおっしゃって銃器室へ行かれました。私はキッチンへ戻ったのですが、しばらくすると口論でもしているような大声が聞こえたのでホールへ出て行きました。若奥様も出ていらしたちょうどそのときに銃声がして、あとは静まり返ってしまいました。若奥様といっしょに銃器室へ走ったのですが、ドアには鍵がかかっていたので窓のほうへまわりました。窓は開いていて、ミスタ・ペイスが撃たれて血まみれで倒れていたのです」

「その男はどうしました？」

「私たちが行く前に、窓から逃げたにちがいありません」

「それで？」

「ミセス・ヘイヴァリングに言われて警察へ行きました。歩いて五マイルのところにあります。警官たちがいっしょに来てくれまして、巡査のひとりが一晩中いてくれました。そして今朝、ロンドンの警察の方が来られたのです」

「ミスタ・ペイスに会いに来たのは、どんな男でした？」

家政婦は思い出そうとしているふうだった。

「黒い顎鬚を生やした中年の男で、薄手のコートを着ていました。アメリカ人のような話し方をすることと以外、これといったことには気づきませんでした」

「なるほど。ところで、ミセス・ヘイヴァリングにはお目にかかれますか？」

「二階にいらっしゃいます。お伝えしましょうか？」

「ええ、お願いします。奥様には、ご主人はジャップ警部と外にいらっしゃいますが、ロンドンからいっしょに来た者が至急お目にかかりたいと言っている、そうお伝えください」

「承知いたしました」

私は一刻も早く事実関係を知りたくて仕方がなかった。調査に関してはジャップのほうが私より二、三時間先行しているし、その彼が帰りたがっているとなれば何がなんでも追いつきたい、そう思ったのだ。

長く待たされることはなかった。数分後、階段を下りる軽い足音がするので見上げてみると、世にも美しい若い女性が私のほうへやって来るところだった。彼女は炎のような色のジャンパードレスを着ていて、ボーイッシュな細身のからだつきが引き立っていた。黒髪のうえには、やはり炎のような色のレザー・ハットが載っている。今度のような悲劇があっても、彼女のパーソナリティに影が差すようなことはないようだ。

私が自己紹介をすると、彼女はすぐに理解して頷いた。

「あなたとムッシュ・ポアロのことはよく耳にしています。これまでにもごいっしょに素晴らしいお仕事をなさってきたのでしょう？　すぐにあなたをお連れしたのは、主人のお手柄ですね。どうぞ、何なりとお訊きになってください。この恐ろしい出来事についてお知りになるには、それが一番の早道でしょう？」

「ありがとうございます、ミセス・ヘイヴァリング。ではまず、その男がやって来たのは何時頃のことでしたか？」

「九時少し前だったと思います。夕食を終えて、食後のタバコやコーヒーをいただいているところでしたから」

「ご主人がロンドンへお発ちになったあとですね？」

「ええ、六時十五分の列車で発ちましたから」

「駅までは車で？　それとも歩いて？」

「私どもの車はここにはございません。ですから、列車に間に合うようにエルマーズ・デイルから車を呼びました」

「ミスタ・ペイスはいつもとお変わりありませんでしたか？」

「ええ、ぜんぜん。どこから見ても普段と同じでした」

「ところで、その男の姿格好はおわかりですか？」

「残念ですが。見ていないのです。ミセス・ミドルトンがすぐに銃器室に案内して、叔父に伝えに来ましたので」

「叔父様はなんとおっしゃいました？」

「心当たりがないようでしたが、すぐに席を立ちました。それから五分ほどして、大声が聞こえました。ホールへ飛び出したのですが、ミセス・ミドルトンとぶつかりそうになりました。その時に銃声がしたのです。銃器室は中から鍵がかかっていて、家の外をまわって窓のところへ行かなければなりませんでした。多少は時間がかかりましたから、犯人はそのあいだに逃げたのでしょう。かわいそうに、叔父は」──彼女は口ごもった──「頭を撃たれていました。一目で死んでいることがわかりました。ミセス・ミドルトンを警察へやって、私は部屋をそのままにしておくように、中のものには手を触れないようにしていました」

私は、それでいいのです、というように頷いた。

「それで、凶器は?」

「想像がつきますわ、ヘイスティングズ大尉、銃器室の壁には夫のレヴォルヴァーが二挺掛かっていたのですが、一挺がなくなっているのです。警察にこのことをお話しすると、もう一挺のほうを持って行きました。叔父から弾丸を取り出せば、はっきりすると思います」

「銃器室を見せていただけますか?」

「もちろん、どうぞ。警察の調べが済みましたので、遺体はもうありませんが」

彼女が現場へ案内してくれた。ちょうどそのときにヘイヴァリングがホールへ入ってきたので、彼女は失礼と言って夫のところへ走っていった。ひとり残された私は調べをはじめた。

正直に言うと、収穫はゼロに近かった。探偵小説では手がかりがたくさん出てくるが、ここには被害者が倒れたと思われる場所に付着したカーペットの大きな血痕以外、これといって目を惹くようなものは何もない。私は細心の注意を払ってあらゆるものを調べ、もってきた小型カメラで部屋の写真を二枚撮った。窓の外の地面も調べたが、すっかり踏み荒らされていて時間の無駄だろうと判断した。もう、狩人荘で調べるべきものはすべて調べたのだ。早くエルマーズ・デイルへ戻ってジャップに会わなければ、と思った。

ヘイヴァリング夫妻に別れを告げ、駅から乗ってきた車でその場を離れた。

ジャップはマトロック・アームズにいて、すぐに死体が安置されているところへ連れて行ってくれた。ハリントン・ペイスは小柄で痩せた男で、髭もきれいに剃ってあり、一見、典型的なアメリカ人だった。撃たれたのは後頭部で、レヴォルヴァーは至近距離から発射されていた。

「彼が一瞬うしろを向いたすきに」ジャップは言った。「犯人がレヴォルヴァーを取って撃ったんだな。ミセス・ヘイヴァリングから預かった銃はフル・ロードの状態だったから、もう一挺もそうだったんだろう。フル・ロードされたレヴォルヴァーを二挺も壁に掛けておくなんて、素人はなんて馬鹿なことをするんだろう」

「この事件をどう思う？」その陰鬱な部屋を出るときに私は訊いた。

「そうだな、ぼくはまずヘイヴァリングが怪しいと睨んでいる」――私が驚きの声をあげると、彼はこう説明した――「ヘイヴァリングには過去があるんだ。オックスフォードの学生だったころに、父親の小切手のサインに関しておかしなことがあったんだ。もちろん、表沙汰にはならなかった。それと、いまの彼にはかなりの負債があるが、それも叔父に助けを求められるようなものじゃない。だから、叔父の遺言書が彼にとって有益なものになることはきみにもわかるだろ？　そう、ぼくは彼に目をつけていた。だからこそ、彼が奥さんと会う前に話をしたかったんだ。そう、二人の話は完全に一致した。駅へ行って調べたんだが、彼が六時十五分に発ったこともまちがいない。だが、ロンドンに着くのは十時三十分頃だ。彼は、駅からまっすぐクラブへ行ったと言っている。それが事実だとすると——顎鬚を生やして、ここで九時に叔父を撃つなんてことは不可能なんだ！」

「そうそう、その顎鬚のことをきみがどう思っているか、それを訊こうと思っていたんだ」

ジャップはウィンクをよこした。

「エルマーズ・デイルから狩人荘までの五マイルのあいだで——あっという間に生えたんだろうよ。ぼくが会ったことのあるアメリカ人は、たいていきれいに髭を剃っていたけどね。そう、犯人を探すなら、ミスタ・ペイスのアメリカ人の交友関係だろうな。ぼくは、まず家政婦に話を聞いてから奥さんの話を聞いたんだが、二人の言うことは一致していたよ。ただ、残念なことにミセス・ヘイヴァリングはその男を見ていないんだ。彼女は頭が切れるから、見ていれば手がかりになるようなことに気がついたかもしれないんだが」

私は机に向かってポアロに長く詳細な手紙を書いたが、投函するまでにはさまざまな新しい情報を書き加えることができた。

遺体から弾丸が摘出され、警察が保管しているのと同型のレヴォルヴァーから発射されたものだということが判明した。さらに、事件当夜のミスタ・ヘイヴァリングの足取りも、当該列車でロンドンに着いたことも、確認された。第三に、事件はセンセーショナルな発展を見せた。その日の朝、イーリングに住むある男がヘイヴン・グリーンを歩いて地元の駅へ向かう途中、柵のあいだに挟んであるハトロン紙で包んだものに気がついた。開けてみると、レヴォルヴァーが入っていた。彼は地元の警察にその包みを届けた。その日のうちに、それが警察が捜している銃で、ミセス・ヘイヴァリングから預かった銃と対になっているものだということが判明した。

こうしたことを、私はポアロへの報告に書き加えた。翌朝、食事をしているときにポアロからの電報が届いた。

モチロン　クロヒゲノオトコハ　ヘイヴァリングデハナイ　ソンナコトヲカンガエルノハ　キミトジャップクライナモノダロウ　カセイソノフウテイト　ケサ　ナニ

ヲキテイタカヲ　シラセロ　ミセス　ヘイヴァリングニツイテモ　ドウヨウニ　シツナイノシャシンナドトッテ　ジカンヲムダニスルナ　アレハ　ロシュツブソクダッタシ　ゲイジュツセイノ　カケラモナカッタ

ポアロの電文は必要以上におどけているように思えた。そして、私が事件を扱うのに好都合な場所に来ていることにかすかな妬みを感じているのではないか、そんなふうにも勘ぐった。二人の女の服装を訊くなど馬鹿げているとは思ったが、素人の私としてはできるだけ彼の意向にそうようにした。

十一時、ポアロからの返事がきた。

ジャップニ　テオクレニナルマエニ　カセイフヲタイホスルヨウ　ツタエルベシ

私は呆れ果ててその電報をジャップに見せに行った。彼は悪態でもつくように小声で言った。

「ムッシュ・ポアロはたいした男だからな。彼がそう言うなら、そう言うだけのことはあるんだろう。ぼくも、あの女にはたいして気を留めなかったよ。逮捕までできるかどうかはわからないが、とにかく監視をつけることにしよう。さっそく出かけてもう一度会ってみようか」

が、手遅れだった。ごくふつうで品もある物静かな中年女のミセス・ミドルトンは、影も形もなくなっていたのだ。彼女のトランクは置いたままになっていて、中にはありふれた衣類しか入っていなかった。彼女の身元や所在の手がかりは何もなかった。

私たちは、ミセス・ヘイヴァリングから訊き出せるかぎりのことを聞いた。

「前の家政婦だったミセス・エマリーが辞めたので、三週間前に彼女を雇ったのです。マウント・ストリートで名の通った仲介業をしているミセス・セルボーンの紹介でした。うちの使用人はすべてそこの紹介なのです。何人かを面接によこしましたが、ミセス・ミドルトンがいちばんよさそうで、申し分のない紹介状も持っていたのです。その場で雇うことにして、仲介業者にもそのように連絡しました。彼女に不審な点があったなどということは信じられません。物静かないい人でしたから」

事態は雲をつかむようだった。銃声がしたとき、家政婦はホールでミセス・ヘイヴァリングといっしょだったのだから、彼女が犯人でないことは明らかだった。だが、殺人事件となんらかの関わりはあったにちがいない。さもなければ、不意に姿を消すわけがないからだ。

私は最新情報と、ロンドンに戻ってセルボーンという仲介業者を調べようか、と書いてポアロに電報を打った。
すぐにポアロからの返事がきた。

アッセンギョウシャニキイテモ　ムダダ　ミセハ　ナニモシルマイ　カノジョガサイショニカリュウドソウヘキタトキ　ナニニノッテキタカヲ　シラベロ

わけがわからなかったが、言われるとおりにした。エルマーズ・デイルでの交通手段は限られている。地元のタクシー会社のポンコツのフォードと貸馬車がそれぞれ二台ずつしかない。問題の日にはひとりも客がなかった。その点を訊くと、ミセス・ヘイヴァリングは、家政婦にはダービシャーまでの汽車賃と、狩人荘までのタクシーか馬車の運賃を与えた、と説明した。駅では、たいていフォードの一台が客待ちをしているという。さらに、事件当夜、黒髭の有無にかかわらずダービシャーで下車したよそ者がいなかったという事実を考え合わせると、犯人は車で現場へ行って犯行後もその車で逃走したということになる。そして、消えた家政婦を乗せたのも同じ車ではないか、とも考えられる。また、ロンドンの仲介業者への問い合わせでも、ポアロの言ったことが証明された。

〝ミセス・ミドルトン〟なる女は店の人材リストには載っていない、というのだ。ミセス・ヘイヴァリングからの家政婦求人依頼を受けて何人かの応募者を紹介したが、手数料は送られてきたものの、誰を採用したかの連絡はなかったという。

いささかがっかりしてロンドンへ戻ると、派手なシルクのガウンを着て暖炉のまえのアームチェアに坐ったポアロが、温かく迎えてくれた。

「お帰り、ヘイスティングズ！　きみが戻ってきてうれしいよ。本当によかった！　で、楽しんできたかい？　ジャップと駆けずり回ったんだろ？　気の済むまで調査をしたり話を聞いたりしたんだろ？」

「なあ、ポアロ」私は大きな声を出してしまった。「今度の事件は謎だらけだよ。迷宮入りになると思うね」

「我々が栄光に包まれるということはなさそうだな」

「まず無理だろう。実に厄介《ハード・ナッツ》な事件なんだから」

「いやいや、クルミ《ナッツ》というなら、ぼくはクルミ割りの名人なんだ！　リスにだって負けないぞ！　ぼくが困っているのはそういうことじゃないんだ。ミスタ・ハリントン・ペイスを殺した犯人はわかっているんだから」

「本当か？　なぜわかったんだ？」

「ぼくが打った電報へのきみの詳しい答えでわかったんだ。なあ、ヘイスティングズ、順序立てて事実を検討してみようじゃないか。ミスタ・ハリントン・ペイスには巨額の財産があって、彼が死ねばまちがいなく甥が相続する。そこでだ、第一に、その甥は破産寸前に追い込まれている。第二に、その甥は——なんというか、かなり道徳観念の薄い男と言っていいだろ？　第三に」

「だが、ロジャー・ヘイヴァリングはロンドンへ来ていたんだぞ。それは確認されている」

「確かに——ミスタ・ヘイヴァリングがエルマーズ・デイルを発ったのは六時十五分。ミスタ・ペイスが殺されたのはそのあとだ。それに、ドクタが死体を調べたときに死亡推定時刻をまちがえなかった以上、ミスタ・ペイスを撃ったのが甥でないことは明らかだ。だがな、ここにはミセス・ヘイヴァリングという登場人物もいるんだぞ、ヘイスティングズ」

「あり得ない！　銃声がしたとき、彼女は家政婦といっしょだったんだぞ」

「ああ、たしかに、家政婦とな。だが、家政婦は消えてしまった」

「いずれ見つかるさ」

「いや、見つかるまい。その家政婦には得体の知れないところがある、そうは思わないか？　ぼくにはすぐにぴんと来たぞ」

「彼女は彼女で自分の役割を果たしたから、ちょうどいい時に出て行ったんだ」

「役割って、どんな役割だ？」

「まあ、共犯者の黒髭の男を手引きしたとか」

「いやいや、それはちがう！　彼女の役割は、いまきみが言ったことだよ。銃声がしたときのミセス・ヘイヴァリングのアリバイを作ることだ。それに、彼女はぜったいに見つからないね、なぜなら、最初から彼女は存在しないんだから！　きみの大好きなシェイクスピアも言うように、〝そんな人物はおりません〟ということだよ」

「それはディケンズだよ」そう呟いた私は、笑みを抑えきれなかった。「だが、それはいったいどういうことなんだ、ポアロ？」

「つまり、結婚する前のゾーイ・ヘイヴァリングは女優だったということさ。きみもジャップも、その家政婦を見たのは薄暗いホールでだろ？　黒い服を着た、押し殺したような声をした中年女だ。それに、きみもジャップも、家政婦が連れてきた地元の警官も、ミセス・ミドルトンとミセス・ヘイヴァリングがいっしょにいるところを一度も見ていない。あの頭のいい大胆な女にとっては、子どもだましの演技さ。ミセス・ヘイヴァリングを呼びに行くと言って二階へ駆け上がり、派手なジャンパードレスを着てグレイのかつらの上に黒い巻き毛のついた帽子をかぶった。そして手際よくメイクを落としてから少しだけルージュを塗って、華やかなゾーイ・ヘイヴァリングに変身し、澄んだよく通る声で階段を下りてきたというわけだ。家政婦を注意深く観察する者など誰もいなかった。家政婦と事件を結びつけるようなものは何もないんだから、当然だろ？　彼女にもちゃんとアリバイがあったしね」

「だが、イーリングで見つかったあのレヴォルヴァーは？　ミセス・ヘイヴァリングがあんなところに置いておけるわけがないぞ」

「もちろん。あれはロジャー・ヘイヴァリングがやったことなんだ――だが、あれは彼らのミスだったな。そのおかげで、ぼくには二人のトリックがわかったんだから。たまたま現場で見つけたレヴォルヴァーで人を殺したのなら、ふつうはその場に銃を放り出していくはずだ。わざわざロンドンまで持って来たりはしない。ロンドンまで持って来た意図は明らかさ。警察の目をダービシャーから遠く離れた場所へそらせたかったんだ。できるだけ早く警官を狩人荘から追い払いたかったんだよ。もちろん、イーリングで見つかったレヴォルヴァーはミスタ・ペイスを撃った銃じゃない。ロジャー・ヘイヴァリングはどこかであの銃を一発撃ってからロンドンへ来て、クラブへ直行してアリバイを作った。そうしておいてから電車に飛び乗ってイーリングへ行った。乗ってしまえば二十分くらいしかかからないからな。銃を入れた包みをそこに置いて、ロンドンへ戻ってきた。一方の美しい奥さんは、夕食後にミスタ・ペイスをそっと撃つ――彼が背後から撃たれたことは覚えてるだろ？　もうひとつ重要なことがある！――ミスタ・ペイスを撃った銃には弾丸を込めなおして、銃器室の壁に戻しておいたのさ。そうしてから、あの一か八かの田舎芝居をはじめたというわけだ」

「信じられないな」私はすっかり感心して呟いた。「それにしても――」

「それにしても、事実なんだよ。事実なんだ。だが、あのたいした二人を裁判にかけられるかどうかは別な問題だ。まあ、それはジャップが考えるだろう――手紙にすべてを詳しく書いておいたからな。だがね、ヘイスティングズ、あの二人は運命か神様にでも任せるしかないだろうな」

「悪人、世にはびこる、ってわけか」

「だが、大きな代償を払うことになるさ、ヘイスティングズ。いつだって大きな代償を支払うことになるんだよ！」

ポアロの予言は当たった。ジャップはポアロの推理の正しさを確信したが、有罪を立証するだけの証拠を集めることができなかった。

ミスタ・ペイスの莫大な遺産は、彼を殺した犯人たちの手に渡った。が、ネメシス

（ギリシャ神話の応報天罰の女神）は彼らを見逃したりはしなかった。パリに向かう飛行機が墜落したという新聞記事を読んでいると、その死亡者リストの中にヘイヴァリング夫妻の名前があり、私は神の裁きが下ったのだ、と思った。

百万ドル債券盗難事件

The Million Dollar Bond Robbery

「最近はなんて債券の盗難が多いんだ！」ある朝、私は新聞を横に置きながら言った。

「ポアロ、探偵なんかやめて泥棒にでもなろうじゃないか！」

「きみは――なんと言うんだっけ？――そう、一攫千金でも狙いたいのか？」

「この大当たりを見てみろよ。ロンドン・スコットランド銀行が発行した自由公債百万ドル分が、ニューヨークに輸送中にオリンピア号から忽然と消えちまったんだ」

「船酔いがなくて、イギリス海峡を渡る何時間かのあいだヴェルギエが考案した酔い止め法をつづける苦行さえなければ、そういう豪華客船に乗って旅をするんだが」ポアロが夢でも見ているかのように言った。

「ああ、たしかに」私は乗り気になってきた。「なかには、宮殿のようなのもあるからな。プールや、ラウンジや、レストランや、ヤシの茂る中庭があったりして――本当に、自分が海の上にいるなんて信じられないだろうな」

「いや、ぼくは海の上にいるのを忘れるなんてことはないぞ」ポアロは残念そうに言った。「いま、きみはどうでもいいことをいろいろと数え上げたが、ぼくは何の魅力も感じないね。それより、お忍びで旅をする天才たちのことを想像してみてくれ！　きみはうまいことを言ったが、その海に浮かぶ宮殿でなら、犯罪世界の大貴族に会えるかもしれないぞ！」

私は笑った。

「なるほど、それで張り切ってるんだな！　自由公債を盗んだやつと一戦交えたかったんだろ？」

大家がやって来て話が途切れた。

「ポアロさん、若い女性がお目にかかりたいそうです。名刺を預かってきました」

それには、〝エスメー・ファーカー〟と書かれていた。ポアロはテーブルの下にもぐって散らかったパン屑を拾い、それを紙屑かごに捨ててから大家に通してくれと言った。ほどなく、見たこともないようなチャーミングな女性が案内されてきた。年齢は二十五歳くらい、大きな茶色い目をしたスタイル抜群の女性だ。身なりもよく、物腰も落ち着いている。

「どうぞお掛けください、マドモワゼル。こちらは友人のヘイスティングズ大尉で、仕事を手伝ってもらっています」

「ポアロさん、今日ご相談にきたことは、とてもむずかしい問題なのではないかと思います」彼女はこう言い、私に軽く会釈して椅子に坐った。「たぶん新聞でご存知とは思いますが、オリンピア号で自由公債が盗まれた事件のことなのです」ポアロの顔に驚きの表情が浮かんだのだろう、彼女はすぐにつづけてこう言った。「私がロンドン・スコットランド銀行のような大企業とどんな関係があるのだろうとお思いでしょうね。それについては、あるとも言えるし、ないとも言えるのです。実は、ポアロさん、私はミスタ・フィリップ・リッジウェイの婚約者なのです」

「ほほう。それで、ミスタ・フィリップ・リッジウェイというのは——」

「盗まれた債券の輸送責任者でした。彼には何の落ち度もなかったので、もちろん彼だけを責めることなどできません。ですが、今度の事件のせいで彼は半狂乱ですし、彼の叔父は彼が債券輸送のことを不用意に口外したにちがいないと言っているそうなのです。彼の経歴に大きな傷がついてしまいます」

「その叔父という方は？」

「ロンドン・スコットランド銀行の共同総支配人をしているミスタ・ヴァヴァスールです」

「ミス・ファーカー、最初からお話ししていただけませんか？」

「ええ。ご存知のように、この銀行はアメリカでの貸付資本の拡大を目的に、自由債権の形で百万ドルを送ることにしたのです。ミスタ・ヴァヴァスールは、甥をその輸送責任者に起用しました。というのも、彼は長年この銀行で責任ある地位にありましたし、ニューヨークでの銀行取引に精通していたからです。オリンピア号は二十三日にリヴァプールを出港したのですが、債券は当日の朝、フィリップに渡されました。手渡したのは、ロンドン・スコットランド銀行の共同総支配人であるミスタ・ヴァヴァスールとミスタ・ショウです。フィリップの目の前で債券を数えて包み、封印をしました。彼は受け取るとすぐに、それをトランクに入れて鍵をかけました」

「トランクに付いている鍵はふつうのものでしたか？」

「いいえ、ミスタ・ショウがハブズ商会に言って、特別製の鍵を付けさせました。申し上げましたように、フィリップはトランクの底に包みを入れました。それが、ニューヨークへ入港するほんの二、三時間前になって盗まれたのです。船中を徹底的に捜索しましたが、見つかりませんでした。債券は、文字どおり忽然と消えてしまったのです」

ポアロが顔をしかめた。

「しかし、オリンピア号が入港してから三十分と経たないうちに小分けして売られたということであれば、忽然と消えたわけではありませんよ！　私としては、ぜひミスタ・リッジウェイにお目にかかりたいのですが」

「ちょうど、〈チェシャー・チーズ〉でお食事を、とお誘いしようと思っていたところです。フィリップも参りますので。彼とはそこで会うことになっているのですが、あなたにご相談したことはまだ知らせていないのです」

私たちはその誘いを受け、タクシーでその店へ向かった。

先に来ていたミスタ・フィリップ・リッジウェイは、フィアンセが見も知らぬ男を二人も連れてきたことにびっくりした様子だった。彼はハンサムな背の高い好青年で、三十を超えたばかりのようだが、こめかみのあたりに少し白いものが混ざっていた。

ミス・ファーカーが彼のところへ行ってその腕に手を触れた。

「相談もせずに勝手なことをしてごめんなさいね、フィリップ」彼女が言った。「紹介するわ。噂は耳にしていると思うけど、こちらムッシュ・エルキュール・ポアロ。それと、お友だちのヘイスティングズ大尉よ」

リッジウェイはかなり驚いた様子だった。

「お噂はもちろん耳にしています、ムッシュ・ポアロ」握手をしながら彼は言った。「エスメーがぼくの――いや、ぼくたちのことをあなたに相談するとは、思ってもいませんでした」

「前もって言ったら反対されると思ったのよ、フィリップ」ミス・ファーカーがおずおずと言った。

「それで黙っていたんだね」彼は微笑んで応えた。「ポアロさんがこの不思議な謎を解いてくださることを期待していますよ。正直に言って、ぼくは気苦労と不安とで頭がどうにかなりそうなんです」

実際、彼の顔は極度の重圧に憔悴しきっていた。

「まあまあ」ポアロが言った。「昼食をとりながら何かいい方法がないか考えましょう。まずはリッジウェイさんご自身の口から事の次第をお聞かせ願いたいですね」

素晴らしいステーキやキドニー・プディングを食べながら、フィリップ・リッジウェイは債券が消失するまでの経緯を話した。それは、ミス・ファーカーの話と完全に一致していた。彼が話し終えると、ポアロが質問をはじめた。

「リッジウェイさん、どうして債券が盗まれたことに気づいたのですか？」

彼は苦々しげに笑った。

「私の目の前に置いてあったのですから、見逃すはずはありませんよ、ポアロさん。トランクがキャビンのベッドの下から半分ほど出ていて、鍵をこじ開けようとした部分が傷だらけになっていたのです」

「しかし、トランクは鍵を使って開けられたと聞いていますが」

「そうなのです。こじ開けようとしたが開けられなかった。それで、結局は何らかの方法で鍵を開けたのでしょう」

「奇妙ですね」ポアロが言った。その目が、私のよく知っている緑色に光りはじめた。

「なんとも奇妙だ！　犯人は長い時間をかけて鍵をこじ開けようとしていたのに――急に自分が鍵を持っていたことに気づく――でも、ハブズ商会の鍵は特別製なのですよね」

「ですから、犯人が合鍵を持っているはずはないんです。鍵は、昼夜を問わず私が肌身離さず持っていたのですから」

「まちがいありませんね？」

「誓ってもいいですよ。それに、もし犯人が合鍵を持っていたのなら、一見してこじ開けることは無理だとわかる鍵を相手に、長い時間をかけますか？」

「まさに！　私たちが頭をひねっているのもそこですよ！　あえて予言めいたことを言

いますが、事件解決の鍵は——それが見つかれば、の話ですが——まさにその奇妙な事実にある、と言っていいでしょうね。もうひとつお尋ねしたいのですが、怒らないでくださいね。トランクの鍵を開けたままにしておいたということは、ぜったいにありませんか？」

フィリップ・リッジウェイは彼に目を向けただけだったので、ポアロは謝るような仕草をした。

「まあ、そういうこともないではありませんからね。よろしい、債券はトランクから盗まれたとして……。ですが、犯人はそれをどうしたのでしょうね？　債券を持ったままどうやって下船したのでしょう？」

「そこなんですよ！」リッジウェイが言った。「どうやって下船したのでしょう？　債券が盗まれたことはすぐ税関に連絡しましたので、下船する者は徹底的にチェックされたのですから！」

「それに、債券の包みですが、かなりかさばっていたんでしょう？」

「ええ、かなり。船内ではそうそう隠すことなどできないくらいに——とにかく、隠されていなかったことはわかっています。というのも、オリンピア号が入港してから三十分ほどで売りに出されていますし、それは私が外電を打って債券番号を伝えるずっと前のことだからです。あるブローカーなどは、オリンピア号が入港する前に買ったと断言しているほどです。ですが、債券を無線で送れるはずはありませんし」

「無線では無理ですが、タグボートが横づけされませんでしたか？」

「当局の船は来ましたが、それも警戒指令が出たあとで、みんなが注意しているときのことでしたからね。私も、タグボートを使って債券が持ち出されるのではないかと目を凝らしていました。ポアロさん、本当に頭がどうにかなりそうですよ！　世間では私が自分で盗んだという噂まで流れはじめているのですから」

「あなたも下船するときには身体検査を受けたのでしょう？」ポアロは穏やかに訊いた。

「ええ」

青年は怪訝そうな目をポアロに向けた。

「私の言っていることがおわかりになっていないようですね」ポアロは謎めいた笑みを浮かべて言った。「ところで、銀行へ行って調べてみたいことがあるのですが」

リッジウェイは名刺を取り出し、そこに何事かを書きつけた。

「これを見せれば、すぐに叔父がお目にかかると思います」

ポアロが彼に礼を言って、ミス・ファーカーに別れの挨拶をし、私たちはスレッドニードル・ストリートにあるロンドン・スコットランド銀行の本店へ向かった。リッジウェイの名刺を出すと、私たちは行員に案内されて出納係の脇を通り、迷路のようなカウンターやデスクを抜けて二階にある狭いオフィスへ通された。そこには二人の共同総支配人がいた。二人とも威厳のある紳士で、長い銀行勤めのせいか髪も白くなっていた。ミスタ・ヴァヴァスールは白く短い顎鬚を生やし、ミスタ・ショウはきれいに髭を剃っている。

「あなたは私立探偵をなさっているのでしたね？」ミスタ・ヴァヴァスールが口を開いた。「そうでした、そうでした。もちろん、我々としてはスコットランド・ヤードにすべてを任せていますが。マクニール警部が担当しています。ひじょうに有能な刑事だと思いますが」

「もちろんです」ポアロはていねいな口調で言った。「ところで、甥ごさんのことで二、三、お訊きしたいのですが。まず鍵ですが、ハブズ商会に注文なさったのはどなたですか？」

「私が自分で注文しました」ミスタ・ショウが答えた。「鍵のこととなると、行員には任せられませんからね。合鍵ですが、それを持っているのはミスタ・リッジウェイと、ミスタ・ヴァヴァスールと、この私の三人です」

「他の行員が手を触れる機会はなかった、ということですね？」

ミスタ・ショウがミスタ・ヴァヴァスールに探るような目を向けた。

「鍵は」ミスタ・ヴァヴァスールが答えた。「二十三日に金庫に保管したのですが、以後そのままになっているはずです。ミスタ・ショウは二週間前から体調を崩しましてね――フィリップが発った日からです。やっと快復したところなのですよ」

「私のような年齢になると」ミスタ・ショウが沈んだ口調で言った。「気管支炎も大事《おおごと》なのですよ。私が休んだせいで、ミスタ・ヴァヴァスールにはずいぶんご迷惑をおかけしてしまいました。おまけに今度のような不測の事態が起きてしまって」

ポアロはさらに何点か質問をした。私は、叔父と甥がどの程度親密なのかを探っているのだろう、と思って聞いていた。ミスタ・ヴァヴァスールの答えは手短で紋切り型だった。甥は信頼のおける銀行員で、彼の知るかぎり負債も金銭的トラブルもなく、これまでにも同じような仕事を任せたことが何度かある、とのことだった。最後に、私たちは丁寧に挨拶をして銀行をあとにした。

「がっかりだな」通りへ出るとポアロが言った。

「あれ以上のことがわかると思っていたのか？　あの二人、堅苦しいご老体だからな」

「堅苦しいからがっかりしたわけではないよ。銀行の支配人が、きみの愛読する小説に出てくるような〝ワシのように眼光鋭い敏腕の金融業者〟だなどと、ぼくは思っていないからね。そうではなくて、ぼくががっかりしたのは事件そのものさ――あまりにも単純すぎるんだよ！」

「単純？」

「ああ。子ども騙しのように単純だとは思わないか？」

「債券を盗んだ犯人がわかったのか？」

「わかったとも」

「だったら――我々は――なぜ――」

「まあまあ、そう慌てるなよ、ヘイスティングズ。いますぐ何かするわけじゃないんだから」

「というと？　何を待ってるんだ？」

「オリンピア号さ。ニューヨークからは火曜日に戻ってくるはずだ」

「犯人がわかっているなら、なぜ待つ必要があるんだ？　逃げられてしまうかもしれないのに」

「犯人の引渡しをしない南洋の島へか？　いいや、そんな島は犯人の好みに合わないだろうよ。なぜ待つのか、についてだが――エルキュール・ポアロの卓越した頭脳をもってすればこんな事件など明々白々だが、神様にぼくほどの才能を授からなかった人たち

――たとえばマクニール警部――のために、もう少し調べて事実関係の裏づけをしてあげようと思ってね。自分ほど才能を授からなかった人々に対しては、思いやりというやつが必要だからな」

「まったく、あんたときたら！　そんな馬鹿な真似をするというなら、今度に限り、高い見物料を払ってもいいぞ、ポアロ。自惚れもいい加減にしろ！」

「まあ、そう怒るなよ、ヘイスティングズ。時々きみは、本気でぼくを嫌いになるみたいだな。まったく、才能のある者は辛いよ！」

そう言うと、この小さな男が胸を膨らませておどけた様子で溜息をつくので、私も思わず笑ってしまった。

火曜日、私たちはロンドン - 北西部鉄道の一等車に乗ってリヴァプールへ急いだ。私が何と訊いても、ポアロは自分の推理や確信を頑として話そうとしなかった。私が彼ほど状況を理解していないのは驚きだ、としか言わない。私は議論をするのも嫌なので、無関心を装って好奇心を隠していた。

大西洋横断航路の大型客船が停泊する埠頭に着くと、ポアロが張りきりだした。私たちの計画では、四人の客室係に会い、この船で二十三日にニューヨークへ渡ったポアロの友人について話を聞くことになっていた。

〝メガネをかけた老紳士。キャビンから出ることのなかった重病人〟

この説明は、フィリップ・リッジウェイのキャビンの隣、C24号室にいたミスタ・ヴェントナーという客にぴったり当てはまるようだった。ポアロがどうやってミスタ・ヴェントナーの存在やその様子を知ったのかはわからないが、とにかく私はすっかり興奮してしまった。

「その紳士は、ニューヨークに着いたときにまっ先に下船したんじゃないか？」私は訊いた。

客室係は首を振った。

「いいえ、彼が下船したのはいちばん最後でした」

私ががっくりして引き下がると、ポアロが私ににんまりしてみせた。彼が客室係に礼を言ってチップに札を一枚やり、私たちは引き返した。

「なかなかよかったな」私は興奮気味に言った。「にんまりするのは勝手だが、彼の最後の答えはきみの立派な推理を台無しにしてしまったようだな！」

「相変わらずきみには何も見えていないんだな、ヘイスティングズ。あの最後の答えこそ、ぼくの推理の仕上げなんだよ」

私はやけくそ気味に両手を挙げた。

「降参だよ」

列車に乗ってロンドンへ戻る途中、ポアロはペンを走らせ、書いたものを封筒に入れた。

「優秀なマクニール警部宛てだよ。スコットランド・ヤードに立ち寄ってこいつを預けてから、ランデヴー・レストランへ行くぞ。ミス・エスメー・ファーカーを招待してあるんだ」

「リッジウェイはどうする？」

「どうする、って？」ポアロは目を輝かせながら訊き返した。

「だって――まさかきみは――そんなはずは――」

「また支離滅裂な癖がけじまったな、ヘイスティングズ。実際、ぼくも考えはしたよ。もしリッジウェイが犯人だったら、ってね――その可能性は大いにあったし――もしそうだったらこの事件も面白かったろうに。公式どおりだからな」

「だが、ミス・ファーカーにとっては面白い話じゃなくなるな」

「まあ、そうだろうな。何事も天の配剤だよ。ところで、ヘイスティングズ、もう一度この事件を検討してみようじゃないか。きみはそうしたくて仕方がないようだからな。封印された包みがトランクからなくなって、ミス・ファーカーの言うように、忽然と消えた。まあこの際、忽然と消えるという考え方は捨てよう。現代科学ではあり得ない話だからな。可能性のあることだけを考えることにする。誰もが、その包みがこっそり船から持ち出されたとは信じられない、そう言っている」

「ああ。だが、我々は知ってるんだ——」

「きみは知っているかもしれないが、ヘイスティングズ、ぼくにはわからないね。ぼくは、あり得ないと思うからあり得ないんだ、という見方をしている。可能性は二つあるな。ひとつは——かなりむずかしいが——船内に隠されたという可能性。もうひとつは、海へ投げ込まれたという可能性だ」

「コルクの浮きでもつけてか?」

「浮きなどつけずにさ」

私は思わずポアロをじっと見つめた。

「だが、債券が海へ投げ込まれたとすると、ニューヨークで売られるはずがないぞ」

「その論理的な思考には敬意を表するよ、ヘイスティングズ。債券はニューヨークで売られているわけだから、海へ投げ込まれたのではない。とするとどうなるか、きみにもわかるだろ?」

「振り出しに戻るな」

「とんでもない！　包みが海へ投げ込まれて、なおかつ債券がニューヨークで売られたとなれば、その包みには債券など入っていなかったということになるじゃないか。確かに債券が入っていたという証拠はあるかい？　思い出してもみてくれ、ミスタ・リッジウェイは、ロンドンで包みを受け取ってから一度もそれを開けていないんだぞ」

「確かにそのとおりだが――」

ポアロはじれったそうに手を振った。

「まあ、ぼくの話を聞けよ。債券の存在が確認されたのは、二十三日の朝、ロンドン・スコットランド銀行のオフィスが最後だ。そして次は、オリンピア号がニューヨークに着いた三十分後に現われた。しかも、ある男によれば――誰も真に受けてはいないが――入港前に出まわっているんだ。そこで、そもそも債券はオリンピア号に積まれてなどいなかった、そう考えたらどうだ？　ほかにニューヨークへ運ぶ手段はあるか？　それが、あるんだよ。オリンピア号と同じ日に、サザンプトンからジャイガンティック号が出港している。しかも、この船は大西洋横断のスピード記録をもっているんだ。郵便物としてジャイガンティック号で送れば、オリンピア号が着く前日にニューヨークに着く。となれば、事件は自ずと明らかになる。封印をされた包みはダミーだったんだ。すり替えられたのは、銀行のオフィスにちがいない。そこにいた三人なら、ダミーを作っておいて本物とすり替えることなどいとも簡単さ。お見事！　債券は、オリンピア号が着いたらすぐに売れという指示書を添えて、ニューヨークの仲間に郵送されたんだ。だが、盗難事件に見せかけるためには、誰かがオリンピア号に乗り込まなければならない」

「なぜ？」

「もしリッジウェイが包みを開けてダミーだということがばれたら、すぐにロンドンが疑われるからさ。だから、隣のキャビンの男がひと仕事するわけだ。一目で盗難だと思わせるように、あからさまに鍵を壊そうとした痕跡を残すのさ。実際は合鍵でトランクを開けて包みを海へ捨て、乗客全員が下船するのを待つ。もちろんそいつは目を隠すためにメガネをかけているし、リッジウェイに出くわすとまずいから病気を装う。ニューヨークで下船したら、一番早い船で戻ってくるというわけさ」

「それにしても――その男というのは誰なんだ？」

「合鍵を持っている男、鍵を注文した男、そしてイギリスの自宅ではひどい気管支炎を装っていた男――そう、〝堅苦しい〟老人、ミスタ・ショウさ！　ときには、お偉方のなかにも犯罪者がいるものさ。さあ、着いたぞ。マドモワゼル、事件は解決しましたよ！　ところで、よろしいでしょうか？」

ポアロは満面に笑みを浮かべ、びっくりしている彼女の両頬に軽くキスをした。

エジプト墳墓の謎

The Adventure of the Egyptian Tomb

いつも思うのだが、私がポアロと共に調査したさまざまな事件のなかで最も刺激的でドラマティックだったもののひとつは、メンハーラ王墳墓の発見と発掘につづく一連の謎めいた死に関する調査だった。

カーナーヴォン卿とともに考古学者カーターがツタンカーメンの王墓を発見した直後、ジョン・ウィラード卿とニューヨークのミスタ・ブライナーは、カイロにほど近いギゼーのピラミッド付近での発掘中に、偶然、一連の墓室を発見した。その発見は世界じゅうの関心を集めた。その墓は、古代エジプト王国が衰亡しつつあった第八王朝時代の影の薄い王のひとり、メンハーラ王のものと思われた。この時代のことはほとんど知られていなかったので、その発見は新聞紙上で詳しく紹介された。

折も折、世間の耳目を集める事件が起きた。ジョン・ウィラード卿が心臓発作で急死したのだ。

センセーショナルな新聞は即座にこの機を捉え、またもやエジプトの財宝にまつわる不吉な迷信話をもちだした。大英博物館が所蔵する不運なミイラとそれにまつわる手垢にまみれた陳腐な話も引き合いに出され、世間の新たな興味を惹いた。博物館側は穏やかにこれを否定したが、物見高い人々はその話を面白がっていた。

その二週間後、こんどはミスタ・ブライナーが急性の敗血症で亡くなり、さらに数日後には彼の甥がニューヨークでピストル自殺をした。〝メンハーラの呪い〟は大きな話題となり、滅亡したエジプト王国の魔力が無批判にもてはやされた。

その頃、亡くなった考古学者の妻、レディ・ウィラードからポアロに短い手紙が届き、ケンジントン・スクウェアにある自宅へ来てほしいと依頼された。私も彼について行った。

レディ・ウィラードは背の高い細身の女性で、黒い喪服を着ていた。やつれた顔には、つい先ごろの悲しみがはっきりと現われていた。

「さっそくお越しいただきましてありがとうございます、ムッシュ・ポアロ」

「どういたしまして、レディ・ウィラード。何かご相談事がおありなのですね？」

「あなたが探偵をなさっていることは存じておりますが、探偵としてのあなたに相談事が、というだけではないのです。あなたは独創的なものの見方をなさいますし、想像力がおありで、世の中のこともよくご存知ですからね。それで、ポアロさん、あなたが超自然現象をどうお考えか、お聞かせ願えませんか？」

ポアロは少しためらって考えている様子を見せたが、やがて口を開いた。

「レディ・ウィラード、ここはお互いに誤解のないようにしておきましょう。いまのご質問ですが、一般論ではなく個人的な問題にからんでですね？　亡くなられたご主人のことを言っておられるのでは？」

「実は、そうなのです」

「ご主人が亡くなられたときの状況を調べてほしい、そういうことですね？」

「新聞に書かれていることがどこまで正確なのか、どこまで事実に基づいているのか、それを調べていただきたいのです。三人も亡くなっているんですよ、ポアロさん――別々に見れば不思議はなさそうですが、いっしょに見てみますととても信じられないような偶然で、しかも、三人とも墳墓の発見から一ヵ月足らずのあいだに亡くなっているのですから。たんなる迷信かもしれませんが、現代科学が予想もしない過去の呪いかもしれないと思いまして。三人が亡くなったのは厳然たる事実なのですから。それに、私、恐ろしいのです、ポアロさん――本当に恐ろしいのです。まだつづくのではないかと思って」

「とおっしゃいますと？」

「私の息子です。夫の死が知らされたとき、私は臥せっておりました。そのときはオックスフォードから息子が戻っておりまして、向こうへ行かせたのです。息子がその――遺体を引き取ってきたのですが、今度はその息子が向こうへ行ってしまいました。いろいろと説得はしたのですが。どうやら息子はあの仕事がすっかり気に入ってしまったようで、父親の跡を継いで発掘作業をつづけると言うのです。私を愚かで迷信深い女だとお思いかもしれませんが、ポアロさん、とにかく恐ろしくて。死んだ王の霊がいまだに鎮められていないとしたら？　愚にもつかないことを言っているように聞こえるでしょうが――」

「とんでもありません、レディ・ウィラード」ポアロはとっさにこう言った。「私も迷信の力は信じていますから。この世でもっとも大きな力のひとつですしね」

私はびっくりして思わずポアロに目を向けた。迷信深いポアロなど、とても考えられなかったからだ。だが、彼は真顔だった。

「本当のご希望は、ご子息を守るということなのですね？　できるかぎりのことはいたしますよ」

「ふつうならばそういうことなのですが、魔術的《オカルテイック》な力が相手ですと――」

「レディ・ウィラード、中世の書物には黒魔術に対抗するためのさまざまな方法が書かれています。ひょっとすると、中世の人々には我々現代人が自慢に思っている科学より優れた知識があったのかもしれません。ところで、ヒントになるかもしれませんので、事実関係をお話し願えませんか？　ウィラード卿は生涯をエジプト研究に捧げてこられましたよね？」

「ええ、若いころからずっと。エジプト研究に関しては最高権威のひとりでした」

「ですが、ミスタ・ブライナーのほうはまだ素人の域を出ていない、そう耳にしておりますが」

「ええ、たしかに。彼はひじょうに裕福な方で、興味を惹かれることがあると何にでも手を出していました。それで、主人が彼の興味がエジプト研究に向くようにしたのです。そんなわけで、発掘作業の資金は彼が出しておりました」

「ところで、ミスタ・ブライナーの甥ごさんですが、彼はどんなことに興味をもたれていたのですか？　そもそも調査隊には加わっていらしたのですか？」

「そうではないと思います。実を言うと、新聞で亡くなったという記事を読むまで、彼に甥ごさんがいらしたことも知りませんでした。ミスタ・ブライナーと甥ごさんの仲がよかったとは思いません。彼が甥ごさんの話をしたことは一度もありませんでしたから」

「調査隊の他のメンバーはどなたですか？」

「ええと、大英博物館に勤めているトスウィル博士、ニューヨークのメトロポリタン美術館のミスタ・シュナイダー、若いアメリカ人の秘書、お医者さまとして調査隊に加わったエイムズ博士、主人の忠実な従者で現地人のハッサンです」

「アメリカ人の秘書の名前を覚えていませんか？」

「ハーパーだったと思いますが、はっきりしません。ミスタ・ブライナーの秘書になってそう長くはないと思いますが、とても感じのいい若者でした」

「ありがとうございます、レディ・ウィラード」

「ほかに何かございましたら――」

「いまのところはこれだけです。まあ、私にお任せください。人知の及ぶかぎりのことはしてご子息をお守りしますので」

あまり力強いことばではなかったので、私はレディ・ウィラードが半信半疑の表情を見せたことに気がついた。とはいえ、ポアロが彼女の不安を鼻であしらったりはしなかったので、ほっとした様子でもあった。

私は、ポアロに迷信深いところがあるなどとは思ったこともない。帰る途中、私はその点を突いてみた。彼は真剣そのものだった。

「だが、そうなんだよ、ヘイスティングズ。ぼくはそういうものを信じているんだ。きみも、迷信の力を見くびったりしないほうがいいぞ」

「で、どうするつもりなんだ？」

「いつも現実派だな、きみは！　そう、まずはニューヨークへ電報を打って、ミスタ・ブライナーの甥が死んだときの状況を詳しく知らせてもらおう」

ポアロの問い合わせに対して、詳細な返事がきた。ルパート・ブライナーという若者は、この何年か金に困っていた。本国からの送金で南洋の島々を渡り歩き、二年前にニューヨークへ戻ったが、それからはますます落ちぶれる一方だった。私がもっとも重要だと思ったのは、最近になってなんとかエジプトへ渡れるだけの金を借りたことだった。「金を貸してくれるいい友だちがいるんだよ」彼はこう言っていた。だが、思うようにはならなかった。彼は、肉親よりも、はるか昔に死んだ王の骨を大事にする叔父の吝嗇《けちんぼう》ぶりを呪いながら、ニューヨークへ戻ってきた。ジョン・ウィラード卿が死んだのは、彼がエジプトに滞在しているあいだのことだった。ニューヨークへ戻ったルパートはまただらしのない生活をはじめたが、やがて何の前ぶれもなく、奇妙な文言を連ねた手紙を残して自殺してしまった。手紙には、急に良心の呵責を感じたかのようなところがあった。自分を世間の嫌われ者、クズと書き、自分のような死の病に冒された者は死んだほうがいいのだと結んであった。

ぼんやりした推理が私の心に浮かんだ。私は、太古の昔に死んだエジプト王の復讐など信じてはいなかった。もっと現代的な犯罪の臭いを感じたのだ。おそらく、この若者は叔父を殺す決心をしていたのだ——できれば毒薬で。ところが、何かの手違いでジョン・ウィラード卿がその毒薬を飲んでしまった。若者は自分の犯した罪に苛まれながらニューヨークへ戻ってくる。やがて、叔父の死を伝える知らせが届く。そして自分の無分別な行為がいかに無駄なものだったかを悟り、後悔の念にかられて自殺をする。

私がポアロにこの推理を聞かせると、彼は興味を示した。

「きみがそこまで考えたとはたいしたものだ——実にたいしたものだよ。ひょっとしたらそのとおりかもしれない。だが、きみはあの墳墓の破滅的な影響力を考えに入れていないな」

私は肩をすくめた。

「まだそんなことを考えているのか?」

「もちろんさ。だからこそ、明日、エジプトへ発つんだよ」

「なんだって？」私はびっくりして大声を出した。

「いま言ったとおりさ」ポアロの顔に意気揚々とした表情が広がったが、すぐに情けない声音で言い加えた。「だけど、海があるんだよな！　あの大嫌いな海が！」


一週間後、私たちの足元には砂漠の黄金の砂が広がり、頭上からは灼熱の太陽が降り注いでいた。私の横にいるポアロは、見るも惨めな様子でぐったりとしている。彼は旅行嫌いなのだ。マルセイユからの四日間の船旅は、彼にとって拷問にも似たものだった。アレクサンドリアに着いたときのポアロは脱け殻のようになっていて、いつもの身だしなみさえどこかへ消えていた。カイロに着いた私たちは、ピラミッドにほど近いミーナ・ハウス・ホテルへ直行した。

私はすっかりエジプトに魅了されてしまったが、ポアロはちがった。ロンドンにいるときとまったく同じ服装の彼は、ポケットに小さな洋服ブラシを入れ、黒い服に積もる埃と終わりなき闘いを繰り広げていた。

「それに、ぼくの靴を見てくれ」ポアロが泣き言を口にした。「ヘイスティングズ、いつもぴかぴかに光っていたこのエナメル靴がだ、中は砂だらけで痛いし、外側だって目を覆いたくなるような有様だ。おまけにこの暑さときたら。おかげで、口髭がヘナヘナだ！」

「あのスフィンクスを見てみろよ」私は言った。「このぼくでさえ、あれが発散する神秘と魅力を感じることができるぞ」

ポアロはつまらなそうに目を向けた。

「どうってことはないじゃないか」彼はこう言い放った。「だらしなく半分砂に埋まって、どこが神秘だ？　それより、このいまいましい砂め！」

「おいおい、ベルギーにだって砂はあるだろうに」ガイドブックが〝非の打ち所のない砂丘〟と紹介している、ノック・シュル・メールの砂丘で過ごした一日を思い出しながらポアロに言った。

「ブリュッセルにはないさ」ぶっきらぼうにこう言い、ポアロは考え込むようにピラミッドを見つめた。「たしかに少なくとも幾何学的な造形ではあるけど、あの表面の非均一性は不快だな。それに、あのヤシの木も気に食わないね。どうしてきちんと一列に植えないんだ！」

私は彼の愚痴を遮り、そろそろ調査隊のキャンプへ行こうと言った。キャンプへはラクダに乗って行くことにしていた。お喋りなガイドの下で働く絵のように美しい少年たちが引くラクダは、脚を折ってじっと私たちを待っていた。

ラクダに乗ったポアロの哀れな姿はざっと書くにとどめておこう。ラクダの背に乗ったポアロは呻いたり情けない声を出したりしていたが、挙句の果てには悲鳴をあげ、両手を振り回して聖母マリアや暦に出てくる聖者たちに祈りを捧げたりしていた。しまいには恥も外聞もかなぐり捨ててラクダから降り、小さなロバに乗り換えて旅を終えたのだった。慣れない者にとって、ラクダの旅はたしかに楽なものでないことは認めよう。

私も、何日かはからだの節々が痛んだ。

やっと発掘現場に着いた。白い服を着てヘルメットをかぶり、日焼けした顔に顎鬚を生やした男が出迎えてくれた。

「ポアロさんとヘイスティングズ大尉ですね？　電報は拝見しました。カイロへお迎えに行ける者がおりませんで、失礼をいたしました。予期せぬ出来事のせいで、すっかり予定が狂ってしまいまして」

ポアロの顔が青ざめた。洋服ブラシを出そうとしていた手も凍りついていた。

「まさか、また死人が？」彼が小声で訊いた。

「そうなんです」

「ガイ・ウィラード卿ですか？」私は思わず大きな声を出した。

「いいえ、ヘイスティングズ大尉。アメリカ人の同僚、ミスタ・シュナイダーです」

「死因は？」ポアロが訊いた。

「破傷風です」

私は、顔から血の気が引くのを感じた。周囲になんとも言いようのない危険な邪気が立ち込めているような気がした。恐ろしい思いが脳裏をかすめた。次は私かもしれない。

「なんということだ」ポアロが低い声で言った。「どうにもわかりませんね。恐ろしいことだ。それで、破傷風にまちがいはないのですね？」

「ええ。ですが、詳しい話はドクタ・エイムズにお聞きください」

「ということは、あなたは医者ではないのですね？」

「トスウィルといいます」

レディ・ウィラードが言っていた大英博物館の専門家だ。彼の威厳のあるしっかりした態度が気に入った。

「では、ガイ・ウィラード卿のところへご案内いたしましょう」トスウィル博士が言った。「お着きになったらすぐにお連れするように、と言われておりますので」

キャンプのなかでもいちばん大きなテントに案内された。トスウィル博士が入口のフラップを上げ、私たちは中へ入った。テントの中には三人の男が坐っていた。

「ガイ卿、ムッシュ・ポアロとヘイスティングズ大尉がお着きになりました」トスウィルが言った。

三人のなかでいちばん若い男が勢いよく立ち上がり、私たちに近づいて挨拶をした。その反射的な行動を見て、彼の母親を思い出した。彼は他の人ほど日焼けをしておらず、目が落ち窪んでいるせいもあって二十二歳より老けて見える。心理的緊張を見せまいと頑張っている様子は、傍目にもわかるほどだった。

彼が他の二人を紹介した。ひとりは、こめかみのあたりに白いものの混ざった、いかにも有能そうな三十歳くらいのドクタ・エイムズ。もうひとりは秘書のミスタ・ハーパーで、アメリカ人らしいべっこう縁のメガネをかけた感じのいい細身の青年だ。

しばらくとりとめのない雑談をしたあと、ミスタ・ハーパーが外へ出るとトスウィル博士もそれにつづいた。残ったのは私たちとガイ卿、それにドクタ・エイムズの四人になった。

「なんなりと訊いてください、ポアロさん」ガイ・ウィラードが言った。「ぼくたちは、立てつづけに起こった奇妙な出来事に呆然としているんです。ですが――どう考えても偶然としか思えないのですよ」

そのことばとは裏腹に、彼の態度からは苛立ちが感じ取れた。私には、ポアロが鋭い眼差しで彼を観察しているのがわかった。

「ガイ卿、あなたは本当にこの発掘に関心をおもちなのですか？」

「まあそうですね。何があろうと、結果がどうであろうと、この作業はつづけるつもりです。それは忘れないでください」

ポアロがもうひとりのほうにからだを向けた。

「ドクタ、あなたはどうお思いなのですか？」

「そうですね」ドクタはゆったりとした口調で答えた。「私もやめるつもりはありませんね」

ポアロが例の意味ありげなしかめ面をした。

「となると、いまの状況をしっかり把握しておかなければなりませんね。ミスタ・シュナイダーが亡くなったのはいつですか？」

「三日前です」

「破傷風だというのは確かですか？」

「ぜったいにまちがいありません」

「たとえば、ストリキニーネを盛られたというようなことはありませんか？」

「ありませんね、ポアロさん。あなたの考えはわかりますが、破傷風にまちがいありません」

「抗血清を注射しなかったのですか？」

「もちろんしましたよ」ドクタは素っ気なく答えた。「できる限りの処置は施しました」

「抗血清はお持ちだったのですか？」

「いいえ。カイロで手に入れてきました」

「キャンプ内でほかに破傷風にかかった方は？」

「いいえ、ひとりもおりません」

「ミスタ・ブライナーの死因が破傷風でなかったことは確かですか？」

「ぜったいに確かです。親指に傷をつくって、そこから毒が入って敗血症を起こしたのです。素人には破傷風と敗血症は同じように思えるでしょうが、まったくちがうものなのです」

「これまでに四人が亡くなっていますが――四人ともそれぞれ死因がちがうわけですね。心臓発作、敗血症、自殺、それに破傷風」

「そのとおりです、ポアロさん」

「四つの死を結びつけるようなものは何もないと？」

「おっしゃることの意味がよくわかりませんが」

「では率直に申し上げましょう。その四人がメンハーラ王の霊に対して何か不敬をはたらいたというようなことは？」

医者は仰天したようにじっとポアロを見つめた。

「ご冗談でしょう、ポアロさん。誰かにからかわれてそんな馬鹿げた話を信じているわけではないでしょうね？」

「まったく馬鹿げている」ウィラードが不愉快そうに呟いた。

ポアロは落ち着き払い、ネコのように光る緑色の目を瞬いていた。

「それでは、ドクタは信じていらっしゃらないのですね？」

「もちろんですよ」医者は力を込めて断言した。「私は科学者ですからね。科学が教えることしか信じておりません」

「古代エジプトに科学はなかったのでしょうか？」ポアロは穏やかに訊いたが、答えを待ってはいなかった。ドクタ・エイムズは、一瞬、途方に暮れた様子だった。「いやいや、お答えにならなくて結構です。ですが、地元の作業員たちはどう思っているでしょうね？」

「おそらく」ドクタ・エイムズが言った。「白人がめんくらっているのですから、地元の人間も同じではないでしょうか。あなたなら、彼らは〝怯えている〟とおっしゃるところでしょうが――怯える理由など何もないのですよ」

「どうでしょうかね」ポアロはあいまいに答えた。

ガイ卿が身を乗り出した。

「もちろんあなたには信じられないでしょうが――」ガイ卿は疑うような口調で言った。

「そんな話は馬鹿げていますよ！　古代エジプトのことなど、知る由もないのですからね」

それには答えず、ポアロはポケットから小さな本を取り出した――ぼろぼろの古本だった。差し出されたその本のタイトルが読めた、『エジプト人とカルデア人の魔法』だ。そして向きを変え、さっさとテントから出て行ってしまった。医者が私を見つめた。

「何を考えているんでしょうね？」

ポアロが口癖のように言うこの台詞が他の人の口から出たので、私は思わず微笑んでしまった。

「よくわかりませんが」私は正直に答えた。「きっと何か悪霊退治の方法でも思いついたのでしょう」

私はポアロを捜しにテントを出た。すると、彼は亡くなったミスタ・ブライナーの秘書をしていた細面の青年と話をしていた。

「いいえ」ミスタ・ハーパーは言っていた。「私がこの調査隊に加わってからまだ六カ月にしかなりません。ええ、ミスタ・ブライナーのことならよく知っています」

「彼の甥ごさんのことを話していただけますか？」

「ある日、急にここへやって来たのですが、悪そうな人ではありませんでした。私は初対面でしたが、他の何人かは面識があるようでした――エイムズとシュナイダーだったと思います。ミスタ・ブライナーは、彼と会ってもまるで嬉しそうではありませんでした。会うなり、すさまじい口論がはじまったのです。『一セントもやらないからな』ミスタ・ブライナーが怒鳴りました。『たとえ私が死んでもな。全財産を私のライフワークのために寄付するつもりだ。今日も、そのことをミスタ・シュナイダーと話していたんだ』とね。同じようなことを何度か言っていました。甥ごさんは、すぐにカイロへ戻ってしまいました」

「そのときは元気だったのですね？」

「ミスタ・ブライナーですか？」

「いいえ、甥ごさんのほうです」

「たしか、どこか具合が悪いというようなことを言っていました。ですが、たいしたことはなかったと思います。そうでなければ、私も覚えているはずですから」

「もうひとつ、ミスタ・ブライナーは遺書を遺されましたか？」

「私たちの知る限り、ありません」

「ミスタ・ハーパー、これからもこの調査隊に残るおつもりですか？」

「いいえ、私は残りません。ここでの雑用が済み次第、ニューヨークへ発つつもりです。お笑いになるかもしれませんが、メンハーラの次の犠牲者になるのはごめんですから。ここに残ったりすると、次は私かもしれませんので」

その青年が額の汗を拭った。

ポアロはその場を去ろうとしたが、奇妙な笑みを浮かべて肩越しに言った。

「思い出してください、メンハーラの犠牲者のひとりはニューヨークにいたのですよ」

「ああ、そうだった！」ミスタ・ハーパーが語気荒く言った。

おもむろに、ポアロが私に言った。「あの青年は神経が過敏になっているだけだ。不安でたまらないんだよ」

私はポアロに好奇の目を向けたが、その得体の知れない笑みからは何も読み取れなかった。ガイ・ウィラード卿とトスウィル博士の案内で、私たちは発掘現場を見てまわった。主な発掘物はカイロへ運ばれてしまっていたが、埋葬品のなかにはひじょうに興味深いものもあった。若い准男爵の熱の入れようは見るも明らかだったが、その態度からは、あたりに漂う危険な邪気からはどうしても逃れられないとでもいうような緊張感がにじみ出ていた。夕食の前に手と顔を洗おうと思い、ポアロと二人であてがわれたテントに入ろうとすると、テントのまえに立つ白いローブを着た背の高い黒人が脇へどき、アラビア語で挨拶をした。ポアロが足を止めた。

「きみは、亡くなったジョン・ウィラード卿の従者のハッサンかね？」

「ええそうでしたが、いまはご子息にお仕えしております」彼は私たちに近づき、声を落とした。「みなさまが、あなたは悪霊の扱いを学ばれた賢者だとおっしゃっています。どうかご子息に、一刻も早くここをお発ちになるよう、おっしゃってください。このあたりには危険な邪気が充満しておりますので」

こう言うと、返事も待たず、踵を返して歩き去ってしまった。

「危険な邪気か」ポアロが呟いた。「そう、ぼくも感じるよ」

夕食はお世辞にも楽しいものとはいえなかった。喋ったのはトスウィル博士だけで、エジプトの遺跡について長広舌をふるった。私たちがテントへ戻ろうとすると、ガイ卿がポアロの腕を取って指を差した。テントのあいだを影のようなものが動いたのだ。人影ではなかった。写真で見たことのある、墳墓の壁に彫られた犬の頭をしたものの姿だった。

血が凍りついた。

「これは驚きだ！」ポアロが十字を切りながら呟いた。「ジャッカルの頭をしたアヌビス、死を通告する死神だよ」

「誰かのいたずらだ」こう叫ぶと、トスウィル博士が憤然と立ち上がった。

「ハーパー、きみのテントに入って行ったぞ」顔面蒼白になったガイ卿が小声で言った。

「いいえ」頭を振りながらポアロが言った。「ドクタ・エイムズのテントですよ」

医者は彼に疑うような目を向け、トスウィル博士のことばを繰り返した。

「誰かのいたずらだ。さあ、あいつを捕まえよう」

彼はその幻影を追って勢いよく走りだした。私も彼のあとを追って捜したが、そこを生き物が通った痕跡は何もなかった。わけがわからぬまま戻ってみると、ポアロは自分なりのやり方で身の安全をはかろうとしていた。私たちのテントのまわりの砂にさまざまな図形や文字を書いているのだ。五稜の星や五角形がいくつも描かれている。ポアロは、例によって即席のレクチャーをはじめた。それは魔法と魔術一般のことや、黒魔術に対抗する白魔術に関するもので、さかんに第二霊《カー》や死者の書を引き合いに出していた。

トスウィル博士はすっかりポアロを軽蔑したらしく、私を脇へ引っ張って行って腹立たしそうに言った。

「でたらめですよ。たわごともいいところだ。彼はペテン師ですよ。中世の迷信と古代エジプトの信仰のちがいも知らないんだから。あれほどの無知と過信のごちゃ混ぜは見たこともない」

私は興奮したエキスパートをなだめ、一足先にテントへ戻ったポアロのところへ行った。彼は愉快そうに満面に笑みを浮かべていた。

「これで心穏やかに眠れるぞ」彼が満足そうに言った。「よく寝ないとな。頭痛がしてたまらないんだよ。いい煎じ薬がほしいものだ！」

まるでその願いが通じたかのようにテントのフラップが上がり、ハッサンが入ってきて湯気の立つカップをポアロに差し出した。ポアロの大好きなカモミール・ティーだった。ハッサンは私にも勧めたが、礼を言って断わった。また二人きりになった。私は服を脱ぎ、テントの入口に立って砂漠を眺めていた。

「素晴らしいところだな」私は大きな声で言った。「それに、仕事も素晴らしい。魅力を感じるよ。この砂漠での生活、消失した文明の核心を探る作業。ポアロ、きみもここの魅力を感じるだろ？」

返事がないのでちょっとむっとして振り向くと、その不快感が不安感に変わった。ポアロは粗末なベッドで仰向けになり、顔が痙攣している。その脇には空になったカップがあった。私は彼に駆け寄ったが、すぐに飛び出して、ドクタ・エイムズのテントへ走った。

「ドクタ・エイムズ！　すぐに来てください！」私は叫んだ。

「どうしたのですか？」パジャマ姿で出てきた医者が訊いた。

「友人の様子がおかしいんです。死にそうで。カモミール・ティーを飲んだんです。ハッサンをキャンプから出さないようにしてください」

医者はすぐに私たちのテントへ駆けつけた。ポアロは横になったままだった。

「こいつはまずい」エイムズが大声で言った。「発作のようだが――彼が何を飲んだって？」医者は空のカップを手にした。

「飲んではいないよ！」落ち着いた声がした。

びっくりしてベッドに目を向けると、にこにこしながらポアロが起き上がろうとしていた。

「飲んではいないんだ」彼が落ち着き払った声で言った。「親友のヘイスティングズが夜の景色を眺めているあいだに、喉ではなく小さな壜に流し込んだんだ。その小瓶は化学者のところへ送って分析してもらうよ。よしなさい」――医者が不意にからだを動かしたのだ――「分別のあるあなただ、暴力が何の役にも立たないことくらいおわかりでしょう。ヘイスティングズがあなたを呼びに行っているあいだに、小瓶は安全なところに隠しておきましたからね。早く、ヘイスティングズ、彼を押さえるんだ！」

私はポアロの懸念を誤解してしまった。ポアロを守ろうとして、彼のまえに飛び出してしまったのだ。だが、ドクタの素早い動きには別な意味があった。その手が口へ運ばれると、あたりにアーモンドの臭いが漂い、前のめりに倒れ込んでしまったのだった。

「またひとり犠牲者がでたが」ポアロが重々しい口調で言った。「これが最後だ。たぶん、これがいちばんいいんだろう。三人の死は彼に責任があるんだから」

「ドクタ・エイムズに？」私はびっくりして叫んだ。「きみはオカルト現象というやつを信じているんだとばかり思っていたが」

「それはきみの誤解だよ、ヘイスティングズ。ぼくが言ったのは、迷信が及ぼす恐ろしい力を信じているということなんだ。立てつづけに人が死ぬのは超自然の力のせいだと信じ込まされたら最後、昼日中に人が刺されても呪いのせいにされてしまう。人類に植えつけられている超自然の本能というやつは、それほど強いものなんだ。最初から、ぼくは誰かがこうした人間の本能を利用しているのだろうと思っていた。おそらく彼は、ジョン・ウィラード卿が死んだときに今度の計画を思いついたんだろう。すぐにすさまじい迷信の嵐が巻き起こったからね。ぼくが見るかぎり、ジョン卿が死んでも利益を得る者はひとりもいない。だが、ミスタ・ブライナーの場合はちがう。彼は大金持ちだった。ぼくがニューヨークから得た情報には、いろいろと参考になるものがあった。まず、ミスタ・ブライナーの甥はエジプトに金を貸してくれるいい友だちがいると言っていたそうじゃないか。それは叔父のことだ、みんなはそう思ったが、それならそうとはっきり言うはずだとぼくは思った。とすると、彼が言ったのは親しい仲間のことだと解釈できる。もうひとつ、彼はエジプトへ来るだけの金を都合した。そして、叔父が一セントもやらないと言ったのに、ニューヨークへ戻る旅費を払うこともできた。つまり、誰かが金を貸してやったということになるだろ？」

「だが、それだけじゃ、証拠としては弱いな」私は口をはさんだ。

「それだけじゃないんだよ、ヘイスティングズ。比喩的に言われたことばが文字どおりに受け取られるというのは、よくあることだ。だが、その逆もあり得る。今度の場合は、文字どおりの意味で言われたことばが比喩的に受け取られたんだ。ブライナーの甥は、死ぬ前にはっきりと書いていた。〝自分のような死の病に冒された者は〟とね。ところが、彼が死の病に冒されていることで自殺したとは誰も思わなかった」

「なんだって？」私は思わず大声を出してしまった。

「あれは、悪魔のような心の持ち主が考え出したことだったんだ。ブライナーの甥は軽い皮膚病にかかっていた。彼は、そうした皮膚病が当たり前になっている南洋の島で暮らしていたからね。エイムズは以前からの友人で、名の通った医者でもある。だから、エイムズの言うことを鵜呑みにしたんだ。ここへ着いたとき、ぼくはハーパーとドクタ・エイムズを疑った。だがすぐに、あの犯罪を実行して隠し通せるのは医者しかいないということに気がついた。それに、エイムズとブライナーの甥は以前からの知り合いだということをハーパーの口から聞いたからな。まちがいなく甥はいずれ遺書を書くか、エイムズを受取人にして生命保険に入っただろうな。エイムズは富を手に入れるチャンスだと思った。ミスタ・ブライナーに病原菌を植え付けることなど、エイムズにはたやすいことだった。やがて、甥のほうは友人が下した診断に絶望してピストル自殺をしてしまう。その意図はわからないが、ミスタ・ブライナーは遺書を書かなかった。となれば、財産は甥に渡り、そして甥からエイムズの手に渡るというわけさ」

「ミスタ・シュナイダーは？」

「そこがよくわからないんだ。彼もミスタ・ブライナーの甥を知っていたから、何か変だと思ったかもしれない。あるいはエイムズが、もうひとり動機も目的もない死人が出れば迷信の補強になると思ったのかもしれない。さらにもうひとつ、興味深い心理学的な事実があるんだよ、ヘイスティングズ。殺人者というのは、一度それに成功すると繰り返してみたいという強い欲望に駆られるものなんだ。だから、ぼくはウィラード卿の息子の身が心配になった。今夜きみが見たアヌビスはハッサンでね、ぼくが頼んでああいう格好をしてもらったんだ。ドクタ・エイムズが怖がるかどうか見てみたかったからさ。彼を怖がらせるには超自然力ではだめだった。ぼくがオカルトを信じている振りをしても、彼は乗ってこなかった。ぼくが仕組んだ芝居にも引っかからなかった。それで、彼が次の犠牲者にこのぼくを狙っているんじゃないかと思ったんだ。あの不愉快な海や、ひどい暑さ、いまいましい砂にもめげず、ぼくの灰色の脳細胞はまだちゃんと働いていたよ！」

ポアロの推理の正しさは完全に証明された。何年か前、ブライナーの甥は酔った勢いで、「私が溺れかかったときに助けてくれたロバート・エイムズに、彼が褒めちぎるシガレット・ケースと残る全財産――たぶん負債になるだろうが――を譲る」という冗談半分の遺言を書いていた。

この事件は可能な限り内密にされたので、今日まで世の人々はメンハーラの墳墓にまつわる一連の死を、墓を汚した者に対する亡き王の復讐のしるしとして語り草にしている――だが、ポアロが言ったように、こうした考え方はエジプト人の信仰や思想とは相容れないものなのだ。

グランド・メトロポリタンの宝石盗難事件

The Jewel Robbery at the Grand Metropolitan

「ポアロ」私は言った。「よその土地の空気を吸うのも、健康にはいいぞ」

「そう思うかい？」

「もちろんさ」

「なるほどね」ポアロはにこにこしながら言った。「ということは、もう段取りはできてるんだな？」

「行くかい？」

「どこへ連れて行こうというんだ？」

「ブライトンだよ。実はそこにいる友だちからいい話がきたんだ——大丈夫、金なら燃やすほどあるよ。グランド・メトロポリタンで過ごす週末は最高だぞ」

「ありがとう、ありがたくお受けするよ。年寄りを気遣うとは、きみも親切だな。それに、親切な心というやつは、灰色の小さな脳細胞の集まりにも匹敵する価値があるよ。そうとも。だが、うっかりそのことを忘れてしまいそうになっていけないな」

私は、こういうもってまわった言い方が気に入らない。ときどき、ポアロは私の能力を過小評価しているのではないか、と思うことがあるくらいだ。だが、彼が本当に嬉しそうにしているので、面白くないという気分は忘れることにした。

「まあ、いいんだよ」私は慌てて言った。

土曜日の夕方、私たちは楽しそうに群がる人々に囲まれ、グランド・メトロポリタン・ホテルで食事をしていた。世界中の夫婦者がブライトンに集まっているような感じだった。素晴らしいドレスに目を見張るような宝石——これは趣味のよさというより見栄で着けていることが多いが。

「なあ、すごい眺めじゃないか！」ポアロが小声で言った。「ここは暴利をむさぼる連中の溜まり場なんじゃないか、ヘイスティングズ？」

「かもしれないな」私は答えた。「まあ、みんながみんな、そういう連中でないことを願うことにしよう」

ポアロがゆっくりと周囲を見回した。

「これほどの宝石を見せつけられると、それを守るより盗むほうへ頭が切り替えられたらなあ、と思うよ。腕のいい泥棒にはこれ以上はないというほどのチャンスだからな！　おい、ヘイスティングズ、あの柱のそばにいる太った女を見てみろよ。きみなら、宝石を塗り込めた、とでも言うんだろうな」

私は彼の視線を追った。

「あれっ」私はいささか大きな声を出してしまった。「ミセス・オパルセンじゃないか」

「知ってるのか？」

「ちょっとな。旦那は金持ちの株仲買人なんだが、最近の石油ブームでひと財産つくったんだ」

食後、ラウンジでオパルセン夫妻とばったり顔を合わせたので、ポアロを紹介した。しばらくお喋りをしてから、いっしょにコーヒーでも、ということになった。

ポアロが夫人の豊かな胸を飾る高そうな宝石のいくつかをほめると、彼女は急に上機嫌になった。

「宝石は私の趣味なんですよ、ポアロさん。心の底から宝石を愛しているんです。エドは私の弱点を知っていて、仕事がうまくいくたびに新しいものを買ってきてくれるんです。宝石に興味はおありですか？」

「これまでに何度も扱いましたよ、マダム。仕事柄、世界に名高い宝石を扱ったこともあります」

彼は、名前を伏せながらも、ある王家に伝わる宝石の話をはじめた。オパルセン夫人は息を殺すようにして聞き入っていた。

「まあ」ポアロが話し終えると、彼女は感激して言った。「まるでお芝居のようなお話じゃありませんか！　実は、私もいわれのある真珠を持っているんですよ。世界でもっとも素晴らしいネックレスのひとつとされていると思います――真珠の粒がそろっていて、色も申し分ないんです。今からすぐに行って、持ってきますわ！」

「いや、マダム」ポアロは止めようとした。「わざわざそこまでしていただかなくても。まあ、落ち着いてください」

「でも、本当にお見せしたいんです」

肉付きのよい夫人は、よたよたした足取りながら元気いっぱいといった感じでエレヴェーターのほうへ歩いて行った。私と話をしていた彼女の夫が、ポアロに訝しげな目を向けた。

「奥様が、ご親切に真珠のネックレスを見せてくださると言ってきかないもので」ポアロはこう説明した。

「ああ、あの真珠ですか！」オパルセンが満足そうな笑みを浮かべて言った。「あれは一見の価値があると思いますよ。値段も相当なものでしたからね！　その上、現金代わりにもなりますし。いつでも買った値段――いや、たぶんそれ以上――で売れますしね。いまの状況がつづくようだと、売らざるを得なくなるかもしれませんが。金融街では恐ろしいほどの金詰まりですから。それもこれもみんな、あのいまいましい超過利得税のせいですよ」彼はくどくどと専門的な話をつづけたが、私にはさっぱりわからなかった。

やがて小柄なボーイがやって来て彼の耳元で何か言い、話が中断した。

「えっ、何だって？　すぐに行く。妻は大丈夫だろうな？　ちょっと失礼します」

彼は慌てた様子でテーブルを離れた。ポアロが椅子の背にもたれ、細く短いロシアのタバコに火をつけた。それから空になったコーヒーカップを慎重に一列に並べ、うれしそうに微笑んだ。

しばらくしても、オパルセン夫妻は戻ってこなかった。

「変だな」とうとう私が口を開いた。「いつになったら戻ってくるんだろう？」

ポアロは螺旋状に立ち昇る煙を見つめ、やがて考え込むように答えた。

「戻ってはこないだろうな」

「なぜ？」

「何かがあったからだよ、ヘイスティングズ」

「どんなことが？　なんでわかるんだ？」

ポアロは微笑むだけだった。

「しばらく前にマネージャーがオフィスから飛び出して、二階へ駆け上がっていったよ。そうとう慌てていた。エレヴェーター係もボーイと話し込んでいたし。エレヴェーターのベルが三回も鳴ったのに、見向きもしなかった。それに、ウェイターもうわの空だ。ウェイターがうわの空になるということは——」ポアロは、決定的だ、とでも言うように首を振った。「大事件が起きたにちがいない。思ったとおりだ！　警官が来たぞ」

二人の男がホテルへ入ってきた——ひとりは制服で、もうひとりは私服だ。二人はボーイに話しかけ、すぐに上階へ案内されて行った。数分後、そのボーイが下りてきて私たちのところへやって来た。

「ミスタ・オパルセンに頼まれたのですが、上へいらしていただけませんか？」

ポアロが素早く立ち上がった。まるで、呼ばれるのを待ち構えていたかのようだった。私もすぐに二人のあとを追った。

オパルセン夫妻の部屋は二階だった。ボーイはノックだけしてその場を去ったので、

「どうぞ！」という声で私たちは部屋に入った。奇妙な光景が目に入った。そこはオパルセン夫人のベッドルームで、彼女は中央のアームチェアにくずおれるように坐って泣きじゃくっていた。顔の地肌を覆い隠すパウダーに涙の跡が溝をつくり、見るも無残な有様だ。ミスタ・オパルセンは腹立たしそうにうろうろと歩きまわっていた。二人の警官は部屋の中央に立ち、ひとりが手帳を手にしている。ホテルの部屋係は、死ぬほど怯えた様子で暖炉の脇に立っていた。部屋の反対側にはオパルセン夫人のメイドとおぼしきフランス人の女がいて、これもまた両手を揉みしぼりながら、女主人に負けないほど悲しそうに泣いている。

この大混乱の中へ、ポアロは笑みを浮かべながら落ち着き払った様子で入って行った。それに気づいたオパルセン夫人は、大きなからだからエネルギーをほとばしらせるように椅子から立ち上がり、彼に近づいてきた。

「ああ、いらしてくださったのね。エドにはエドの言い分もあるでしょうが、私は幸運というものを信じているんです。今夜あなたにお目にかかったのも運命だと思っています。私の真珠を取り戻せるのは、あなたしかいませんわ」

「どうか落ち着いてください、マダム」ポアロはなだめるように彼女の手を軽く叩いた。「大丈夫ですからご安心を。このエルキュール・ポアロがお力になりますから！」

ミスタ・オパルセンが警部のほうを向いた。

「この方をお呼びしたこと――かまわないでしょうね？」

「かまいませんとも」警部はていねいに答えたが、まるで興味がないといった感じだった。「奥様も多少は落ち着かれたようなので、お話をお伺いできますか？」

オパルセン夫人は、どうしていいかわからないといった表情をポアロに向けた。ポアロは彼女を椅子のところへ連れて行った。

「まあ、ここにお坐りください。何があったのか、最初から話していただけますね？」

ポアロにこう言われたオパルセン夫人は、ゆっくり涙を拭ってから話をはじめた。

「食事のあと、ここにいらっしゃるポアロさんにお見せしようと思って、真珠のネックレスを取りに戻りました。部屋にはいつものように部屋係のメイドとセレスティーヌがいました――」

「失礼ですが、奥さん、〝いつものように〟とおっしゃいますと？」

オパルセン夫人が説明した。

「メイドのセレスティーヌがいっしょでなければ、誰もこの部屋には入らせないようにしているんです。ホテルの部屋係には、午前中セレスティーヌがいるときに部屋の掃除などをしてもらっていますし、ベッドメイクもやはりセレスティーヌがいる夕食後にしてもらうようにしています。彼女がいなければ、ホテルのメイドもこの部屋へは入りません。

それで、さっきも申しましたように、夕食後に真珠を取りに戻ると、この引出しのところへ来ました」――彼女は両袖のドレッシング・テーブルの右手いちばん下の引出しを指さした――「そこから宝石箱を出して鍵を開けました。いつもと変わった様子はありませんでした――でも、真珠のネックレスだけがなくなっていたのです！」

熱心にメモを取っている警部が訊いた。「それを最後に見たのはいつですか？」

「食事に下りていくときにはありました」

「確かですか？」

「もちろんです。食事に着けていこうかどうしようか迷って、結局はエメラルドを着けていくことにしたのです。それで、真珠は宝石箱に戻しましたから」

「宝石箱に鍵をかけたのは？」

「私です。鍵には鎖を付けて首にかけています」こう言って、彼女はその鍵を見せた。

警部はそれを手にとって調べ、肩をすくめた。

「犯人は合鍵を持っていたにちがいありませんね。合鍵を作るのは簡単です。単純な鍵ですから。宝石箱に鍵をかけたあと、どうなさいました？」

「いつものように、いちばん下の引出しに戻しました」

「引出しに鍵は?」

「かけたことはありません。私が戻るまで部屋にはセレスティーヌがいますので、そこまでする必要はないのです」

警部の表情が曇った。

「つまり、食事に下りていくときにはまだ真珠があって、そのあと〝メイドさんは部屋を出ていない〟ということですね?」

まるではじめて自分の立場を悟って恐怖に駆られたかのように、セレスティーヌが悲鳴を上げてポアロにしがみついた。取り乱し、フランス語でまくし立てている。

「あんまりです! 私が奥様のものを盗んだなんて! 警察の馬鹿さ加減はみんなが知っています! でも、ムッシュ、あなたはフランス人ですから――」

「ベルギー人ですよ」ポアロが口をはさんだが、セレスティーヌはまるで意に介さなかった。

「あの破廉恥なメイドが無罪放免なのに、私が濡れ衣を着せられるなんて、ムッシュは黙って見過ごしたりはしないでしょう? 私、最初から彼女が気に入らなかったんです――図々しくて、赤ら顔で――生まれつきの泥棒ですよ。初めて顔を合わせたときから、奥様には不誠実な女だと言っていたんです。ですから、奥様の部屋を掃除しているときも、私が目を光らせていたんですよ！　ここにいる警官に、彼女を調べさせてください。彼女が奥様の真珠を隠し持っていなかったら、それこそ奇跡です！」

セレスティーヌは憎悪に満ちたフランス語を早口でまくし立てていたが、身振りを交えていたのでメイドにも何を言っているか想像がついたようだった。怒った顔がまっ赤になっている。

「私が真珠を盗んだなんて、その外国女の言うことは嘘です！　私はそんなもの見たことさえないんですから」メイドは興奮気味に断言した。

「身体検査をしてごらんなさいよ！」セレスティーヌも金切り声を上げている。「きっと見つかるわ」

「この嘘つき――聞こえた？」メイドが彼女に詰め寄った。「盗んだのはあなたよ。それを私のせいにしようだなんて。私が部屋にいたのは、奥様が戻られる前の三分間だけなのよ。あなた、ずっとここで坐っていたじゃない。いつものように、ネズミに目を光らせるネコみたいにね」

警部はセレスティーヌに探るような目を向けた。「本当ですか？　一度も部屋を出ませんでしたか？」

「彼女をひとりにはできませんから」セレスティーヌはメイドの言うことをしぶしぶ認めた。「でも、そのドアから自分の部屋へ二度、行きましたよ。一度は木綿糸を取りに、もう一度はハサミを取りにね。彼女、そのすきに盗んだんだわ」

「一分もしないうちに戻ってきたじゃないの」メイドが怒って言い返した。「出て行ったと思ったらすぐに戻ってきたわ。警官が身体検査をするというなら、よろこんで受けるわよ。やましいことなんか何もないんですからね」

ドアにノックがあった。警部がドアへ行き、相手の顔を見て表情が明るくなった。

「よかった！　助かったよ。婦人警官を呼びにやったんだが、いま来てくれた。悪いが、隣の部屋へ行ってくれないか？」

警部がメイドに目をやると、彼女は頭をつんと反らせて大股で出て行き、婦人警官がすぐそのあとにつづいた。

セレスティーヌは椅子にくずおれ、すすり泣いていた。ポアロが部屋を見まわしている。私は大体の見取り図を描いた。

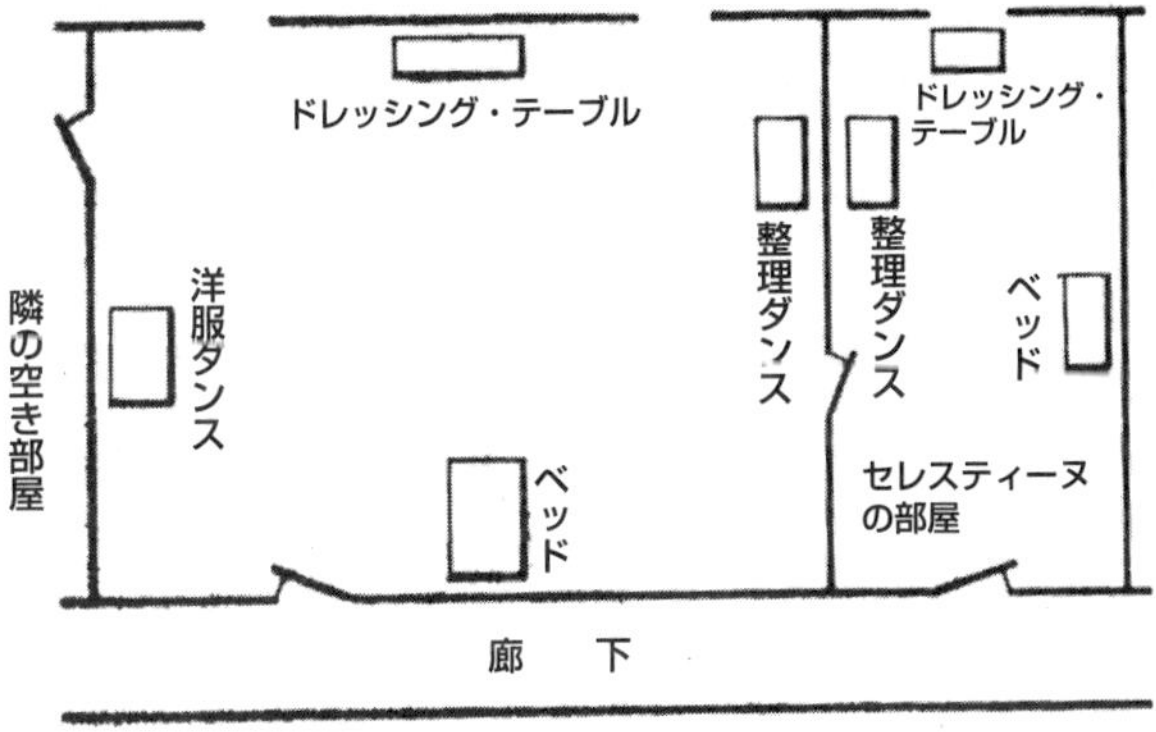
ドレッシング・テーブル
隣の空き部屋
洋服ダンス
ベッド
整理ダンス
整理ダンス
ドレッシング・テーブル
ベッド
セレスティーヌの部屋
廊下

「あちらのドアの向こうはどうなっていますか？」ポアロが頭を動かし、窓に近いドアを示した。

「たしか、隣の人の部屋です」警部は答えた。「こちら側から閂《かんぬき》がかかっていますよ」

ポアロがそのドアに近づき、開けようとした。それから閂を外してもう一度やってみた。

「向こう側からもかかっているな。ということは、このドアは除外してよさそうだ」

それから窓のところへ行き、ひとつひとつ調べた。

「窓も問題なさそうだ。バルコニーもないし」

「たとえあったにしても」警部がじれったそうに言った。「メイドさんが部屋を出なかったとすれば問題にはならないでしょう」

「そのとおり」ポアロは落ち着き払って答えた。「マドモワゼルが言うように彼女が部屋を出ていなければ――」

部屋係のメイドと婦人警官が戻って来てポアロの話が中断した。

「何もありませんでした」婦人警官がぶっきらぼうに言った。

「当然ですよ」メイドがすまし顔で言った。「正直者の私を悪しざまに言ったりして、あのフランス女こそ恥を知ればいいんだわ」

「まあまあ、もういいだろう」ドアを開けながら警部が言った。「誰もきみを疑ったりはしていないんだ。さあ、仕事に戻りなさい」

メイドは気が進まぬ様子でドアのほうへ向かった。

「彼女も調べてくださいね」セレスティーヌを指さしながら彼女が言った。

「ああ、そうするよ！」彼女が部屋を出ると、警部はドアを閉めて鍵をかけた。

セレスティーヌが婦人警官と小部屋に入って行った。数分後、彼女も戻ってきた。身体検査をしても何も見つからなかった。

警部の表情がさらに険しくなった。

「いずれにしても、私といっしょに来ていただくことになりますね」警部はセレスティーヌにこう言い、ミセス・オパルセンにからだを向けた。「申し訳ありませんが、奥さん、いろいろな証拠を見るとそうするしかありませんので。自分で持っていないとなると、部屋のどこかに隠してあるのでしょう」

セレスティーヌは悲鳴のような声を出し、ポアロの腕にしがみついた。ポアロがセレスティーヌの耳元で何かを囁くと、彼女は頭を上げてポアロに疑うような目を向けた。

「大丈夫だから――逆らわないほうがいいよ」そして、警部にからだを向けた。「失礼るんですが、ムッシュ、ちょっとした実験をしてもよろしいでしょうか？　私の気休めにすですが」

「事によりけりですが」警部は言質を与えないような答え方をした。

ポアロはもう一度セレスティーヌに声をかけた。

「さっき、自分の部屋へ木綿糸を取りに行った、そう言いましたね。それはどこに置いてあったのですか？」

「整理ダンスの上です」

「ハサミは？」

「同じところです」

「手間をかけて申し訳ありませんが、マドモワゼル、もう一度おなじことをしてもらえませんか？　たしか、この部屋で仕事をしていたんでしたね？」

セレスティーヌは椅子に坐り、それからポアロが合図を出すと、立ち上がって隣の部屋へ行った。そして、整理ダンスから木綿糸を取って戻ってきた。

ポアロは、彼女の動きと手に持った大型の懐中時計を交互に見つめていた。

「よければもう一度お願いします、マドモワゼル」

二度目が終わると、ポアロは手帳に何かメモをして、懐中時計をポケットにしまった。

「ありがとう、マドモワゼル。そして、ムッシュ、あなたにも」――ポアロは警部に会釈をした――「ご協力に感謝します」

　警部はポアロのていねいな態度に満足そうな様子だった。セレスティーヌは婦人警官と制服警官に付き添われ、涙を流しながら部屋をあとにした。

　やがて、警部がオパルセン夫人に断わりを入れて部屋の捜索をはじめた。引出しという引出しを抜き出し、戸棚を開け、メイクされていたベッドをぐしゃぐしゃにし、床を叩いてまわった。ミスタ・オパルセンは心配そうにそれを見つめていた。

「本当に見つかると思いますか？」

「ええ、かならず。彼女が部屋から持ち出す時間はありませんでしたから。奥様があまりにも早く盗難に気がつかれたので、計画が狂ってしまったのですよ。かならず部屋のどこかにあります。あの二人のどちらかが隠したにちがいないのですが――ホテルのメイドがやったとは思えません」

「思えないどころか――不可能ですよ」ポアロが落ち着いた声音で言った。

「というと？」警部がじろっと見た。

　ポアロは控え目に微笑んだ。

「実際にお目にかけましょう。ヘイスティングズ、ぼくの時計を持っていてくれないか

――気をつけてな。代々伝わる家宝なんだから。さっき、マドモワゼルの動きを計ってみたところ——最初に部屋を出ていた時間は十二秒、二度目は十五秒でした。今度はぼくがやるから見ていてくれ。奥さん、宝石箱の鍵を貸していただけませんか？ ありがとうございます。ヘイスティングズ、〝はじめ！〟と言ってくれ」

「はじめ！」私は言った。

ポアロは信じられないような軽い身のこなしで整理ダンスの引出しを開け、宝石箱を取り出し、鍵を差し込み、箱のふたを開け、宝石をいくつか取り出し、ふたを閉めて鍵をかけ、引出しに戻し、整理ダンスの引出しを閉めた。電光石火とも言えるような速い動きだった。

「どうだ？」ポアロは息を切らせながら私に訊いた。

「四十六秒だ」私は答えた。

「おわかりでしょう？」こう言って、ポアロがみんなの顔を見た。「ホテルのメイドにはネックレスを取り出す時間などなかったのですから、隠すなどということはとても不可能です」

「となると、犯人は夫人のメイドさん、ということになりますね」警部は満足そうにこう言い、また部屋の調べに取りかかった。そして、隣のセレスティーヌの部屋へ入って行った。

ポアロは眉をひそめて考え込んでいた。そして不意に、ミスタ・オパルセンにこう訊いた。

「そのネックレスですが——もちろん保険は掛けてありましたよね？」

そう訊かれたミスタ・オパルセンの表情に、かすかな驚きの表情が浮かんだ。

「ええ」彼はためらいがちに答えた。「掛けてありますが」

「でも、それがどうだというんですか？」オパルセン夫人が涙声で言った。「私が取り戻したいのはネックレスなんです。ほかにはない特別の品ですからね。お金には換えられません」

「わかりますよ、マダム」ポアロは慰めるように言った。「女性にとっては思い入れがすべてですからね——そうでしょう？　ですが、それほど繊細な感性を持ち合わせていないご主人には、保険を掛けてあったことがせめてもの慰めでしょうね」

「そう、そのとおりです」ミスタ・オパルセンはどこか歯切れが悪かった。「それにしても——」

警部の勝ち誇ったような大声に話が途切れた。彼が、指に何かをぶらさげて戻ってきた。

オパルセン夫人が悲鳴のような声とともに椅子から立ち上がった。別人のように様子が変わっている。

「私の、私のネックレス！」

それを受け取った彼女は、両手で胸に押し当てた。私たちは彼女を取り囲んだ。

「どこにありました？」オパルセンが訊いた。

「セレスティーヌのベッドです。マットレスのスプリングのあいだにありました。これを盗んでから、ホテルのメイドが来るまでのあいだに隠したのでしょう」

「ちょっとよろしいですか、奥さん？」ポアロはていねいにこう言ってネックレスを受け取り、じっくり調べてから、会釈をしながら返した。

「申し訳ありませんが」警部が言った。「ネックレスはしばらく我々がお預かりすることになります。告発に必要になりますので。できるだけ早くお返しします」

ミスタ・オパルセンが渋い顔をした。

「どうしても、ですか？」

「申し訳ありませんが。正規の手続きですので」

「お渡ししなさいよ、エド！」夫人が大きな声で言った。「そのほうが安心よ。また誰かが盗むんじゃないかと思うと、とても眠れないわ。それにしても、あの性悪女！　あんなことをするとは、思ってもみなかったわ」

「まあまあ、そんなに興奮しないで」

誰かがそっと私の腕を引いた。ポアロだった。

「そっと抜け出そう。もう手を貸す必要はなさそうだし」

しかし、廊下へ出てもポアロはぐずぐずしていて、しまいにはこんなことを言い出すのでびっくりした。

「隣の部屋を見てみたいな」

その部屋には鍵がかかっていなかったので、中へ入った。広いダブルの部屋で、空室になっていた。目につくほど埃が積もっている。神経質なポアロは、窓のそばのテーブルに指先で長方形を描いて例のしかめ面をして見せた。

「今回のことはどうもすっきりしないな」彼が素っ気なく言った。

ポアロは、窓から外を眺めながら物思いにふけっている。

「それで？」私はじれったくなって訊いた。「ここでどうしようというんだ？」

彼が私を見つめた。

「いやいや、申し訳ない。こっちの部屋からも、ほんとうに閂がかかっているかどうか確かめたかったんだ」

「なるほど」私はさっきまでいた部屋に通ずるドアに目をやった。「かかっているぞ」

ポアロは頷いた。まだ考えているらしい。

「それはともかく、だからどうだというんだ？　事件は解決したんだ。きみがもっと活躍できればよかったのに。まあ、あの頭の悪そうな形式だけの警部にも解決できるような事件じゃな」

ポアロが首を振った。

「まだ解決してはいないよ。我々が真犯人を見つけるまではね」

「犯人はあのフランス人メイドじゃないか！」

「なぜそう言える？」

「なぜ、って」私は口ごもった。「ネックレスが見つかったからさ――彼女のマットレスの中にあったんだぞ」

「わかった、わかった！」ポアロはじれったそうに言った。「あれは本真珠じゃないんだ」

「何だって？」

「イミテーションなんだよ」

このことばに思わず息を呑んでしまった。ポアロは落ち着いた笑みを浮かべている。

「あの優秀な警部は、宝石のことなど何も知らないんだ。だが、すぐに大騒ぎになるさ！」

「行こう！」私はポアロの腕を引いて言った。

「どこへ？」

「すぐにオパルセン夫妻に知らせないと」

「やめておいたほうがいいな」

「でも、あの気の毒な奥さんが――」

「まあね。きみの言う気の毒な奥さんは、宝石は金庫に入っていると思い込んでいたほうが安眠できるんだよ」

「だが、犯人が逃げてしまうぞ！」

「いつものことだけど、きみはよく考えもせずにものを言うんだな。オパルセン夫人が今夜しっかり鍵をかけてしまい込んだ真珠がイミテーションではなかったと、どうしてわかる？　それに、盗まれたのは今夜だということも、なぜ断言できる？」

「そうか！」私はうろたえてしまった。

「そのとおり」ポアロはにんまりして言った。「最初からやり直しだよ」

彼が先に立って部屋を出た。立ち止まって何かを考えている様子だったが、やがて歩き出して廊下の端まで行き、部屋係のメイドやボーイの控え室になっている小部屋のまえで足を止めた。例のメイドは井戸端会議を開いているらしく、興味津々といった聞き手を相手についさっき体験したことを報告しているようだった。彼女が話をやめた。ポアロはいつものようにていねいに会釈をした。

「じゃまをして申し訳ない。ミスタ・オパルセンの部屋のドアの鍵を開けてくれるとありがたいんだが」

メイドは快く立ち上がり、私たちは彼女のあとについて廊下を戻った。ミスタ・オパルセンの部屋は、廊下を挟んで夫人の部屋の向かい側にあった。彼女が合い鍵《パス・キー》でドアを開け、私たちは中へ入った。

戻ろうとする彼女をポアロが呼び止めた。

「ちょっと訊きたいんだが、ミスタ・オパルセンの持ち物の中でこういうカードを見たことはないかな?」

ポアロは、あまり見かけることのないような白くて光沢のあるカードを差し出した。受け取ったメイドは、丹念にそれを見ていた。

「いいえ、見たことはありません。いずれにしろ、男性の部屋はほとんどボーイが担当しておりますので」

「なるほど。ありがとう」

メイドはポアロにカードを返して立ち去った。ポアロはしばらく考えている様子だったが、やがて小さく、鋭く頷いた。

「ヘイスティングズ、ベルを鳴らしてくれないか？　三回鳴らしてボーイを呼ぶんだ」

私は好奇心の塊のようになってベルを鳴らした。そのあいだにポアロはごみ箱をひっくり返し、床に広がった中身を手早く調べていた。
二、三分するとボーイがやって来た。ポアロは彼にも同じ質問をし、さっきのカードを渡した。だが、答えは同じだった。ミスタ・オパルセンの持ち物で、そういう特別な紙質のカードは見たことがないという。ポアロが礼を言うとボーイは戻って行ったが、ひっくり返ったごみ箱や床に散らかったごみに訝しげな目を向けていた。破れた紙を集めながら呟くポアロの声も聞こえていたようだ。
「あのネックレスには高額の保険が……」

「ポアロ」私は大きな声を出した。「それはわかっているよ――」

「いいや、何もわかっていないな」彼が口をはさんだ。「いつものことだが、何もわかっていないよ！　信じられないことだが――やはりそうなんだ。さあ、自分の部屋に戻ろう」

私たちはひと言も口をきかずに部屋へ戻った。すごく驚いたことに、ポアロは部屋へ着くなりすぐに着替えをはじめた。

「ぼくは今夜のうちにロンドンへ戻る」彼が言った。「どうしても戻らないと」

「何だって？」

「言ったとおりさ。本当の仕事、この灰色の脳細胞の仕事は終わったんだ。その確証を取りに戻るんだよ。きっと見つかるさ！　エルキュール・ポアロを騙すなんてことは不可能なんだ！」

「そんなことを言ってると、いずれ大失敗をやらかすぞ」ポアロの自惚れにむっとして、私はこう言った。

「まあ、そう怒るなよ。きみには頼みたいことがあるんだ——友情を信頼してな」

「いいとも」腹を立てたことが気恥ずかしくなり、私は勢い込んで言った。「で、何をすればいい？」

「ぼくが脱いだ上着の袖口——そこにブラシをかけておいてくれないか？　白い粉が少し付いてしまったんだ。ぼくがドレッシング・テーブルの引出しのあたりを指でなぞったのを、見てただろ？」

「いや、見ていなかったな」

「ぼくのすることは、ちゃんと見ていないと。そうやって指先に粉を付けたんだが、ちょっと興奮しすぎて袖口で拭いてしまったんだよ。意味もないことをするのは大嫌いなんだ――ぼくの主義に反するからね」

「それより、粉というのは何なんだい？」ポアロの主義になど格別の興味もないので、私はこう訊いた。

「ボルジア家の毒薬ではないぞ」ポアロは目を輝かせて答えた。「想像力を働かせているようだな？　あれはフレンチ・チョークだよ」

「フレンチ・チョーク？」

「ああ。引出しの滑りをよくするために、家具職人が使うんだ」

私は笑った。

「意地の悪いやつだな！　もっとすごいものを見つけたのかと思ったのに」

「それじゃ、また。手間が省けてよかったよ。さあ、行ってくるぞ」

ドアが閉まった。私は嘲りと愛情が混じり合ったような笑みを浮かべながら、彼の上着を拾い上げ、洋服ブラシに手を伸ばした。

翌朝、ポアロからの連絡がないので散歩に出た。旧友に出会ったので彼らのホテルで昼食を共にした。車でドライヴに出かけたが、タイヤがパンクしたせいでグランド・メトロポリタンへ戻ったのは八時過ぎになってしまった。

部屋へ戻って最初に目に入ったのはポアロだった。満足げな様子で笑みを浮かべていたが、オパルセン夫妻に挟まれて坐る彼はいつも以上に小さく見えた。

「ヘイスティングズ！」ポアロはそう言い、飛び上がるようにして立ち上がった。「なあ、ぼくを抱きしめてくれ。何もかも驚くほどうまくいったんだ！」

幸い、その抱擁は形ばかりのものだった——ポアロが抱擁するなどというのは、前代未聞のことだ。

「ということは——」と、私が言いかけると、オパルセン夫人が口をはさんだ。

「素晴らしいとしか言いようがありません！」彼女は丸々とした顔に満面の笑みを浮かべていた。「だから言ったでしょ、エド、彼に取り戻せなければ、取り戻せる人なんかいないって」

「たしかに言ったよ。たしかに言った。しかも、きみの言うとおりになったんだ！」

私にはわけがわからず、ポアロに目を向けた。

「イギリス人の言い草じゃないが、ヘイスティングズはひとり取り残されているといった感じだな。まあ坐れよ、ハッピーエンドの物語を話してやるから」

「ハッピーエンド?」

「そうとも。みんな捕まったんだ」

「みんなって、誰のことだ?」

「もちろん、ホテルのメイドとボーイだよ! きみは疑わなかったのか? ロンドンへ戻るときに、フレンチ・チョークというヒントをあげたのに」

「家具職人が使う、そう言っていたが」

「そのとおりだよ——引出しの滑りをよくするために使う、とな。誰か、音を立てずに引出しを開け閉めしたい者がいた。それができるのは誰だ? そう、もちろんあの部屋係のメイドさ。ほかにはいない。巧妙な計画だったんで、すぐには誰も気づかなかった——このエルキュール・ポアロでさえね。

それで、手口はこうだった。ボーイが隣の空室で待つ。夫人のメイドのセレスティーヌが部屋を出る。すると、部屋係のメイドが大急ぎで引出しを開けて宝石箱を取り出す。そして、閂を開けて、隣の部屋のボーイに宝石箱を渡す。ボーイは用意してあった合鍵で宝石箱を開け、ネックレスを盗って次のチャンスを待つ。セレスティーヌがもう一度、部屋を出る。そのすきに素早く宝石箱をメイドに返して、メイドがそれを引出しに戻す。

そこへ奥さんが戻ってきて、盗まれたことに気づく。メイドは身体検査を受けるが、何も疑われずに部屋を出る。二人が用意しておいたイミテーションは、その日の朝、メイドがセレスティーヌのベッドに仕込んでおいたんだ――うまいこととやったものだよ！」

「でも、なぜきみはロンドンへ戻ったんだ？」

「あのカードのこと、覚えているかい？」

「もちろんさ。何だろうと思っていたんだ――いまだにわからないが。思うに――」

私はミスタ・オパルセンにちらりと目を向け、口ごもった。

ポアロが声高に笑った。

「悪く言えばワナだよ！　あのボーイへのね。あのカードの表面には特殊加工が施されているんだ――指紋が採れるようにね。それで、カードを持ってスコットランド・ヤードへ行き、友人のジャップ警部に会って事情を話したんだ。思ったとおり、カードに付いた指紋はしばらく前から手配中の名うての宝石泥棒二人のものだった。ぼくがジャップをここへ連れてきて、あの二人は逮捕された。ネックレスはボーイの持ち物の中にあった。頭の切れる二人だが、やり方にずさんなところがあったんだ。もう三十六回は言っただろ、ヘイスティングズ、やり方がずさんだと――」

「少なくとも三万六千回は聞かされたよ！」私は口をはさんだ。「だが、二人のどこがずさんだったんだ？」

「メイドやボーイとして勤めるというのはなかなかの計画だった——だが、仕事に手抜きをしてはいけない。あの空室の掃除をしていなかったんだ。だから、ボーイがドアの脇のテーブルに宝石箱を置いたときに、長方形の跡がついていたんだよ——」

「そうか、思い出した！」私は大きな声で言った。

「それまでは、ぼくにも迷いがあった。だが、あれを見てわかったんだ！」

しばらく、沈黙がつづいた。

「おかげで真珠を取り戻すことができましたわ」オパルセン夫人が古代ギリシャ劇のコロス（合唱と踊りで筋の解説をする劇中の一群）のようなドラマティックな調子で言った。

「さて、何か食べに行こうか」私は言った。

ポアロがいっしょに来た。

「これでまた名をあげたな」

「とんでもない」ポアロは静かに答えた。「ジャップと地元警察の警部が手柄を分け合うことになるさ。だが」——ポケットを軽く叩いた——「ここにミスタ・オパルセンがくれた小切手が入っているんだ。ところで、どうだい？　今週末はすっかり計画が狂ってしまったから、来週の週末にもう一度ここへ来ないか？　費用はぼくがもつよ」

首相誘拐事件

The Kidnapped Prime Minister

いまやあの戦争もその秘密も過去のものとなったので、国家の危機に際して友人ポアロが演じた役割を公表してもいいだろう。その秘密は厳重に守られてきた。新聞社に漏れることも一切なかった。その秘密を守る必要がなくなったいま、イギリスが悲劇的な結末を回避できたのは一風変わった小柄な友人の素晴らしい頭脳のおかげだ、ということを報せておくべきだと思う。

ある晩の夕食後――日付を特定するのはやめておこう。敵国のあいだで〝和平交渉〟ということばがスローガンのようになっていたころと言えば充分だろう――友人と私は彼の部屋でくつろいでいた。傷病兵として陸軍を除隊になり、徴兵事務の仕事を与えられていた私は、夕食後にポアロを訪ね、彼が手がけている面白そうな事件について話し合うのが常になっていた。

私は、その日のセンセーショナルなニュースについて話し合うつもりでいた——言うまでもなく、イギリス首相デイヴィッド・マカダム暗殺未遂事件のことだ。新聞記事が入念な検閲を受けたことは明らかで、首相は弾丸が頬をかすめただけで奇跡的に命拾いをしたということ以外、詳細は何も書かれていなかった。

私は、このような暴力行為が起きたのは警察の怠慢のせいだと思った。イギリスにいるドイツの諜報員ならこうしたこともしかねないということは、充分に察しがついた。所属する与党から〝闘うマック〟というニックネームを与えられていた彼は、急速に拡大しつつある不戦主義者の影響力に対し、毅然として精力的に闘っていた。

彼はイギリスの首相であるばかりでなく、イギリスそのものだった。したがって、彼をその勢力圏から排除すれば、大英帝国に機能麻痺を惹き起こす壊滅的な打撃を与えることになるのだ。

ポアロは、小さなスポンジでせっせとグレイのスーツをこすっていた。エルキュール・ポアロほどのダンディはいない。潔癖症とさえ言えるほど身だしなみがいい。そのときもベンジンの臭いをさせて私の話になど耳を貸そうとしなかった。

「もうすぐだからちょっと待ってくれ。油のシミがね——なかなか落ちないんだ——こいつを落とさないと」こう言って、ポアロはスポンジを小さく振った。

私は微笑みながら次のタバコに火をつけた。

「何か面白いことはないか？」一、二分してから私は訊いた。

「いまはね——何と言ったっけ？——〝日雇いのお手伝いさん〟のご亭主探しを手伝っているんだよ。いろいろ気を遣って、むずかしい仕事なんだ。見つかっても、ご亭主のほうはちっとも嬉しくないだろうってことがわかるんだよ。きみならどうする？　ぼくは、彼に同情してるんだ。行方をくらますなんて、思慮分別のある男だな」

私は笑った。

「やっと取れたぞ！　油のシミが取れたんだ！　さあ、話を聞こうか」

「マカダム暗殺未遂についてどう思っているか、それを訊いたんだ」

「子どもじみてるよ！」ポアロは即答した。「誰も本気になどしないさ。ライフルを使うなんて——成功するはずがない。過去のやり口だよ」

「だが、今回はもう少しで成功するところだったぞ」私は言い返した。

ポアロはじれったそうに首を振って答えようとしたが、ちょうどそのとき大家がドアから顔を出し、彼に会いたいという男が二人、階下に来ていると告げた。

「名前も言わずに大事な用件だと言うんですよ」

「お連れしてください」グレイのズボンをていねいにたたみながらポアロが答えた。

すぐにその二人がやって来たが、最初に私の目に飛び込んできたのが誰あろう下院議長のエステア卿だったので、心臓が飛び出るほどびっくりした。連れのミスタ・バーナード・ダッジも戦時内閣の閣僚で、私の知るところでは首相の親しい友人だった。

「ムッシュ・ポアロ?」エステア卿が不審そうな顔つきで訊いた。ポアロが小さく会釈すると、この大物は私を見つめて躊躇した。「私の用件は内密なので」

「ヘイスティングズ大尉なら大丈夫です」ポアロはこう答え、退席する必要はないというように私に頷いて見せた。「才能に満ちているとは申しませんが、口の堅さは私が保証いたします」

それでもエステア卿はためらっていたが、ミスタ・ダッジが急に口をはさんだ。

「いいじゃないですか——遠回しはやめましょう! 我々の苦境も、すぐイギリスじゅうに知れ渡るでしょう。何より時間の問題なのですよ」

「どうぞお掛けください」ポアロがていねいに言った。「閣下、その大きな椅子へどうぞ」

エステア卿は少しばかり驚いた様子だった。「私をご存知で?」

ポアロは笑みを浮かべた。「もちろんです。写真の載らない新聞はありませんから」

「ムッシュ・ポアロ、我々は緊急事態についてご相談にあがったのです。この件はどうか極秘に」

「エルキュール・ポアロを信頼してください――それ以上申し上げることはありません！」彼はこう豪語した。

「首相のことなのですが、大変なことになりまして」

「途方に暮れているのですよ」ミスタ・ダッジが口をはさんだ。

「ということは、傷が深いのですね？」私は訊いた。

「傷、というと？」

「銃弾の傷です」

「ああ、あのことですか！」ミスタ・ダッジは馬鹿にするように言った。「あれは昔の話ですよ」

「連れが言うように」エステア卿が言った。「あの件はもう解決しています。幸い、あれは失敗しましたからね。二度目に関してもそう言えたらよいのですが」

「二度目があった、そうおっしゃるのですか？」

「ええ。同じようなこと、というわけではないのですが。ムッシュ・ポアロ、実は、首相が行方不明になったのです」

「何ですって？」
「誘拐されたのです！」
「そんな馬鹿な！」あまりのことに、私は思わず叫んでしまった。
ポアロが鋭い視線をよこしたので、私は口をつぐんでいなければならないのだという
ことに気がついた。
「あり得ないことのように思えるでしょうが、残念なことに事実なのです」エステア卿
がつづけた。
ポアロがミスタ・ダッジに目を向けた。「ムッシュ、あなたはさっき、時間の問題だ
とおっしゃいましたね？　それはどういうことなのですか？」
二人の客は目を見合わせ、やがてエステア卿が言った。
「ムッシュ・ポアロ、連合国会議が近いことはお聞き及びでしょう？」
ポアロは頷いた。
「当然ながら、いつどこで開催されるかは発表されていません。新聞には発表されてい
ませんが、開催日についてはもちろん、外交官のあいだでは知れ渡っています。会議は
明日——木曜日——の夜、ヴェルサイユで開かれる予定になっています。これで、事の
重大性がおわかりのことと思います。首相が会議を欠席するわけにはいかないのですよ。

我が国に送り込まれたドイツの諜報員による反戦プロパガンダはかなり活発でしてね。今度の会議の成否は首相のパーソナリティにかかっているというのが一致した見方なのです。首相が欠席すれば重大な結果を招きかねない――おそらく早まった悲惨な和平をもたらすことになるでしょう。それに、首相の代理として送り込めるような人材はいないのですよ。イギリスを代表できるのは、首相しかいないのです」

ポアロの顔に深刻な表情が浮かんだ。「つまり、首相の誘拐は会議への出席を阻止するための直接行動だ、そう思われているのですね？」

「そのとおりです。現に、首相はフランスへ向かう途中だったのですから」

「会議は予定どおり開催されるのですね？」

「明日の晩、九時に」

ポアロはポケットから大きな懐中時計を出した。

「九時十五分前だ」

「あと二十四時間」ミスタ・ダッジが深刻な顔つきで言った。

「と、十五分です」ポアロが訂正した。「その十五分を無視してはいけません、ムッシュ――それが貴重な時間にもなり得ますからね。それでは、詳細をお聞かせください――誘拐ですが、現場はイギリスですか、フランスですか？」

「フランスです。マカダム首相は、今朝、フランスへ渡りました。今夜は招待されて最高司令官のところで一泊し、明日、パリへ向かうことになっていました。海峡は駆逐艦で渡りました。ブローニュで総司令部差しまわしの車と副官が待機していました」

「それで？」

「車はブローニュを発ったのですが――到着しなかったのです」

「何ですって？」

「ムッシュ・ポアロ、車も副官も偽物だったのですよ。本物は脇道で発見されました。運転手と副官は縛られて猿ぐつわをかまされていました」

「それで、偽の車は？」

「まだ発見されていません」

ポアロが、苛立っているような仕草をした。「信じられませんね！　いつまでも人目につかないなどということがあるはずはないでしょう？」

「我々もそう思いました。徹底的に捜索すればかならず見つかる、そう思っていました。フランスのあの地域は軍の支配下に置かれているのですから。車はすぐに見つかる、そう確信していました。フランス警察とスコットランド・ヤードの捜査員と軍が、目を光らせているのですからね。おっしゃるとおり、信じられないことです――ですが、いまだに何も発見されていないのです！」

　そのときドアにノックがあった。厳重に封をした封筒を持った若い士官が部屋に入り、それをエステア卿に手渡した。

「たったいまフランスから届きましたので、ご指示のとおりお持ちしました」

　下院議長が封を開け、思わず声をあげた。士官が退室した。

「やっと情報が届いたぞ！　暗号解読されたばかりの電報だ。二台目の車が見つかったそうだ。秘書のダニエルズもな。クロロフォルムを嗅がされて、やはり縛られたうえに猿ぐつわをかまされていたそうだ。場所はC――に近い空家になった農家だ。ダニエルズは、背後から鼻と口に何かを押しつけられてもがいたこと以外、何も覚えていないと言っている。警察も、彼の供述にまちがいはないと認めている」

「ほかに見つかったものは？」

「何もない」

「首相の遺体もですね？　それならまだ望みもあります。それにしても奇妙だな。今朝は撃ち殺そうとしたのに、今度はなぜわざわざ生かしておこうとするのでしょうね？」

　ダッジが首を振った。「ぜったいに確実なことは、犯人がなんとしても首相の会議への出席を阻止しようとしていることです」

「人知の及ぶことならば、首相を会議に出席させてごらんにいれますよ。願わくは、手遅れにならなければいいのですが。そろそろすべてを話していただけませんか——最初から。狙撃に関しても伺っておかないと」

「昨夜、首相は秘書のひとりであるダニエルズ大尉を連れて——」

「フランスへ同行した人物ですね？」

「そうです。昨夜、二人は車でウィンザーへ行き、陛下に謁見しました。今朝早く二人はロンドンへ戻ったのですが、暗殺未遂が起きたのはその途中だったのです」

「恐れ入りますが、そのダニエルズ大尉というのはどういう人物なのですか？　彼の身上調書はあるのですか？」

　エステア卿が微笑した。「訊かれると思っていましたよ。実は、あまりよくは知らないのです。これといった家柄の出ではありませんが、ずっと英国陸軍にいましたし、秘書としてもひじょうに有能です。それに語学にも秀でていて、たしか七カ国語が話せるはずです。首相がフランスへの随員に彼を選んだのも、そのためです」

「イギリスに親族は？」

「二人の叔母がいます。ハムステッドに住むミセス・エヴァラードという女性と、アスコットの近くに住むミス・ダニエルズです」

「アスコットですか？　ウィンザーに近いところですよね？」

「その点については調べましたが、特には何もありませんでした」

「すると、ダニエルズ大尉には疑うべき点がないとお考えなのですね？」

ポアロの問いに答えるエステア卿の声には辛辣な響きがあった。

「いいえ、ムッシュ・ポアロ。最近は、人を見たら泥棒と思えという状況ですからね」

「よくわかりました。当然のことながら、首相は警察による厳重な警護下にあって、襲撃などは不可能だとおっしゃるのですね？」

エステア卿は頷いた。「そういうことです。首相の車のあとには、私服警官の乗った車がぴたりと付いていましたから。首相は、そうした警護のことは何も知りませんでした。誰より豪胆な方ですから、そんなことがわかったら即座に追い払ってしまうでしょうね。とはいっても、警察はそれなりの態勢を敷くでしょうが。現に、首相の車の運転手はスコットランド・ヤードの捜査課に所属するオマーフィーという男ですから」

「オマーフィーですか？　アイルランド系の名前ですね？」

「ええ、アイルランド人です」

「アイルランドのどこの出身ですか？」

「たしかクレア・カウンティだったと思います」

「おやおや！　でもまあ、つづきをお願いします」

「首相の車はロンドンへ向かいました。車はセダンで、首相とダニエルズ大尉が乗っていました。いつものように、警護の車がそのあとにつづきました。ところが、どういうわけか首相の車が脇道へそれてしまいましてね――」

「道路がカーヴしているところですね？」ポアロが口をはさんだ。

「ええ――なぜおわかりで？」

「明白なことですよ！　まあ、先をつづけてください」

「理由はわからないのですが」エステア卿が話をつづけた。「首相の車が脇道へ入ってしまったのです。警護の車はそれに気づかずに走りつづけました。首相の車は、脇道を少し進んだところで覆面をした男たちに停められました。運転手は――」

「勇敢なオマーフィーか」ポアロが考え込むように呟いた。

「運転手は一瞬めんくらいましたが、急ブレーキをかけました。首相が何事かと窓から顔を出すと、銃声が二発しました。一発目は首相の頬をかすめ、二発目は幸いなことに大きく外れました。それで、危険を感じた運転手が車を急発進させたのです」

「間一髪だ」私は身震いし、思わず口を開いた。

「マカダム首相は、かすり傷だから大騒ぎをするな、そうおっしゃいました。ほんのかすり傷だと。それで、近くの診療所に寄って治療を受けましたが——もちろん身分を明かしたりはしませんでした。それからスケジュールどおりにチャリング・クロスへ直行して、ドーヴァーへの特別列車に乗りました。懸念を抱く警察にはダニエルズ大尉が簡単な事情説明をして、時間どおりにフランスへ発ちました。ドーヴァーに着くと、待機していた駆逐艦に乗船しまして、無事にフランスに着いたのです。ですが、先ほどお話ししたように、ブローニュでユニオンジャックを付けた本物そっくりの車に乗ってしまったというわけです」

「お話はそれですべてですか？」

「ええ」

「説明を省かれたことはありませんね？」

「それが、ひとつだけ奇妙なことがありまして」

「というと？」

「チャリング・クロスで首相を降ろした車が戻ってこないのですよ。警察はオマーフィーの事情聴取が急務と考え、すぐに車の捜索に取りかかりました。その結果、車はソーホーにある評判のよくない小さなレストランのまえに駐めてあるのが発見されました。その店はドイツの諜報員が集まる場所として知られているのです」

「見つかりませんでした。彼も行方不明なのです」

「それで運転手は？」

「ということは」ポアロが考えながら言った。「行方不明者は二人、ということですね。フランスで首相が、ロンドンでオマーフィーが」

ポアロがエステア卿に鋭い視線を向けると、彼は絶望的だというような仕草をして見せた。

「ムッシュ・ポアロ、いま言えるのは、もし昨日、オマーフィーは裏切り者だと聞かされたら、そう言った相手に向かって笑っていただろうということだけですね」

「今日ならどうですか？」

「何をどう考えたらいいかわかりませんよ」

ポアロは真顔で頷き、またあの大きな懐中時計を取り出した。

「私は白紙委任状を受け取った、そう理解してよろしいのですね？　行きたいところへ好きな方法で行けないと困るのですが」

「もちろんです。あと一時間で、スコットランド・ヤードの応援部隊を乗せた特別列車がドーヴァーへ向かいます。あなたには、手足となる士官を一名とスコットランド・ヤードの捜査課員を一名つけましょう。それでよろしいでしょうか？」

「充分です。お帰りになる前にもうひとつだけ。なぜ私のところへ来られたのですか？　このロンドンでは、私など無名の存在ですが」

「あなたの国の重要人物が推薦してくれましてね。それで、あなたを探し出したわけです」

「なんですって？　ということは、知事をしている古くからの友人――」

エステア卿が首を振った。

「知事より高い地位にいる方です。その方のひと言がかつてのベルギーの法だったこともありますし――これからもまたそうなることでしょう！　イギリスはそう信じております」

ポアロが素早く片手を動かし、大袈裟に敬礼をした。「そうでしたか！　陛下は覚えてくださっているんだ――私、エルキュール・ポアロは、誠心誠意お仕えいたします。どうか間に合いますように。それにしても、いまは闇の中で――何も見えませんが」

「なあ、ポアロ」二人が帰ると、私は堰を切ったように訊いた。「どう思っているんだ？」

手際よく小型のスーツケースに持ち物を詰めていたポアロは、考え込むように頭を振った。

「どう考えていいか、わからないんだよ。頭が働かなくてね」

「きみが言ったように、頭に一発ぶち込めば済むのに、なぜ誘拐なんかしたんだろう？」

「ちょっと待ってくれ。そうは言ってないぞ。誘拐したほうがはるかに効果的だ、ということさ」

「なぜ？」

「生死不明のほうがパニックを惹き起こすからさ。これが第一の理由だよ。首相が死んでいればそれはそれで痛ましい不幸だが、対処のしようはある。ところが、いまの状態ではそれすらできない。首相はまた姿を見せるのか、見せないのか？　生きているのか、死んでいるのか？　それは誰にもわからないし、わかるまでは明確な対処法がない。それに、いま言ったように、生死不明となればパニックを惹き起こすし、それこそがドイツ人の狙いなんだ。第二に、もし誘拐犯が首相をどこかに監禁しておけば、彼らとしては敵味方双方に対して優位に立てる。ドイツ政府はケチだが、今度のようなこととなれば相当気前よく金を出すだろう。第三に、死刑になるというリスクを冒さずに済む。だから、誘拐という手段を取ったんだ」

「仮にそうだとしたら、なぜ最初に射殺しようとしたんだ？」

ポアロはいまいましそうな仕草をした。「そこがぼくにもわからないんだよ！　説明がつかないし――馬鹿げてる！　犯人は誘拐の計画を立てた。しかも、かなり巧妙な計画だ。それなのに、映画もどきの現実離れした芝居がかった襲撃をして、すべてを台無しにしようとしたんだ。それも、ロンドンから二十マイルと離れていない場所で、覆面の男たちが、だぞ！　とても信じられないよ」

「ひょっとしたら、この二つはまったく無関係の出来事かもしれないぞ」私はこう言ってみた。

「それはないだろうな。偶然の一致と言うには度が過ぎている。それと、誰が裏切ったか、という問題もある。裏切り者がいたにちがいないんだ――少なくとも最初の事件ではね。だが、それが誰かだよ――ダニエルズか、オマーフィーか。この二人のどちらかにちがいない。そうでなければ、なぜ車は脇道へ入ったかの説明がつかない。首相が自分の暗殺を共謀するはずはないからね。オマーフィーがひとりでやったのか、ダニエルズの指示でそうしたのか？」

「オマーフィーがひとりでやったに決まってるさ」

「そうだな。もしダニエルズの指示なら、首相にもそれが聞こえて理由を訊いたはずだからね。とにかくこの事件には〝なぜ？〟が多すぎるし、しかもそのそれぞれが矛盾している。オマーフィーが裏切り者でないとすると、なぜ脇道に入ったのか？　だが、裏切り者だとしても、なぜ二発しか発射されていない時点で車を発進させて首相の命を守るようなことをしたのか？　それに、彼が裏切り者でないなら、なぜチャリング・クロスからドイツのスパイが集まるという噂のある場所へ直行するような真似をしたのか？」

「謎だらけだな」私は言った。

「筋道を立ててこの事件を見てみよう。この二人に関して、白と黒の要素にはどんなものがある？　まずはオマーフィーだ。黒の要素。脇道に入ったという行動は疑わしい。クレア・カウンティ出身のアイルランド人である。不審を抱かせるような失踪をしている。白の要素。車を急発進させることによって首相の命を救った。スコットランド・ヤードの刑事で、その任務からして信頼されているということ。次にダニエルズだが、彼に関しては黒の要素が少ない。ただし、素性がはっきりしないのと、善良なイギリス人にしては話せる外国語が多すぎる！――こんなことを言ってはなんだが、きみたちイギリス人は外国語に関してはひどいものだからね。白の要素としては、彼がクロロフォルムを嗅がされて、縛られたうえに猿ぐつわをかまされていたという事実がある。つまり、事件とは無関係に見えるということだ」

「疑いの目をそらすために、自分で猿ぐつわをはめて縛ったのかもしれないぞ」

ポアロは首を振った。「フランスの警察に、そういうごまかしは通用しないだろう。それに、目的を達して首相を誘拐したのだから、彼が残っても大した意味はあるまい。もちろん、仲間が彼にクロロフォルムを嗅がせて猿ぐつわをはめることはできるが、そんなことをすることに何の意味があるのか、ぼくにはわからないね。もはや、犯人たちにとって彼の利用価値はなくなっているわけで、首相に関する状況がはっきりするまでは厳重に監視されるだろうしな」

「警察の捜査の目をそらそうとしたんじゃないか？」

「だったら、なぜそうしなかったんだ？　彼は、鼻と口に何かを押しつけられたこと以外は何も覚えていない、そう言っただけだ。目をそらそうとしたとは思えないな。ありのままを言っていると思うよ」

「それはそうと」私は置時計に目をやって言った。「そろそろ駅へ行ったほうがいいんじゃないか？　フランスへ行けばもっと手がかりが見つかるかもしれない」

「そうかもしれないが、ぼくは楽観などしていないよ。あの限られた地域でいまだに首相が発見されていないことが信じられないんだ。監禁しておくのはかなりむずかしいと思うんだ。イギリスとフランス両国の警察と軍が発見できないのに、ぼくに見つけられるはずはないだろ?」

チャリング・クロス駅ではミスタ・ダッジが待っていた。

「こちら、スコットランド・ヤードのバーンズ刑事とノーマン少佐です。何でもお申しつけください。幸運を祈ります。状況は芳しくありませんが、私は希望を捨ててはおりません。では、これで失礼します」こう言うと、ミスタ・ダッジは足早にその場を去った。

私たちはノーマン少佐と雑談を交わしていた。プラットフォームにいる小さなグループの中心で、背の高いブロンドの男に話をしているイタチのような顔をした小柄な男が目にとまった。ポアロの古くからの知り合い、ジャップ警部だった。彼は、スコットランド・ヤード随一の敏腕刑事と目されている。その彼がやって来て、ポアロに元気のいい挨拶をした。

「あんたもこの事件を手がけるそうだな。厄介な事件だよ。やつらはうまうまとお目当てのものを手に入れたんだからな。だが、いつまでも監禁などしていられるものか。うちの連中がフランスじゅうをしらみつぶしに調べているし、フランスの警察もそうしてるんだ。あとは時間の問題だろうな」

「彼がまだ生きていれば、だがな」背の高い刑事が陰鬱な口調で言った。

ジャップの顔が曇った。「ああ……だが、彼はまだ生きているような気がするよ」

ポアロが頷いた。「そのとおり、彼はまだ生きているさ。だが、間に合うかな？　きみの言うように、ぼくもそう長く監禁しておけるとは思わないよ」

汽笛が鳴り、私たちは寝台車に乗り込んだ。やがてガクンと揺れ、列車が駅をあとにした。

奇妙な旅だった。スコットランド・ヤードの刑事たちは一カ所に固まって北フランスの地図を広げ、寄ってたかって村落やそれを結ぶ道路に沿って人差し指を動かしている。ひとりひとりがそれぞれに持論をもっているようだ。ポアロのいつもの雄弁は影をひそめていた。途方に暮れた子どものような表情を浮かべ、じっと前方を見つめている。私はノーマンに話しかけてみた。なかなか面白い男だった。ドーヴァーに着いたときのポアロの様子は、おかしくて仕方がなかった。船に乗るときは、しっかり私の腕をつかんでいた。風が強かった。

「やれやれ」ポアロが呟いた。「ひどいもんだ！」

「元気を出せよ、ポアロ」私は大きな声で言った。「うまくいくさ。必ず見つかるよ。絶対に」

「あのね、ちょっと誤解してるようだぞ。ぼくが心配してるのは、この荒れた海のことなんだ！　船酔いというやつは――恐ろしく苦しいんだよ！」

「そうか！」いささかびっくりして私は言った。

　エンジンがかかって振動が伝わってくると、ポアロは呻くような声を出して目を閉じた。

「調べたければ、ノーマン少佐が北フランスの地図を持っているぞ」

　ポアロは苛立たしそうに首を振った。

「いいや、いいんだ。放っておいてくれ。ものを考えるには、胃と頭の調和が取れていないとな。ラヴェルギエの考案した船酔い解消の方法は――息を吸ってゆっくり吐く。左から右へ首をまわしながら、ひと呼吸のあいだに六まで数える」

　せっせとこの体操をしているポアロを残し、私はデッキへ出た。

　船がゆっくりとブローニュ港へ入るころになって、やっとポアロが現われた。きちんとした服装で、顔には笑みを浮かべている。そして、ラヴェルギエの方法がいかによく効くかを私の耳元で囁いた。

　ジャップの人差し指は、まだ地図上のルートをたどっていた。「馬鹿げてる！　ブローニュを発った車は――ここ、ここで脇道に入ったんだ。おれの考えでは、首相は別な車に乗せられたにちがいない。わかるか？」

「あのう」背の高い刑事が言った。「私は港へ行ってみます。犯人は首相を船で連れ出したにちがいありません」

ジャップは首を振った。「そんなはずはない。即座に港湾閉鎖の命令が出たんだからな」

私たちが上陸するころ、空が白みはじめた。ノーマン少佐がポアロの腕に手をやった。

「軍の車が待っています」

「ありがとう。しかし、もう少しブローニュにいたいのです」

「えっ？」

「埠頭近くのホテルに入りましょう」

ポアロは言ったことばをすぐに実行に移した。ホテルに入り、部屋をとった。私たち三人は、わけがわからぬままポアロのあとに従った。

彼が私たちに鋭い目を向けた。「優秀な探偵のすることではない、そう言いたいんだろ？　きみらが何を考えているかくらい、わかるさ。優秀な探偵はエネルギッシュで、あちこち駆けまわって、砂埃のする道路にしゃがみこんで小さなルーペ片手にタイヤの跡を探し、タバコの吸殻やマッチを集める、そう思っているんだろ？」

彼の目は挑戦的だった。「だが、このエルキュール・ポアロがそうではないと断言しよう！　本当の手がかりはここにあるんだ！」こう言って、彼は軽く額を叩いた。「いいかい、なにもロンドンを離れる必要などなかったんだ。ロンドンの自分の部屋でじっとしているだけで充分だったのさ。重要なのは、この中にある灰色の小さな脳細胞なんだ。脳細胞は密かに黙々と活動していて、やがてぼくは地図を取り出してある一点を指差す。そして、こう言うんだ。首相はここにいるぞ！　とね。事実、そのとおりなんだ！　順序立てて論理的にやれば、何事も達成できるんだよ！　慌てふためいてフランスへやって来たのは失敗だった――これではまるで子どものかくれんぼだ。もう手遅れかもしれないが、これから頭の中で仕事にかかるから静かにしていてくれ」

それからたっぷり五時間、ポアロはネコのような瞬きをするだけで、坐ったまま微動だにしなかった。輝くグリーンの目の色合いが少しずつ濃くなってゆく。スコットランド・ヤードのバーンズ刑事は明らかに馬鹿にした様子で、ノーマン少佐は退屈してじりじりし、私もこれほど時間の経つのが遅くてうんざりしたことはなかった。

とうとう私は立ち上がり、忍び足で窓のところへ行った。だんだん茶番のように思えてきたのだ。内心では、ポアロのことが心配になっていた。失敗するにしても、恥をかかないような失敗にしてほしかった。私は窓越しに、煙を吐きながら埠頭に停泊する定期船をぼんやりと見つめていた。

不意に横からポアロの声がし、私ははっと我に返った。

「みなさん、出発しましょう！」

振り向くと、ポアロの様子ががらりと変わっていた。目は興奮で輝き、胸が大きく膨らんでいる。

「ぼくは愚かだった！　だが、やっと日の光が見えてきたんだ」

ノーマン少佐が急いでドアへ向かった。「車を呼んできます」

「いや、その必要はありませんよ。どのみち車は使いませんから。ありがたいことに風もおさまったようだし」

「歩いて行かれるのですか？」

「いいや、ぼくはペテロではないからね。海を渡るなら船がいい」

「海を、渡る？」

「そうとも。順序立てて考えるには出発点に立ち返らないとね。それに、この事件の出発点はイギリスにあるんだ。だから、イギリスへ戻るんだよ」

三時に、私たちはふたたびチャリング・クロスのプラットフォームに立った。私たちが何を言ってもポアロは頑として耳を貸さず、出発点に戻ることは時間の浪費などではないし、これ以外に方法はないのだと繰り返していた。船の中でポアロはノーマンとひそひそ話をし、ノーマンはドーヴァーから一通の電報を打った。

ノーマンが持っている特別通行証のおかげで、私たちは最短時間でどこへでも行くことができた。ロンドンでは、大型の警察車両が私たちを待っていた。それに乗っている私服刑事のひとりが、タイプされた書類をポアロに渡した。私の問いかけるような視線に、ポアロはこう答えた。

「ロンドンの西を中心にしたある半径内にある診療所のリストだよ。ドーヴァーから電報で問い合わせておいたんだ」

私たちは猛スピードでロンドン市内を抜けて行った。バース通りに入った。そして、ハマースミス、チジック、ブレントフォードを抜けて行った。私には目的地がわかってきた。ウィンザーを抜け、アスコットへ向かう。心臓の鼓動が高まっていった。アスコットといえば、ダニエルズの叔母が住んでいる町だ。つまり、我々が追っているのはオマーフィーではなくダニエルズということになる。

車はこぎれいな屋敷の門のまえで停まった。ポアロが車から飛び出し、ベルを鳴らした。輝くような彼の顔に当惑の色が浮かんでいた。明らかに何か不満があるようだ。ベルへの応答があり、ポアロが中へ入った。が、すぐに出てきた。そして、小さく首を振って車に乗り込んだ。私の期待がしぼみはじめた。すでに四時を過ぎていた。たとえポアロがダニエルズを告発できるだけの証拠を集めたところで、誰かにフランスで首相を監禁している場所を自白させないかぎり、何の意味もないのだ。

ロンドンへの帰路は寄り道が多かった。一度ならず脇道へ入って小さな建物に立ち寄ったが、それはすべて一目で診療所とわかるものだった。ポアロが診療所に立ち寄る時間はどこでもほんの数分だったが、そのたびにだんだんと自信に満ちた表情が戻ってきた。

ポアロがノーマンに何事かを囁くと、ノーマンはこう答えた。

「ええ、左へ曲がると橋の脇でみんなが待っています」

車が脇道に入ると、夕闇の中で待つ一台の車が見えてきた。その車には二人の私服刑事が乗っていた。ポアロが車を降り、彼らに話しかけた。そして、もう一台の車を従えて北へ向かった。

車はしばらく走りつづけた。目的地は明らかにロンドン北部の郊外だ。やがて、敷地内を通る道路からやや奥まったところに建つ、背の高い建物の玄関前で停まった。

ノーマンと私は車に残された。ポアロと私服刑事のひとりがドアのところへ行ってベルを鳴らした。こぎれいなメイドがドアを開け、刑事が話しかけた。

「警察のものですが、令状によって家宅捜索を行ないます」

メイドが悲鳴のような小さな声を出すと、ホールに背の高い中年の美人が姿を現わした。

「イーディス、ドアを閉めなさい。強盗よ」

が、一瞬早くポアロがドアの隙間に足を入れ、口笛を吹いた。即座に他の刑事たちがドアへ駆け寄り、家の中へなだれ込んでドアを閉めた。

車に残されたノーマンと私が文句を言っているあいだに、五分が経過した。ドアが開き、刑事たちが出てきた——女ひとり男二人、計三人が逮捕されている。女と男のひとりがもう一台の車に乗せられ、ポアロが連行するもうひとりの男は私たちの車に乗せられた。

「ぼくは向こうの車で行かなければならないんだが、ヘイスティングズ、この紳士の面倒をしっかりみてくれ。彼を知らないのか？　では紹介しよう、ムッシュ・オマーフィーだ！」

オマーフィーか！　私がぽかんと口を開けて彼を見つめていると、車が動きだした。オマーフィーに手錠はかけられていなかったが、彼が逃亡しようとするとは思えなかった。呆然と前方を見つめている。いずれにせよ、ノーマンと私の二人なら彼に負けることはあるまい。

驚いたことに、車はさらに北へ向かっていた。まだロンドンへは戻らないということか！　さらにわけがわからなくなった。不意に車がスピードを落としたので見てみると、ヘンドン飛行場の近くまで来ていた。これでポアロの考えがわかった。飛行機でフランスへ渡ろうというのだ。

なかなかのアイディアだが、明らかにあまり実利的ではない。電報のほうが早いだろう。いまは、時間こそがすべてなのだ。首相救出という手柄を他の者に譲らなければならなくなる。

車が停まるとノーマン少佐が飛び出し、私服刑事と入れ替わった。彼はしばらくポアロと話し合い、それが済むと歩き去った。

私も飛び出してポアロのところへ行き、その腕をつかんだ。

「おめでとう！　やつらが監禁場所を吐いたんだろう？　だが、すぐにフランスへ電報を打ったほうがいいぞ。自分が乗り込もうなどと思ったら間に合わない」

ポアロは不思議そうな顔でしばらく私を見つめていた。

「あいにくだが、ヘイスティングズ、電報では送れないものもあるんだよ」

そのとき、ノーマン少佐が戻ってきた。空軍の軍服を着た若い将校を連れている。「こちらはライアル大尉。あなたをフランスまでお連れします。すぐにでも離陸できるそうです」

「暖かくしておいてください」若いパイロットが言った。「よかったら、私のコートをお貸しします」

ポアロは懐中時計に目をやり、独り言のように呟いた。「よし、時間はある——なんとか間に合うぞ」そして顔を上げ、若い将校に礼儀正しく会釈をした。「感謝するよ。だが、乗せてもらうのは私じゃないんだ。この方なんだよ」

ポアロが脇へどくと、暗闇から人影が出てきた。もう一台の車に乗せられたもうひとりの男だった。そしてその顔に光が当たった瞬間、私は驚きのあまり息が止まりそうになった。

首相その人だったのだ！

「頼むから、ちゃんと話してくれ」ポアロ、ノーマン、それに私の三人がロンドンへ帰る車の中で、私はしびれを切らしてこう訊いた。「連中は、いったいどうやって首相をイギリスまで連れ戻したんだ？」

「連れ戻す必要なんかなかったんだよ」ポアロは素っ気なく答えた。「首相は、イギリスを離れはしなかったんだ。ウィンザーからロンドンへ戻る途中で誘拐されたのさ」

「なんだって？」

「きちんと説明してあげよう。首相は、秘書といっしょに車に乗っていた。そして、不意にクロロフォルムを嗅がされたんだ——」

「だれに？」

「語学の達者なダニエルズ大尉だ。首相が意識を失うと、ダニエルズはすぐに伝声管を手にしてオマーフィーに右折を命じた。運転手は何も疑わずにそのとおりにした。人通りのない道路の数ヤード先に、故障でもしたように大型車が駐まっていた。その車の運転手がオマーフィーに停まれと合図をした。オマーフィーがスピードを落とすと、その見知らぬ男が近づいてきた。ダニエルズが窓から身を乗り出すと、男は塩化エチルのような麻酔薬を使ってオマーフィーにクロロフォルムと同じことをした。意識を失った二人は数秒のうちに別の車に移されて、替え玉が乗り込んできたというわけだ」

「そんな馬鹿な！」

「そんなことはないさ！　演芸場やなにかで有名人のそっくりさんを見たことがないのか？　有名人に扮するはどやさしいことはないんだ。イギリスの首相を演ずるのは、たとえばクラパムのミスタ・ジョン・スミスを演ずるよりはるかに簡単だ。オマーフィーの替え玉は、首相が出発するまでは誰も気に留めていなかったから、そのあいだに姿をくらましたんだろう。チャリング・クロスから仲間の集合場所へ車を飛ばしたんだ。入るときはオマーフィーだが、出てくるときはまったくの別人というわけだ。オマーフィーは、嫌疑がかかるような痕跡を残して姿を消したということになるな」

「だが、首相の替え玉になったやつはみんなに見られてるんだぞ！」

「個人的な知り合いや親しい者には会っていない。それに、ダニエルズが極力ひとに会わせまいとしていたし。しかも、彼の顔には包帯が巻かれていたんだ。いつもとちがう様子があっても、暗殺未遂のショックのせいにできるし。マカダム首相は喉が弱くて、これまでも演説の前にはなるべく声を出さないようにしていた。フランスに着くまで首相の振りをしているのは簡単なことだったんだ。だが、着いてからはとても無理だ――そこで、首相の失踪、ということになるわけだよ。イギリスの警察は慌てて海峡を渡り、最初の暗殺未遂を詳細に捜査する者などいなくなる。誘拐はフランスで起きたという幻想を補強するために、ダニエルズがもっともらしく猿ぐつわをかまされたりクロロフォルムを嗅がされたりしたんだ」

「首相の替え玉は？」

「変装を取ればいいだけさ。そいつも偽の運転手も容疑者として逮捕されるかもしれないが、この大芝居での役割のことなど誰も疑わないだろうから、証拠不充分で釈放されるというわけだ」

「本物の首相のほうは？」

「首相とオマーフィーは、ハムステッドに住むダニエルズの〝叔母〟と称される〝ミセス・エヴァラード〟の家へ連れて行かれたんだ。彼女の本名はベルタ・エベンタルといって、しばらく前から警察が指名手配していた女なんだ。つまりは、ぼくが警察に貴重な贈り物をしたというわけさ——ダニエルズのことは言うまでもないけれどね！　たしかに見事な計画だが、このエルキュール・ポアロの才能を計算に入れていなかったんだな！」

私は、ポアロが自慢げに話すのも無理はないと思った。

「そのからくりに気づきだしたのはいつごろからだ？」

「本格的に仕事をはじめたときからさ——頭の中でね。銃での暗殺未遂がどうもぴんと来なかった——だが、そのせいで首相が顔に包帯を巻いてフランスへ向かったということを聞いて、全体像が見えはじめたんだ。ウィンザーとロンドンのあいだにある診療所を片っ端から訪ねただろ？　それで、その日の朝、ぼくの言う人相に当てはまる者で顔に包帯を巻いたり治療を受けたりした者がひとりもいないことがわかったときに、確信したんだよ。それからは、ぼくのような者にとっては簡単そのものだったね」

翌朝、ポアロが配達されたばかりの電報を見せてくれた。発信地も発信人も記されていないその電報には、こうあった。

マニアッタ

その日の夕刊各紙には、連合国会議の記事が載った。記事の中で、デイヴィッド・マカダム首相が大歓迎を受け、その力のこもった演説は長く記憶に残る深い感銘を与えた、と特筆されていた。

ミスタ・ダヴンハイムの失踪

The Disappearance of Mr. Davenheim

ポアロと私は、スコットランド・ヤードの旧友ジャップ警部をお茶に招待していた。丸いティー・テーブルに着いて彼が来るのを待っていた。例によって大家が放り出すように置いていったカップとソーサーを、ポアロがていねいに並べなおしたところだった。金属のティーポットも、ポアロが息を吹きかけてシルクのハンカチで磨いていた。やかんの湯も沸騰し、その横の小さなエナメルのソースパンには濃厚な甘いチョコレートが入っている。これは、ポアロの言う〝イギリスの好むまずい飲み物〟よりも彼の口に合っているのだ。

階下で大きなノックの音がし、やがてジャップが勢いよく入ってきた。

「間に合ったかな？」彼が挨拶代わりに言った。「実は、ダヴンハイム事件を担当しているミラーと話し込んじまったんだ」

私は耳をそばだてた。というのも、この三日間、新聞各紙はダヴンハイム・サモン銀行の頭取で金融界の名士、ミスタ・ダヴンハイムの謎の失踪事件のことを書き立てていたからだ。土曜日に自宅を出たきり、行方がわからなくなっている。私は、ジャップから何か面白い話が聞けるものと期待していた。

「いまどき」私は言った。「〝蒸発〟なんてことはとてもあり得ないような気がするんだが」

ポアロはトーストの皿を八分の一インチほど動かし、鋭い口調で言った。

「厳密に言ってもらわないとね、ヘイスティングズ。きみの言う〝蒸発〟というのは、どういう意味なんだ？　蒸発といってもいろいろあるんだよ」

「蒸発にも分類があるというのかい？」私は笑った。

ジャップもにんまりした。ポアロは、私たち二人に顔をしかめて見せた。

「もちろんさ！　蒸発には三つのカテゴリーがあるんだ。第一は、いちばんありふれた自分から姿を消す場合。第二は、ずっとたちの悪い〝記憶喪失〟というやつ——ごく稀だけれど、本当にそうなる場合がある。第三は殺人で、死体をうまく処理した場合だ。この三つがあり得ないというのかい？」

「まあ、それに近いだろうな。記憶を喪失するということもあるだろうが、その人が誰だか確認する者がかならず現われるさ——ダヴンハイムのような有名人の場合は特にね。それに、〝死体〟が跡形もなく消えてなくなるなんてことはあり得ない。いずれ、人気《ひとけ》のない場所やトランクの中から発見されるさ。そうして殺人が明るみに出るんだ。同様に、いまのような無線電信の時代には、姿をくらました会社員や国の軍規違反者も、結局は追い詰められて捕まるんだ。外国には入国できないし、港や駅は見張られる。国内に潜伏するにしても、新聞を毎日読む人たちにその特徴や外見を知られてしまうしね。文明にはかなわないんだよ」

「ヘイスティングズ」ポアロは言った。「きみはひとつまちがいを犯しているぞ。他人を殺そうとする者——あるいは、比喩的な意味で言えば、自殺しようとする者——は、珍しいくらい計画的で機械的な人間かもしれない。きみはそこのところを考慮に入れていない。そういう者は、実行するためにあらゆる知性と、才能と、細部にいたるまでの周到な計算をするだろう。それほどの者が警察の裏をかくことができないとは思えないんだ」

「だが、あんたの場合も同じだろう？」ジャップが私にウィンクをしながら陽気に言った。「あんたの裏をかくことなんかできまい、ポアロ？」

ポアロは謙遜しようとしているようだったが、どう見ても無理があった。「もちろんさ！　当然だろ？　ぼくは科学的、数学的に厳密な方法でアプローチするんだからね。こういう姿勢は、現代の探偵にはきわめて珍しいようだがね！」

ジャップのにんまり顔がいよいよあからさまになった。

「それはどうか知らないが、この事件を担当しているミラーは頭の切れる男だぞ。足跡も、葉巻の灰も、パンくずも、ぜったいに見逃さないからな。どんなに小さなことも見逃さない目をもっているんだ」

「それなら、ロンドンのスズメも同じだよ」ポアロが言った。「ぼくなら、ミスタ・ダヴンハイムの問題をそんな茶色い小鳥に任せたりはしないね」

「おいおい、まさか小さな手がかりの価値を過小評価するつもりじゃないだろうな？」

「とんでもない。小さな手がかりにもそれなりの価値はあるさ。ただ、そういうものを過度に重要視するのは危険だと言ってるんだ。細かいことの大半は取るに足らないもので、本当に重要なのは一つか二つさ。本当に頼るべきは」――彼は小さく額を叩いた――「頭脳、小さな灰色の脳細胞なんだ。五感などというものは当てにならない。真実を追求するなら、頭の外部でではなく内部ででないとね」

「椅子から動かずに事件を解決するとでも言うつもりなのか？」

「まさにそのとおりさ――事実関係さえ明らかにしてくれればね。ぼくは自分を、相談事を引き受ける専門家だと思っているんだよ」

ジャップは膝を叩いた。「ほんとだな？　じゃあ、賭けよう。生死を問わず、一週間以内にミスタ・ダヴンハイムの居場所がわかったら、五ポンド出そうじゃないか」

ポアロはしばらく考えていた。「よし、いいだろう。その賭けに乗ろう。きみらイギリス人の大好きな遊びだな。じゃあ――事実関係を聞かせてくれないか」

「先週の土曜日、ミスタ・ダヴンハイムはいつものように十二時四十分の列車でヴィクトリアからチングサイドへ行った。そこには、シーダー荘という豪華な別邸があるんだ。昼食後、彼は敷地内をまわって庭師たちにいろいろ指示をした。庭師たちは、彼の様子にいつもと変わったところは何もなかった、と言っている。ティータイムのあと、奥さんの部屋へ顔を出して、手紙を出しに村へ行ってくると言った。そして、仕事の用事でミスタ・ロウエンという男が来ることになっているから、出かけているあいだに彼が来たら書斎へ通して待たせておいてくれ、と言い足した。ミスタ・ダヴンハイムは玄関から家を出て、ゆっくりとドライヴウェイを歩いて門を出た――だが、それを最後に姿が見えないんだ。完全に姿を消してしまったんだよ」

「いいな――かなりいい――本当に面白そうな問題だ」ポアロが呟いた。「さあ、先をつづけてくれ」

「十五分ほどすると、濃い口髭を生やした背の高い浅黒い顔の男がドアベルを鳴らし、ミスタ・ダヴンハイムとの約束で来たと言った。彼はロウエンと名乗り、ミスタ・ダヴンハイムの指示どおりに書斎へ通された。一時間近く経っても、ダヴンハイムは戻って来なかった。とうとうミスタ・ロウエンが、ロンドンへ戻る列車に乗らなければならないのでこれ以上は待てないと言った。

ダヴンハイム夫人は夫の不在を謝ったが、彼から来客のことを知らされていたので、どうしても腑に落ちなかった。ミスタ・ロウエンは残念がって帰っていった。

結局、周知のごとく、ミスタ・ダヴンハイムは戻ってこなかった。日曜日の早朝、警察にも連絡があったがさっぱり事情がつかめない。ミスタ・ダヴンハイムは文字どおり跡形もなく姿を消してしまったんだ。郵便局へは行っていなかったし、村を通る姿を見た者もいなかった。列車に乗ったのでないことは、駅員の証言から明らかだ。彼の車は自宅のガレージに置いたままだった。人気のないところへハイヤーを呼んだとしても、情報提供者には多額の謝礼金を出すというのだから、もう運転手が名乗り出てもいいはずだ。たしかに五マイル離れたエントフィールドで競馬があったから、そこまで歩いて行ったのだとすれば人込みに紛れていたかもしれない。だがその後、どの新聞にも彼の写真が載って服装などが詳しく書かれているのに、情報提供者がひとりも現われていない。もちろんイギリスじゅうから多くの手紙が届いているが、残念ながら役に立つ手がかりはひとつもないんだ。

月曜日の朝になると、さらにセンセーショナルな事実が発見された。ミスタ・ダヴンハイムの書斎の仕切りカーテンの奥には金庫があるんだが、それが壊されて荒らされていたんだ。窓には内側からしっかり鍵がかかっていたから、ふつうの強盗とは思えない。もちろん、家の中に共犯者がいて、あとから鍵をかけたというなら話は別だがな。一方では、日曜日がはさまっていたし家の中もごたついていたので、実際に犯行があったのは土曜日で、月曜日まで発見が遅れたという可能性もある」

「たしかに」ポアロは素っ気なく言った。「ところで、そのムッシュ・ロウエンというのは逮捕されたのか？」

ジャップはにんまりした。「まだだが、厳重な監視下にあるよ」

ポアロが頷いた。「金庫からは何が盗まれたか、わかっているのかい？」

「銀行の副頭取やダヴンハイム夫人と調べたよ。大きな取引の直後だったから、かなりの額の無記名債券と現金があったはずなんだ。それに、ちょっとした財産になる宝石類もな。ダヴンハイム夫人の宝石はぜんぶその金庫に保管してあったんだ。この何年か、ミスタ・ダヴンハイムは宝石を買うことに熱中していて、毎月のように希少価値のある高価な宝石を買って彼女にプレゼントしていたそうだ」

「相当な被害になるな」ポアロが思案顔で言った。「ところでロウエンだけど、あの晩、ダヴンハイムとどんな用件で会うことになっていたのか、わかったのかい?」

「その二人だが、さほど親しくはなかったようだ。ロウエンは小物の相場師だが、一、二度大儲けをしてダヴンハイムの鼻を明かしたことがある。とはいっても、二人が顔を合わせることはめったになかった、というより、会ったことは一度もなかったようだ。ダヴンハイムがロウエンに会うことにしたのは、南米の株に関することだったらしい」

「つまり、ダヴンハイムは南米に興味をもっていたということか?」

「そうだと思う。ダヴンハイム夫人によると、去年の秋、彼はずっとブエノスアイレスにいたそうだ」

「家庭生活でのトラブルは? 夫婦仲はうまくいっていたのかい?」

「彼の家庭生活は穏やかで、波風はなかったようだな。ダヴンハイム夫人は愛想のいい人だが、頭が切れるというタイプじゃない。除外していいと思う」

「だったら、そっちから謎を解こうとしても意味がないな。ダヴンハイムに敵はいなかったのか?」

「ビジネス上のライバルはたくさんいたから、負かした相手で彼を快く思っていない者もけっこういるだろうな。だが、殺意までもっていそうな者はいないな――それに、たとえ殺したところで、死体はどこにあるんだ?」

「たしかに。ヘイスティングズが言うように、死体というやつにはどうしても見つけられたがる癖があるからな」

「それはそうと、庭師のひとりが、家のまわりをまわってバラ園のほうへ行く人影を見たと言ってるんだ。書斎のフレンチ・ウィンドウからはそのバラ園へ出ることができる。ミスタ・ダヴンハイムは、よくそこから家へ出入りしていたそうだ。だが、その庭師はかなり離れたところでキュウリの棚を作っていたので、その人影がミスタ・ダヴンハイムかどうかは定かでないと言っている。それに、人影を見た時間もはっきりとはわからないそうだ。庭師の仕事が終わるのは六時だから、それより前だったことはまちがいないだろうが」

「ミスタ・ダヴンハイムが自宅を出たのは?」

「五時半頃だ」

「バラ園の向こう側はどうなってる?」

「池がある」

「ボートハウスはあるのか?」

「ああ、ボートが二隻ある。自殺の線を考えているんじゃないか、ポアロ? まあ、これは話してもかまわないだろうが、明日、ミラーがわざわざ池の底をさらいに行くんだ。そういうやつなんだよ!」

ポアロはかすかな笑みを浮かべ、私に顔を向けた。「ヘイスティングズ、頼みがあるんだが、そこの《デイリー・メガフォン》をとってくれないか? ぼくの記憶にまちがいがなければ、行方不明になった彼の、珍しく鮮明な写真が載っているはずだ」

私は立ち上がり、その新聞を手渡した。ポアロは熱心に写真を見つめていた。

「ふむ。髪は長くてウェーヴがかかってるな。濃い口髭と目立つヤギ鬚、眉毛も濃い。目は黒か?」

「ああ」

「髪と髭には白いものが混ざっている?」

警部が頷いた。「なあ、ポアロ、なぜそんなわかりきったことを言うんだ?」

「とんでもない、これ以上に曖昧なことはないね」

スコットランド・ヤードの刑事は愉快そうな顔をした。

「それでこそ解決の望みもあるというものさ」ポアロが落ち着き払って言った。

「なんだって？」

「事件が曖昧なのはいい兆候なんだ。もし、何もかもが一目瞭然だったら——そう、疑ってかかったほうがいい！　誰かがそう見えるように細工したということだからね」

ジャップが、かわいそうに、とでも言うように首を振った。「まあ、考え方は人それぞれだからな。だが、あんたの眼力を拝見するのも悪くはなかろう」

「ぼくは見たりはしない」ポアロが呟いた。「目を閉じて——考えるんだ」

ジャップは溜息をついた。「まあいいだろう。考える時間ならたっぷり一週間はある」

「新しい情報が入ったら教えてくれるんだろうね？　たとえば、仕事熱心で鋭い目をしたミラー警部の調査結果とか」

「もちろん。約束する」

「ちょっと悪いことをしてるかな？」私がドアまで送っていくと、ジャップがこう言った。「まるで、子どもからお金を巻き上げるみたいな気がするよ！」

私は笑みを浮かべて同意せずにはいられなかった。部屋へ戻っても、まだその笑みが消えなかった。

「おいおい！」私の顔を見たポアロがすぐにこう言った。「きみはこのパパ・ポアロを馬鹿にしているな？」そして、私に向かって指を振ってみせた。「この灰色の脳細胞を信頼していないんだろう？　まちがってはいけないよ。この事件を考えてみようじゃないか――まだ不完全ではあるが、すでに面白そうなことが一つ、二つは見えているからね」

「池だろう？」私は意味ありげに言った。

「池そのものよりも、ボートハウスだよ！」

私は横目でポアロを見つめた。不可解な笑みを浮かべている。いまは、これ以上訊いても無駄だろうと思った。

翌日の晩までジャップからは何の連絡もなかったが、九時頃に彼がやって来た。ひと目その表情を見て、彼が耳寄りな情報を話したくてうずうずしているのがわかった。

「それで」ポアロが言った。「捜査は順調のようだな？　だが、池でミスタ・ダヴンハイムの死体が見つかったなどと言わないでくれ。そんな話は信じないからね」

「見つかったのは死体ではなく、彼の服だよ――あの日、彼が着ていたものだ。どう思う？」

「家から、ほかの衣類はなくなっていないのか？」

「ないな。その点は執事が確認している。ほかの衣類はそのままだそうだ。話はそれだけじゃないんだ。我々はロウエンを逮捕した。ベッドルームの戸締りを担当しているメイドのひとりが、六時十五分頃にロウエンがバラ園を通って書斎のほうへ行くのを見たと言うんだ。彼が帰る十分くらい前ということになる」

「彼自身は何と言ってるんだ？」

「最初は書斎から一歩も出ていないと言っていたが、メイドがまちがいなく見たと証言したんで、珍しいバラを見にフレンチ・ウィンドウから出たことを忘れていたなどと言いつくろっていたよ。とても納得できる話じゃない！　そこへもってきて、彼に不利な証拠も出てきた。ミスタ・ダヴンハイムはいつも右手の小指に、ダイアをひとつ埋め込んだ太い金の指輪をしていた。土曜日の夜、その指輪をロンドンの質屋に持ち込んだ男がいるんだ！　名前はビリー・ケレット。警察では知られた名前でな——去年の秋には、老紳士の時計を盗んで三カ月の刑を喰らっている。どうやら五軒以上の質屋へその指輪を持ち込んだようだが、換金できたのは最後に行った質屋らしい。その金で上機嫌になって呑んだあげく、警官に暴行をはたらいたもんだから、逮捕された。おれはミラーといっしょにボウ・ストリートへ行ってそいつに会ってきた。やつは酔いも醒めていたんで、殺人罪で起訴されるかもしれないぞと脅したんだ。やつの話を聞くと、それがどうにも奇妙なんだよ。

やつは土曜日にエントフィールドの競馬に行ったが、おそらく馬券を買うよりネクタイピンでも売るのが商売なんだろう。とにかく、その日はツキがなかった。それで、ぶらぶら歩いてチングサイドへ向かった。村の少し手前で水路に坐り込んで一休みした。しばらくすると、村へ向かう道をこっちにやってくる男が目に入った。そいつの説明によると、〝浅黒い顔の紳士で、大きな口髭をたくわえて身なりも都会的でよかった〟そうだ。

ケレットは道路わきに山積みされた石に隠れていた。やつのそばまで来たその男は、あたりを窺った。人気《ひとけ》がないのを確かめると、ポケットから小さなものを出して生垣の向こうへ放り投げた。そして、駅のほうへ歩いて行ったそうだ。そいつの放り投げたものが、落ちたときに音を立てた。それで、ケレットは何だろうと思った。落ちたあたりを探してみると、それは指輪だったというわけだ。ケレットはこう言ってるんだが、ロウエンは完全に否定している。まあ、ケレットのような男の言うことなど誰も信じやしないさ。やつが道でダヴンハイムに出会って、彼を殺して指輪を奪ったということも可能性としてはあるわけだからな」

ポアロは首を振った。

「その可能性はほとんどないね。第一、彼には死体の始末ができなかったし、仮にできたとしてもいまごろは発見されているはずだ。第二に、指輪をすぐに質屋へ持って行くような真似をしたんだ、それを奪うために殺したとは思えない。第三に、こそ泥が殺人を犯すなんてことはめったにない。第四に、土曜日から留置場に放り込まれているにしては、ロウエンの人相をやけに正確に覚えているじゃないか」

ジャップが頷いた。「あんたが間違ってるとは言わないが、それにしても、陪審員に前科者の言うことを重視しろとは言えないからな。腑に落ちないのは、なぜロウエンが指輪をもっと巧妙に始末できなかったか、という点なんだ」

ポアロは肩をすくめた。「まあ、近所で見つかったのなら、ダヴンハイムが自分で落としたのかもしれないとも言えるからね」

「しかし、なぜ死体から指輪を抜いたりするんだ?」私は大きな声で言った。

「それにはそれなりの理由があるんだよ」ジャップが言った。「池の向こうに、丘のほうへ出る小さな門があるのを知ってるか? そこを出て二、三分も歩くと、何があると思う? 石灰を焼く窯があるんだ」

「なるほど!」私は言った。「死体を焼いた石灰も、指輪を熔かすほどの熱ではないというわけだな?」

「そのとおりだ」

「どうやら、それですべての説明がつきそうだな。恐ろしい犯罪だ！」私は言った。

意見が一致した私たちは、振り向いてポアロに目を向けた。彼は精神を集中させるかのように眉をひそめ、考えに没頭している様子だった。やっと、その鋭い頭脳が働きだしたのだ、と思った。最初に何と言うだろう？　そういう我々の思いも長くはつづかなかった。溜息をついたポアロは全身を包んでいた緊張感をゆるめ、ジャップに顔を向けてこう訊いた。

「ダヴンハイム夫妻が同じベッドルームを使っているかどうか、知っているかい？」

あまりにも滑稽で、その場にそぐわない問いだったので、私もジャップもしばらくは口もきけずに顔を見合わせていた。やがて、ジャップが大笑いをはじめた。「ポアロ、何かびっくりするようなことを言い出すだろうとは思っていたがな。そんなことは知らないよ」

「調べることはできるだろ？」ポアロは妙にしつこく訊いた。

「まあ、どうしてもというなら——できないことはないが」

「ありがとう。調べてもらえたら本当に助かるよ」

ジャップはそのまましばらく彼を見つめていた。だが、ポアロは私たちのことなどすっかり忘れてしまったかのようだった。ジャップが私に寂しげな表情を向けて首を振り、こう呟いた。「かわいそうに！　戦争のせいでおかしくなっちまったんだ！」そして、静かに部屋を出て行った。

ポアロがいつまでも物思いにふけっているので、私は紙をとってメモを書きつけた。ポアロの声にはっと我に返った。彼は物思いから醒め、鋭く油断のない表情になっていた。

「何をしてるんだ、ヘイスティングズ？」

「この事件で重要と思われることをメモしていたんだ」

「やっと、きみもシステマティックにものを考えるようになったんだな！」ポアロは満足げに言った。

私はうれしさをかみ殺した。「読んで聞かせようか？」

「ぜひ頼む」

私は咳払いをした。

「一、どの証拠も、金庫を破ったのはロウエンだということを示している。

二、彼はダヴンハイムに恨みをもっていた。

三、最初の供述で、書斎を出てはいないと嘘を言った。

四、ビリー・ケレットの供述が事実だとすれば、ロウエンはまちがいなくクロだ」

私は間を取った。「どう思う？」私の指摘はすべて重要な事実だと思っていたので、こう訊いてみた。

ポアロはゆっくりと首を振り、哀れむような目で私を見つめた。「かわいそうに！　だが、きみには才能がないんだから仕方がないな！　重要な点で、きみは彼を理解していないよ！　それに、きみの推理はまちがっているし」

「どこが？」

「一、ミスタ・ロウエンには、金庫を開けるチャンスがあることなど知る由もなかった。彼は仕事の話をしに来たんだ。ミスタ・ダヴンハイムが手紙を出しに行っていて留守だということや、ひとり書斎で待たされることなど、事前にわかるわけがない！」

「偶然のチャンスをつかまえたのかもしれないぞ」

「だとしたら、道具はどうしたんだい？　偶然のチャンスをつかまえるために、ロンドンの紳士が泥棒の道具を持ち歩くことなんかないぞ。それに、あの金庫を小型のナイフで開けることなんかできっこない！」

「だったら、二番目はどうだ？」

「きみは、ロウエンがミスタ・ダヴンハイムに恨みを抱いていた、と言うんだな？　たぶん、ロウエンが一、二度、彼の鼻を明かしたことを言ってるんだろうがね。利益になるという目算があったから、そういう取引をしたんだろう。とにかく、ふつうなら鼻を明かした相手に恨みを抱くなんてことはないよ――その逆ならわからないがね。何か恨みがあったとすれば、それはミスタ・ダヴンハイムの側にだろう」

「しかし、彼が書斎を出ていないと嘘をついたことについては、きみも否定はしないだろ？」

「否定はしないが、単に怖かったからかもしれないぞ。思い出してもみてくれ、あのときは、ミスタ・ダヴンハイムの衣服が池で見つかったばかりだったんだ。ふつうの状況なら、彼もきっと事実を話していただろうよ」

「四番目の点は？」

「それは、きみの言うとおりだな。ケレットの供述が事実なら、ロウエンはまちがいなくクロだよ。その問題があるからこそ、この事件がとても興味深いんだ」

「ということは、ぼくも重要な事実をひとつはつかんだわけだ」

「まあね――だが、きみはもっとも大事なことを二つ見落としているよ。この事件全体を解く鍵になることをね」

「聞かせてくれ。その二つというのは何だい？」

「一つは、この数年、ミスタ・ダヴンハイムが宝石の購入に夢中になっていたことだ。

もう一つは、去年の秋、彼がブエノスアイレスへ旅行したことだよ」

「ポアロ、冗談のつもりか？」

「いいや、ぼくは本気さ。それにしても、ジャップがぼくのささいな頼みを忘れずにいてくれるといいんだが」

ジャップは冗談のようなポアロの頼みを覚えていて、翌日の十一時頃に電報が届いた。ポアロに言われて、私が電報を開けて読み上げた。

キョネンノフユカラ　フサイノヘヤハ　ベッベッ

「やっぱり！」ポアロが大きな声で言った。「いまは六月の半ばだろ！　これですべて解決だ！」

私は彼を見つめた。

「きみ、ダヴンハイム・サモン銀行に預金はないだろうな？」

「ないが、なぜ？」

「あるなら、早く引き出すように忠告しようと思ってね――手遅れにならないうちに」

「銀行がどうなるというんだ？」

「二、三日中に――いや、もっと早いかもしれないが――大きな倒産騒ぎが起きるだろうな。そうだ、ジャップにお礼の電報を打っておかないと。すまないが、鉛筆と用紙を取ってくれないか？　〝トウガイギンコウニ　ヨキンガアルナラ　ソウキュウニ　ヒキダセ〟これを読んだら、ジャップはめんくらうだろうな。目を丸くするにちがいない！明日か明後日になるまで、何がなんだかわからないだろうな！」

私は半信半疑だったが、翌日になると、我が友人の驚くべき能力を称えずにはいられなくなった。新聞各紙が、ダヴンハイム銀行のセンセーショナルな倒産を大見出しで報じていたのだ。この銀行の財務状態が明るみに出ると、著名な銀行家の行方不明事件も別な様相を呈することとなった。

朝食の最中に勢いよくドアが開き、ジャップが飛び込んできた。左手には新聞を、右手にはポアロの電報を握りしめている。そして、ポアロのまえのテーブルに電報を叩きつけた。

「なぜわかったんだ、ポアロ？　いったいどうやって？」

ポアロは彼に穏やかな笑みを向けた。「きみの電報を受け取って確信したんだよ！最初から、ぼくはあの金庫破りは変だと思っていたんだ。宝石も、現金も、無記名債券も――じつに都合よく並んでいたが、いったい誰のためだろう？　ところで、ムッシュ

・ダヴンハイムは〝自分の利害を第一に考える〟人物だった！　すべてが彼自身のためだった、ぼくにはそう思えたんだ。それに、ここ数年の宝石購買熱！　単純そのものじゃないか！　横領したファンドを宝石に注ぎ込んで、その宝石もすべてイミテーションとすり替えたにちがいない。そうしておいてから、偽名で安全な場所に身を隠し、みんなの注意がほかへ逸《そ》れた頃合いを見計らって莫大な富をせしめようというわけさ。すべての手はずを整えてからミスタ・ロウエンと会う約束をした（彼は、無謀にも金融界のこの大物に一、二度煮え湯を飲ませたんだ）。そしてドリルで金庫に穴を開け、客を書斎で待たせておくように言いつけて外出する――で、どこへ行ったと思う？」ポアロはことばを切り、手を伸ばしてもうひとつゆで卵を取った。そして、顔をしかめて呟いた。「どのニワトリも大きさのちがう卵を産むなんて、我慢できないな！　朝食のテーブルがシンメトリーにならないじゃないか。せめて店の者が一ダースずつ大きさを揃えておいてくれたらいいのに！」

「卵なんかどうでもいい」苛立たしそうにジャップが言った。「産みたければ四角い卵だって産ませておけばいいんだ。シーダー荘を出てから、あいつはどこへ行ったんだ？　知っているなら教えてくれ！」

「いいだろう。彼は、隠れ家へ行ったんだよ。ああ、このムッシュ・ダヴンハイムだが、彼の灰色の脳細胞にはいささかおかしな部分があるようだね。だが、全般的には一級品だよ！」

「その隠れ家というのがどこか、知ってるのか？」

「もちろんさ！　実に巧妙だよ」

「頼むから、早く教えてくれ！」

　ポアロは皿に散らばった卵の殻を集めてエッグカップに入れ、その上に中身を食べ終えて空になった大きな殻をふたのようにしてかぶせた。それが終わると笑みを浮かべ、その笑顔を私たち二人に向けた。

「きみたちには知性があるからね。ぼくが自問したことを、きみたちも自問してみるといい。〝もし自分が彼だったら、どこへ隠れるだろう？〟どうだい、ヘイスティングズ？」

「そうだな。ぼくなら、高飛びなんかしないだろうね。そのままロンドンに居残るよ――中心街の地下鉄やバスに乗って動きまわるだろうな。人込みに紛れていれば、正体を見破られることなどまずないだろう」

　ポアロはジャップに顔を向けた。

「おれはちがうな。すぐに逃げるよ――時間が経てば逃げるチャンスもなくなるし。事前に準備する時間はたっぷりあったわけだし。いつでも出港できるように船を用意しておいて、大騒ぎになる前に世界の果ての片隅にでも逃げるな」

私たちはポアロを見つめた。「どうだい、ポアロ？」

彼はしばらく黙っていたが、やがて、奇妙な笑みを浮かべた。

「ぼくが警察から身を隠すとしたら、どこへ行くと思う？　刑務所さ！」

「なんだって？」

「みんな、刑務所へ入れようとしてムッシュ・ダヴンハイムを探しているから、そこを調べることなど夢にも思いつかないだろ！」

「どういうことだい？」

「きみは、ダヴンハイム夫人は頭のいい女性ではないと言っていたが、彼女をボウ・ストリートへ連れて行ってビリー・ケレットという男に会わせたら、それが誰かくらいはわかると思うよ。たとえ彼が髭や濃い眉を剃ったり、髪を短く刈ったりしていてもね。女性は、たとえ世間の誰もがだまされても、自分の夫はすぐに見分けがつくものだよ」

「ビリー・ケレットだって？　やつは警察に知られた男なんだぞ！」

「だから、ダヴンハイムは頭の切れる男だと言っただろ？　ずっと前からアリバイを用意していたんだ。去年の秋、彼はブエノスアイレスになどいなかった――ビリー・ケレットというキャラクターになりきって〝三カ月の刑に服していた〟んだよ。いよいよという時に、警察に疑われないようにね。自由ばかりか莫大な富を手に入れるために、大芝居を打ったというわけさ。さぞやりがいがあっただろうな。ただ――」

「ただ？」

「そのあとは付け髭やかつらを着けて、以前の自分と同じ姿にならなければならなかった。付け髭をつけて寝るのはそう簡単なことじゃない――見破られないともかぎらないからね！　奥さんと同じ部屋で寝るなんてことはできなかった。きみが調べてくれたように、彼はこの六カ月、あるいはブエノスアイレスから帰国したと見せかけてから、奥さんとは別な部屋で寝ていた。それで、ぼくは確信したんだ！　すべての辻褄が合う。主人が家の横を歩いていたという庭師の証言は、まちがいじゃなかったんだ。彼は、ボートハウスへ行って〝浮浪者〟のような服を着た。その服は、執事の目にとまらないように隠しておいた。そして、それまで着ていた服は池に捨てたんだ。あとは計画どおりに指輪を質入れして、警官に暴行をはたらいて、安全なボウ・ストリートの刑務所に入った。そこまで彼を探しに行くことなど、誰も思いつかないからね！」

「あり得ない」ジャップが呟いた。

「奥さんに訊いてみるといい」ポアロはにこにこして言った。

翌日、ポアロの料理の横に書留が置いてあった。彼が開封すると、五ポンド紙幣が出てきた。私の友人は眉をしかめた。

「参ったな！　この五ポンド、どうしよう？　良心の呵責を感じるよ。ジャップのやつ、かわいそうに。そうだ！　三人で夕食をとることにしよう！　そうすれば、気も楽になる。こんどの事件は易しすぎたからね。気恥ずかしいよ、子どもから巻き上げたみたいで——まったく！　ヘイスティングズ、何をそんなにうれしそうに笑っているんだ？」

イタリア貴族殺害事件

The Adventure of the Italian Nobleman

ポアロと私には、気心の知れた友人や知人がたくさんいる。近所に住む医師、ドクター・ホーカーもそのひとりだ。この温和な医師は夜になるとときどき訪ねてきて、ポアロとお喋りをするのが習慣になっている。彼は、ポアロの才能の熱心な信奉者なのだ。彼自身がフランクな人柄で他人を疑うことのない性格なので、自分にはない才能に感服しているというわけだ。

六月初旬のある晩も、八時半ころにやって来た。椅子に坐ってリラックスすると、犯罪でヒ素が使われる事例が増えているという話で盛り上がった。十五分ほど経ったころだと思うが、リヴィングルームのドアが勢いよく開いて取り乱した様子の女が飛び込んできた。

「ドクタ、すぐに戻ってください！　恐ろしい声がしたんです。私、びっくりして、本当に」

ドクタ・ホーカーの家の家政婦、ミス・ライダーだった。ドクタは独身で、通りを二、三本越えたところに建つ古い陰気な家に住んでいる。いつもは落ち着いているミス・ライダーが、このときはかなり支離滅裂な感じだった。

「恐ろしい声というと？　誰なんだい？　何があったんだい？」

「電話なんですよ、ドクタ。電話に出たら、〝助けてくれ〟という声が聞こえたんです。そして、〝ドクタ――助けて。あいつらに殺される！〟と言ったんですが、声がか細くなって。〝どなたですか？〟と繰り返し訊くと、囁くような声で、〝フォスカティーニ――リージェント・コート〟と言ったように聞こえました」

ドクタは驚いて叫んだ。

「フォスカティーニ伯爵だ。彼はリージェント・コートにアパートメントをもっている。すぐに行かないと。いったい何があったんだ？」

「あなたの患者ですか？」ポアロが訊いた。

「二、三週間前に、少し具合が悪いというので診たことがあるんです。イタリア人ですが、英語はとても上手です。これで失礼しますが、ムッシュ・ポアロ、差し支え――」

ドクタは途中で言いよどんだ。

「おっしゃりたいことはわかりますよ」ポアロが笑みを浮かべて言った。「よろこんでお供しましょう。ヘイスティングズ、タクシーをつかまえてきてくれないか？」

タクシーというやつは、急いでいるときにかぎってつかまらないものだ。やっと一台見つけ、私たちはすぐにリージェント・パークへ向かった。リージェント・コートというのは、セント・ジョンズ・ウッド・ロードから少し入ったところにある新しいアパートメント・ビルだ。まだ建ったばかりで、最新の設備が整っている。

ホールには誰もいなかった。ドクタがじれったそうにエレヴェーターのボタンを押し、ドアが開くなり制服姿のボーイに鋭い口調で言った。

「十一号室。フォスカティーニ伯爵の部屋だ。何かあったと聞いたんだが？」

エレヴェーター・ボーイが彼を見つめた。

「それは初耳です。三十分ほど前にフォスカティーニ伯爵の執事のミスタ・グレイヴズがお出かけになりましたが、何もおっしゃってはいませんでした」

「伯爵は部屋でひとり、ということか？」

「いいえ、夕食にお客様がお二人お見えです」

「その二人というのは、どんな様子だった？」私は気負い込んで訊いた。

私たちはエレヴェーターに乗り、十一号室のある三階へ昇っていた。

「私は見ていないのですが、外国の紳士だったと聞いております」

ボーイが鉄のドアを引き開け、私たちはエレヴェーターを降りた。十一号室は、廊下をはさんだ向かい側にあった。ドクタがドアベルを鳴らした。応答がなく、耳を澄ましても中からは何も聞こえなかった。ドクタが何度もドアベルを鳴らした。中からはベルの音が聞こえるだけで、人の気配はなかった。

「ただごとじゃなさそうだぞ」ドクタが呟き、ボーイに顔を向けた。

「マスター・キーはないのか？」

「階下の管理人室にあります」

「取ってきてくれ。それと、警察を呼んだほうがいいな」

ポアロも同意するように頷いた。

ボーイはすぐに管理人を連れて戻ってきた。

「みなさん、どういうことか説明していただけますか？」

「フォスカティーニ伯爵から、誰かに襲われて死にそうだという電話があったんだ。一刻の猶予もならない――間に合うといいが」

すぐに管理人がマスター・キーを出し、私たちは部屋へ入った。

まず、四角い小さなリヴィングルーム兼用のホールへ入った。右手のドアが半開きになっている。管理人が頷いてそのドアを示した。

「ダイニングルームです」

ドクタ・ホーカーが先に立ち、私たちはそのすぐあとについて行った。部屋に入った私は思わず息を呑んだ。中央の丸いテーブルには食事の残りが載り、三脚の椅子はいま人が立ったばかりといった感じに引かれている。暖炉の右手の隅には大きなライティング・テーブルがあり、人間——というより人間だったもの——が坐っていた。右手は電話の本体をつかんだままで、後頭部を強打されてうつ伏せになっている。凶器は探すまでもなかった。慌てて元の場所へ戻したかのように大理石の像が立っており、その台座の部分にべっとりと血がついていた。

ドクタの診察は一分とかからなかった。「完全に死んでいる。即死だったにちがいない。電話ができたことが不思議なくらいだ。警察が来るまで動かさないほうがいいでしょう」

管理人に促されて各部屋を捜したが、結果は言うまでもなかった。犯人は逃げるのが当たり前で、どこかに隠れているはずもなかった。

ダイニングルームへ戻った。ひとりそこに残っていたポアロは、中央のテーブルを入念に調べていた。彼のところへ行ってみた。そのテーブルはマホガニーの丸テーブルで、きれいに磨き上げられていた。中央にはボウルに入ったバラが飾られ、白いレースのテーブルマットが敷かれている。フルーツ皿があるが、三枚のデザート皿には手がつけられていない。それと飲み残しのあるコーヒーカップが三つあった——二つはブラックで、一つにはミルクが入れてある。三人はポートワインを飲んでいたようで、半分入ったデキャンターがセンタープレートのまえに置かれている。ひとりが葉巻を、二人がタバコを吸っていたようだ。べっ甲に銀細工を施したタバコと葉巻の入ったシガーケースが、ふたを開けたまま置いてあった。

私はこうしたことを頭に入れていったが、残念ながらその状況からはほとんど何も読み取れなかった。ポアロはいったい何を読み取ったのだろうと思い、訊いてみた。

「ヘイスティングズ、きみは重要な点を見落としているよ」彼は答えた。「ぼくは、目に見えないものを捜しているんだ」

「というと?」

「ミスさ——犯人のちょっとしたミスだよ」

彼は隣の狭いキッチンへ行って覗き込んだが、首を振った。

「ムッシュ」彼が管理人に話しかけた。「ここでの食事の出し方をご説明願えませんか？」

　管理人が壁にある小さなハッチのところへ行った。

「これが食事を上げ下ろしするリフトになっていまして」彼が説明した。「ビルのいちばん上の厨房へ通じています。この電話で注文すると、この小さなリフトで一品ずつ料理が下ろされるようになっています。食後の食器類も同じようにして上へ戻します。家事の手間が省けますし、いつも外のレストランで食事をするといった面倒もありません」

　ポアロが頷いた。

「ということは、今夜使われた食器類も上の厨房にあるわけですね？　そこへお邪魔してもかまいませんか？」

「もちろんですとも！　エレヴェーター・ボーイのロバーツに案内させましょう。お役に立つようなものは見つからないと思いますが。上では何百枚もの皿を扱いますし、すべてひとまとめにしておりますから」

　それでもポアロが見たいというので、全員で厨房へ行き、十一号室の注文を受けた男から話を聞いた。

「ご注文はアラカルトで、三人分でした」彼はこう説明した。「野菜入りのコンソメスープ、シタビラメのノルマン風、牛肉のトゥルネード、ライス・スフレです。時間ですか？　ちょうど八時頃でした。残念ですが、食器類はもう洗ってしまいました。指紋のこと、ですよね？」

「いやいや」ポアロは謎めいた笑みを浮かべて言った。「フォスカティーニ伯爵の食欲に興味があってね。彼はどの皿にも手をつけていたかな？」

「ええ。ですが、それぞれをどのくらい食べたかはわかりません。小皿は汚れていましたし、大皿の料理もなくなっていました――ですがライス・スフレは別で、かなり残っていました」

「なるほど！」ポアロは満足そうに言った。

部屋へ戻る途中、ポアロが小声で言った。

「今度の相手はかなりの切れ者だぞ」

「犯人のことかい？　それともフォスカティーニ伯爵？」

「伯爵は几帳面な紳士だよ。助けを求めて死が近いことを告げてから、受話器を戻したくらいだからな」

私はポアロの顔をしげしげと見つめた。いまのことばと厨房での質問とを考え合わせると、おぼろげながらわかってきたような気がした。

「毒殺を疑っているのか？」私は小声で訊いた。「頭の傷は目くらましだな」

ポアロはにこにこするだけだった。

部屋へ戻ると、二人の警官を連れた地元警察の警部が来ていた。彼は私たちが来ていることに文句を言いたそうだったが、ポアロがスコットランド・ヤードのジャップ警部の名前を出してなだめると、私たちが現場に残ることをしぶしぶ認めた。残れたのは幸運だった。戻って五分と経たないうちに、悲嘆と動揺が入り混じった様子の中年の男が部屋へ飛び込んできたのだ。

亡くなったフォスカティーニ伯爵の執事、グレイヴズだった。そして、彼の話は驚くべきものだった。

前日の朝、二人の紳士が伯爵を訪ねてきた。二人ともイタリア人で、四十歳くらいの年上の男はアスカニオと名乗り、もうひとりは二十四歳くらいの身なりのいい若者だった。

フォスカティーニ伯爵は二人の訪問を待っていたようで、すぐに小さな用事を言いつけてグレイヴズを外へ使いに出した。ここまで話すと、グレイヴズはことばを切って口ごもった。が、やがて口を開いて話をつづけた。グレイヴズは会談の目的にひっかかるものを感じ、少しでも話を聞いてみようと、すぐには出かけずにぐずぐずしていた。

三人は小さな声で話をしていたので期待したほどには聞き取れなかったが、どうやら金銭的なことが話し合われ、しかもその内容が脅迫らしいことはわかった。口調もけっして友好的なものではなかった。最後にはフォスカティーニ伯爵がかすかに声を荒げたので、その部分ははっきりと聞こえた。

「いまはこれ以上、話し合っている時間がない。明日の晩八時に食事に来るなら、そのときに話のつづきをしよう」

盗み聞きを見とがめられるとまずいので、グレイヴズは言いつけどおりに外出した。今夜、二人の男は時間どおり、八時にやって来た。食事中は、政治や天気や演劇のことなど、当たり障りのない話をしていた。グレイヴズがテーブルにポートワインとコーヒーを運ぶと、伯爵は彼に今夜は休んでいいと言った。

「来客があると、いつもそうするのか？」警部が訊いた。

「いいえ、そんなことはありません。ですから、これから三人で話し合うのはただならぬことではないかと思ったのです」

グレイヴズの話はここまでだった。八時三十分頃に外へ出たグレイヴズは、友人と会い、いっしょにエッジウェア・ロードにあるメトロポリタン・ミュージックホールへ行った。

　二人の客が帰る姿を見た者はいなかったが、犯行時間は八時四十七分と断定された。ライティング・テーブルに置かれていた小さな時計がフォスカティーニの腕で床に払い落とされ、その時間で止まっていたのだ。これは、ミス・ライダーが電話を受けた時間と一致していた。

　検死官によって調べが済んだ遺体は、カウチに横たえられていた。私は、はじめて死体の顔を見た——オリーブ色の顔、長い鼻、黒く濃い口髭、まっ白な歯が覗く赤い唇。気持ちのよい顔ではなかった。

「どうやら」手帳を閉じて警部が言った。「この事件は単純明快のようだな。やっかいなのは、アスカニオというその男を逮捕することだけだ。まさか、被害者の手帳にそいつの住所など載ってはいないだろうな？」

　ところが、ポアロが前に言っていたように、フォスカティーニは几帳面な男だった。小さな字で〝セニョール・パオロ・アスカニオ、グローヴナー・ホテル〟と書かれていた。

　警部が電話をしに行き、にんまり顔で戻ってきた。

「間に合ったぞ。船で大陸へ渡ろうというのだろう、連絡船列車に乗ろうとホテルを出たところだったよ。これで、ここでの調べは終わったな。ひどい事件だが、単純そのものだ。イタリア流の血の復讐というやつだろう」

見通しも明るく、私たちは階下へ向かった。ドクタ・ホーカーはすっかり興奮していた。

「小説の書き出しみたいですね？　本当に刺激的な事件だ。小説で読んだのでは、とても信じられないでしょうね」

ポアロは、口を閉じたまま物思いに耽っている様子だった。その晩は、ほとんど口をきかなかった。

「どうです、名探偵？」ホーカーがポアロの背中を叩いて言った。「今回はあなたの灰色の脳細胞も出番がありませんでしたね」

「そう思いますか？」

「ほかに何があるというんですか？」

「たとえば、あの窓です」

「窓ですか？　でも、あの窓は閉まっていましたよ。あそこから出入りはできません。特に気をつけて見たのですから」

「だったら、なぜ気をつけて見たのですか？」

ドクタがめんくらったような表情を見せたので、ポアロはこう説明した。

「私が言っているのはカーテンのことです。開いたままでしたよね？　ちょっと変じゃありませんか？　それに、あのコーヒー。やけに濃いコーヒーでした」

「それが何か？」

「やけに濃かった」ポアロは繰り返した。「それと併せて、ライス・スフレがほとんど手つかずだったことを考えてみましょう――そうすると、どうなりますか？」

「馬鹿げてますよ」ドクタは笑った。「からかわないでください」

「からかってなどいません。このヘイスティングズなら、私が大真面目だということがわかるはずです」

「ぼくにも何を言っているのかわからないぞ」私は正直に言った。「まさか、あの執事を疑っているわけじゃあるまいな？　彼が共犯者でコーヒーに毒を入れた、そういう可能性もないではないが、警察は彼のアリバイを調べるだろ？」

「もちろんさ。だが、ぼくが興味をもっているのはセニョール・アスカニオのアリバイなんだ」

「彼にアリバイがあるとでも思っているのか？」

「そこが気になるところなんだよ。だが、その点もすぐにはっきりするだろうがね」

それからの経緯は《デイリー・ニューズモンガー》紙に詳しく載った。

セニョール・アスカニオはフォスカティーニ伯爵殺害の容疑で逮捕され、告発された。逮捕されたとき、彼は伯爵とは面識がないと言い、事件当夜もその前日の朝もリージェント・コートには行っていないと主張した。若者のほうの足取りはまったくつかめていなかった。セニョール・アスカニオは、事件の二日前にひとりで大陸からやって来て、グローヴナー・ホテルにチェックインした。もうひとりに関しても全力で足取りを捜査したが、何もわからなかった。

アスカニオはしかしながら起訴されなかった。刑事裁判の訴訟手続き中にイタリア大使本人が出頭してきて、事件当夜の八時から九時まで、アスカニオは自分といっしょに大使館にいたと証言したのだ。アスカニオは釈放されたが、当然のことながら、世間ではこの事件が政治的なものなので揉み消されたのだと噂した。

ポアロは、こうしたすべての事柄に強い興味を示した。しかしある朝、ポアロが十一時に来客があるのだがその客はアスカニオ当人だと言い出したときには、さすがの私も仰天した。

「きみに何か相談事でもあるのか？」

「とんでもない、ヘイスティングズ、相談事があるのはぼくのほうさ」

「きみが？　何を？」

「リージェント・コートの殺人事件だよ」

「彼が犯人だということを証明するのか？」

「ひとつの殺人事件に関して同一人物を二度は裁判にかけられないんだよ、ヘイスティングズ。常識を身につけないといけないな。ああ、ドアベルが鳴ったぞ。我らが友人だな」

　すぐにセニョール・アスカニオが案内されてきた――小柄な痩せた男で、その目にはどこか打ち解けないうさん臭さがあった。突っ立ったまま、私たち二人に疑うような視線を向けている。

「どちらがムッシュ・ポアロですか？」

　ポアロが軽く胸を叩いて見せた。

「お掛けください、セニョール。私の手紙はお読みになりましたね？　今度の事件を徹底的に調べることにしたのです。それで、少しばかりお力添えをお願いしようと思いましてね。早速ですが、九日の火曜日の朝、あなたは友人とフォスカティーニ伯爵のお宅を訪ねて――」

　そのイタリア人が怒ったような仕草を見せた。

「そんなことはしていません。裁判所でも宣誓したでしょう――」

「たしかに――ですが、あなたが偽証をしたのではないかと思いまして」

「脅迫するつもりですか？　冗談じゃない！　私には、あなたを怖れるようなことは何もありませんから。私は釈放されたんです」

「そうですね。私も馬鹿ではありませんから、絞首刑にするなどと言って脅すつもりはありません――公表するのですよ。公表です！　あなたはこのことばがお嫌いでしょう？　私はそう思いついたのです。ちょっとした思いつきというのは、私にはとても価値があるのですよ。セニョール、あなたとしては正直に話す以外にないのです。あなたが誰の差し金でイギリスへ来たかなどということは訊きますまい。もうわかっていることですから。あなたは、フォスカティーニ伯爵に会うという特別な目的をもってやって来たのです」

「彼は伯爵などではありませんよ」そのイタリア人は怒鳴るように言った。

「彼の名前が『ゴータ年鑑』にはないことはわかっています。まあ、恐喝のプロにとって、伯爵という肩書は役に立ちますからね」

「こうなったら、正直に言ったほうがよさそうですね。あなたはかなりのところまでご存知のようだから」

「私も、多少はこの灰色の脳細胞を使いましたからね。セニョール・アスカニオ、火曜日の朝、あなたは被害者の家を訪ねましたよね、ちがいますか？」

「ええ、行きました。ですが、翌日の晩はぜったいに行ってはいません。その必要がなかったのです。すべてをお話ししましょう。イタリアの身分の高いさる人物に関する情報が、あの悪党の手に渡ってしまったのです。彼は、莫大な額でその書類を買い取れと要求してきました。私は、その取引のためにイギリスへやって来たのです。そしてあの朝、約束どおり彼を訪ねました。大使館の若い書記官をひとり連れて行きました。伯爵は思っていた以上に話のわかる男でしたが、私が彼に支払った額は莫大なものです」

「失礼ですが、どのように支払われましたか？」

「比較的小額のイタリア紙幣でです。すぐにその場で支払いました。そして、彼からはその書類を受け取りました。それ以後、彼には会っていません」

「あなたが逮捕されたとき、なぜこのことを黙っていたのですか？」

「私の微妙な立場からして、彼との面識を否定せざるを得なかったのですよ」

「とすると、犯行当日の夜のことはどう説明なさるのですか？」

「誰かが私になりすましたとしか思えません。部屋からは現金が消えていたと聞いています」

ポアロは彼を見つめて首を振った。

「不思議なことだ」彼が呟いた。「我々は誰もが灰色の脳細胞をもっているのに、その使い方を知っている者はほんのわずかなんですね。ありがとうございました、セニョール・アスカニオ、あなたのお話を信じましょう。ほぼ私の想像どおりでした。私としては、そのことを確認したかったのです」

客を送り出すと、ポアロはアームチェアに戻って私に笑みを向けた。

「この事件に関するヘイスティングズ大尉の考えをお聞かせ願おうかな？」

「まあ、アスカニオの言うとおりだと思うね。誰かが彼になりすましたんだよ」

「いつもきみは、せっかく神様が与えてくださった頭脳というやつを使おうとしないんだな。あの晩、例の部屋を出てからぼくが言ったことを思い出してくれ。ぼくは、カーテンが開いていた、と言っただろ？　いまは六月だ、八時になっても明るいんだよ。暗くなりはじめるのは八時半頃だ。どうだい、何か気づかないか？　いくらきみでも、いつかはわかると思うがね。それはさておき、先をつづけよう。ぼくが言ったように、コーヒーはとても濃かった。ところが、フォスカティーニ伯爵の歯は驚くほど白かった。コーヒーというやつは、歯に色素を残すんだ。そのことから考えると、伯爵はコーヒーを飲んでいないということになる。それなのに、三つのカップにはコーヒーが残っていた。フォスカティーニ伯爵が飲んでもいないコーヒーを飲んだように見せかけようとしたのは、なぜだと思う？」

私はわけがわからず、首を振った。

「だったら、ヒントをあげよう。そもそも、アスカニオと彼の友人、もしくは彼らになりすました二人の男が、あの晩あの部屋へ行ったという証拠がどこにある？　彼らが入るのを見た者はいないし、出て行くのを見た者もいないんだ。たったひとりの人間の証言と、数多くの無生物の証拠があるだけだ」

「無生物？」

「ナイフや、フォークや、取り皿や、料理のなくなった大皿さ。それにしてもすごい思いつきだった！　グレイヴズは盗人の悪党だが、なんて頭のいいやつだろう！　あの朝、話を少し盗み聞きした彼は、アスカニオが自己弁護のしにくい立場になるだろうことを見抜いたんだ。次の日の夜八時頃、彼は伯爵に電話がかかっていると告げた。伯爵は椅子に坐って受話器に手を伸ばした。そこを、グレイヴズがうしろから大理石の像で殴った。それからすぐに、厨房へ電話をして三人分の料理を注文したんだ！　料理が来ると、ナイフやフォークやなにかといっしょにそれをテーブルに並べた。だが、その料理は始末しなければならない。彼は頭がいいだけでなくて、胃袋も丈夫で大きいんだ！　それでも、三人分のトゥルネードを食べると、さすがにライス・スフレは入らなかった！　うまくごまかすために葉巻を一本とタバコを二本喫うことまでした。いやいや、徹底しているよ！　次に、時計の針を八時四十七分に合わせてから、それを叩きつけて針を止めた。彼がしなかったことといえば、カーテンを閉めることだけだった。本当に三人が食事をしたのなら、暗くなりはじめたらすぐにカーテンを閉めたはずだけどね。それから急いで部屋を出て、エレヴェーター・ボーイに来客のことを言っておいた。そして公衆電話へ直行し、八時四十七分頃に伯爵の声を真似て死にそうだとドクタに電話をした。彼の計画は大成功だったから、その電話が十一号室からかけられたものかどうか、誰も調べようとしなかったんだよ」

「エルキュール・ポアロ以外には、ということだな？」私は皮肉まじりに言った。

「いや、エルキュール・ポアロでさえ、だよ」彼は笑みを浮かべながら答えた。「その点は、これから調べようと思っているんだ。まずは、きみにぼくの推理を話しておかないといけないんでね。でも、きっとぼくの推理のとおりだと思うよ。ジャップにはもう話してあるから、あの尊敬すべきグレイヴズを逮捕できるだろう。金はどれくらい使ってしまったんだろうなあ」

ポアロの言うとおりだった。彼の推理はいつも正しいのだ、くそっ！

謎の遺言書

The Case of the Missing Will

ミス・ヴァイオレット・マーシュが持ち込んできた問題は、私たちの決まりきった日常の仕事からの楽しい気分転換になった。ポアロのもとに、面会を求める彼女からの快活で几帳面な手紙が届いた。彼は、翌日の十一時に訪ねてくるよう、返事を出した。

彼女は時間どおりにやって来た――背の高い若い美人で、質素だがこぎれいな服装をし、自信に満ちたきびきびした態度だった。どこから見ても、世間での成功を目指す若い女性だ。私はいわゆる〝新しい女性〟の支持者ではないので、美人ではあっても好印象はもたなかった。

椅子を勧められて坐った彼女が口を開いた。「ムッシュ・ポアロ、私の依頼は少し変わっていますので、最初からご説明したほうがいいと思います」

「わかりました、マドモワゼル」

「私は孤児なのです。父はデヴォンシャーの小さな自作農の息子で、兄がひとりいました。農地は痩せていて、兄のアンドルーはオーストラリアへ移住しました。彼は土地に投資して成功し、とても裕福になりました。弟のロジャー、つまり私の父は農業が嫌いで、独学をして小さな会社の事務員になりました。そして、少し年上の私の母と結婚しました。母は貧しい絵描きの娘でした。父は私が六歳のとき亡くなり、母も私が十四歳のときに亡くなりました。身寄りといえば伯父のアンドルーだけでしたが、最近、その伯父がオーストラリアから帰ってきてクラブツリー荘という小さな家を買いました。彼はとても親切で、私を引き取って自分の娘のようにかわいがってくれました。

クラブツリー荘というと立派に聞こえますが、実際には古い農家なのです。伯父には農民の血が受け継がれていまして、現代の農業のさまざまな試みにとても興味をもっていました。私への親切とは別に、彼には女の子を育てることに関して根の深い独特な考えがありました。頭のいい人なのですが、ほとんどというよりまったく教育というものを受けていない伯父は、彼の言う〝本からの知識〟には何の価値も認めていませんでした。特に、女性が教育を受けることには反対していました。女の子は家事や乳搾りといった家庭の役に立つことを学ぶべきで、本からの勉強はなるべくしないほうがいい、というのです。私を育てるにもそういう教育をしたので、私はがっかりしましたし苛立ちも覚えました。それで、あからさまに反抗したのです。私には、自分は頭がいいけれど家事などはまるで駄目だということがわかっていました。そのことについては、何度も伯父と激しいやり取りをしました。お互いに愛してはいるけれど、意地っ張りだったのです。幸いなことに奨学金がもらえることになって、ある程度までは自分の思うようにすることができました。ところが、ガートン・カレッジへ行く決心をしたときに決定的なことが起きてしまいました。私には母が遺してくれたお金が多少ありましたので、神様が与えてくださった才能を充分に活かそうと決心したのです。それで、伯父と何時間も最後の議論をしました。伯父は、はっきりと自分の考えを言いました。ほかに親戚がいないので、全財産を私に相続させるつもりでいたのです。お話ししたように、伯父はとても裕福でした。でも、私が〝新しい考え方〟にこだわるなら何も渡さない、そう言うのです。私は冷静にその話を聞きましたが、決心は変えませんでした。そして、伯父への愛情は変わらないけれど、やはり自分で決めた生き方をすると言いました。こうして、私たちはいわば決裂してしまったのです。最後に、伯父はこう言いました。〝おまえは自分の頭を信じているんだな。私には本の知識はないが、いつだっておまえの学問に対抗してみせるぞ。いずれわかるさ〟と。

それは九年前のことです。それからも、ときどき週末には伯父を訪ねて行きました。伯父の考えは変わりませんでしたが、私たちはとてもいい関係でした。伯父は、私が大学に入ったことにも、理学の学士号を取ったことにも、いっさい触れませんでした。ところが、この三年ばかり健康を害していた伯父が、一ヵ月ほど前に亡くなってしまったのです。

ここからがご相談の件になります。伯父はとても風変わりな遺言書を書いていました。それによりますと、クラブツリー荘と家財道具など一式を、死後一年は私の自由にしてよい、というのです――〝そのあいだに、私の聡明な姪は頭のよさを証明するだろう〟と書かれていました。その期間が過ぎたら、〝姪より私の頭のほうがよかったことがわかるだろうから〟全財産をさまざまな慈善団体に寄付する、というのです」

「ミスタ・マーシュの親族はあなただけだというのに、それはいささか厳しいですね、マドモワゼル」

「私は、そうは思っていません。そのことについて伯父はちゃんと私に話してくれましたし、そのうえで私は自分の道を選んだのですから。私は伯父の希望どおりにしなかったのですから、伯父が自分の財産を誰に残そうとそれは伯父の自由です」

「遺言書は、弁護士が正式に作成したものですか？」

「いいえ。遺言書の用紙に書かれたもので、住み込みで伯父の世話をしていた夫婦が連署しています」

「そういう遺言書なら、無効にできるかもしれませんね？」

「私としては、そういうことは考えていません」

「つまり、これは伯父様の公明正大な挑戦だと？」

「そのとおりです」

「たしかにそういう解釈もありますね」ポアロは考え込むように言った。「伯父様は、その古い建物のどこかに高額の小切手か第二の遺言書を隠して、優秀な頭脳を使ってあなたがそれを捜し出すように、一年という期間を設定したのでしょう」

「きっとそうだと思います、ポアロさん。それで、私よりあなたのほうが明晰だろうと思ってご相談にあがったのです」

「なるほど、なるほど！　すばらしいですね。私の灰色の脳細胞をご活用ください。で、ご自分ではまだ捜していないのですか？」

「ざっと一度だけ。伯父の頭のよさには感心していましたから、これが簡単なこととはとても思えません」

「その遺言書か写しをお持ちですか？」

ミス・マーシュがテーブル越しに書類を渡すと、ポアロは頷きながらそれに目を通した。

「作成されたのは三年前。日付は三月二十五日とある。時間も書いてあるな――午前十一時――これはなかなか含みがあるぞ。これで、捜す範囲が狭まる。どうやら、捜すべきはもう一通の遺言書のようですね。たとえこの三十分後に書かれた遺言書でも、それがあればこちらは無効になるのですから。それにしても、マドモワゼル、あなたが持ってこられた問題はなかなか魅力的でユニークですね。これを解くのが本当に楽しみですよ。伯父様はなかなか頭の切れる方だったようですが、彼の灰色の脳細胞もこのエルキュール・ポアロにはかなわないでしょうね！」

（まったく、ポアロの自惚れも相当なものだ！）

「幸いなことにいまは手がけている仕事もありませんので、今夜にでもヘイスティングズといっしょにクラブツリー荘へ行ってみることにしましょう。伯父様の世話をしていたという夫婦は、まだそこにお住まいなのですね？」

「ええ、名前はベイカーといいます」

夜遅くに現地に着いた私たちは、翌朝、本格的な活動をはじめた。ベイカー夫妻はミス・マーシュから電報を受け取っていて、私たちの到着を待っていた。感じのいい夫婦だった。夫は日焼けした顔に深い皺が刻まれて赤味がかった頬をしているので、しなびたピピン種のリンゴのようだった。妻は大きなからだつきの、いかにもデヴォンシャーの人間らしい落ち着きがあった。

私たちは列車の旅と駅から八マイルも車に乗ったせいで疲れ果て、ローストチキンとアップルパイのデヴォンシャー・クリーム添えという夕食のあと、すぐにベッドに入った。いまは素晴らしい朝食を済ませ、亡くなったミスタ・マーシュの書斎兼居間だった羽目板張りの小さな部屋に坐っている。壁際にあるロールトップの机には付箋のついた書類が詰まっていた。大きなレザー張りの肘掛け椅子を見ると、故人のくつろぐ様子が思い浮かぶ。反対側の壁際にはチンツのカヴァーが掛かったソファーがあり、窓下に取り付けた深くて低い腰掛けにも古い柄の色の褪せた同じチンツのカヴァーが掛かっていた。

「ところで、ヘイスティングズ」ポアロは自分の小型のタバコに火をつけながら言った。「作戦計画を練っておかなければな。家をざっと調べはしたが、手がかりがあるとすればこの部屋のような気がするんだ。細心の注意を払って机に入っている書類を調べよう。もちろん、そこに遺言書があるとは思わないが、一見なんでもない書類に隠し場所のヒントがあるかもしれないからな。だが、まずは情報収集だ。悪いが、ベルを鳴らしてくれないか？」

私は言われるとおりにした。待つあいだ、ポアロは満足そうな様子で部屋の中を歩きまわっていた。

「このミスタ・マーシュは頭のいい男だな。書類をきちんと整理しているし、それぞれの引出しの鍵にも象牙のラベルが付けてある——壁際の食器棚の鍵にもだ。それに、収まっている陶磁器類もきちんと並んでいる。こういうのを見るとうれしくなるね。目障りなものなど何ひとつないし——」

ポアロが不意にことばを切り、机そのものの鍵に見入った。その鍵には薄汚い封筒が付いている。ポアロは顔をしかめ、鍵穴から抜いた。封筒には〝ロールトップの机の鍵〟と走り書きされていたが、それはほかの鍵のラベルに書かれたきちんとした文字とは似ても似つかない字だった。

「まるで異質だな」ポアロは顔をしかめた。「これはミスタ・マーシュの性格とは相容れないよ。とはいっても、この家にほかの誰がいた？　ミス・マーシュだけだよ。彼女だって、ぼくにまちがいがなければ、頭のいい几帳面な女性だし」

ベイカーがベルに応えてやって来た。

「いくつか訊きたいことがあるんで、奥さんを連れてきてくれないか？」

ベイカーが出て行き、すぐにベイカー夫人を連れて戻ってきた。彼女は、満面に笑みを浮かべ、エプロンで両手を拭いながら入ってきた。

　ポアロが簡潔に事情を説明すると、夫妻はすぐに同情的になった。

「あたしたちも、ミス・ヴァイオレットがもらえるものがもらえないなんて、ひどいと思いますよ」ベイカー夫人が言った。「何もかも慈善施設にあげちまうなんて」

　ポアロが質問をつづけた。ベイカー夫妻は、遺言書に連署したことをよく覚えていた。それに先立って、夫のほうが隣の町へ遺言書の用紙を二通、買いに行っていた。

「二通？」ポアロが鋭く訊いた。

「ええ。たぶん、書き損じた場合に備えてだと思います――現に書き損じていらっしゃいましたから。わたしどもが一通に連署して――」

「その時間を覚えていますか？」

　ベイカーが頭を掻いていると、奥さんが答えた。

「ココアに入れるミルクを火にかけたのが十一時だったわ。あんた、覚えてない？　キッチンに戻るとすっかり吹きこぼれてたわ」

「キッチンに戻ったのは？」

「一時間くらいあとです。あたしたちはもう一度、お部屋に呼ばれたんです。ご主人様が〝書き損じてしまったんだ。もう一度、署名してくれないか？〟とおっしゃいました。

で、あたしたちは署名しました。それが済むと、ご主人様が主人とあたしにけっこうな額のお金をくださいました。そして、〝遺言書にはおまえたちのことを何も書いてないが、一年生き延びるごとに毎年、私が死んだ場合に備えて同額の金をやるからな〟とおっしゃって、そのとおりにしてくださいました」

ポアロは考え込んでいた。

「二度目に署名をしたあと、ミスタ・マーシュが何をしたか覚えているかい？」

「商店への支払いをしに、村へお出かけになりました」

この線はあまり見込みがなさそうだった。ポアロは質問を変え、机の鍵を差し出した。

「これは、ミスタ・マーシュの書いたものかい？」

気のせいかもしれないが、私にはベイカーが答えるまでにわずかな間があったように感じられた。「ええ、そうです」

〝嘘だ〟私は思った。〝だが、なぜ？〟

「ミスタ・マーシュが家を貸したことは？　この三年間に、よそから来た者が滞在していたことは？」

「ありません」

「訪ねてきた者は？」

「ミス・ヴァイオレットだけです」

「見知らぬ者がこの部屋に入ったことはないんだね？」

「ええ」

「ジム、あの職人たちのことを忘れてるわ」妻が言った。

「職人？」ポアロが彼女のほうを振り向いた。「職人というと？」

夫人の説明によると、二年半ほど前に、職人たちが家の補修にやって来たという。何を修理したのか彼女にはよくわからなかったが、それはミスタ・マーシュの気紛れで本当に必要なものではなかった、というのが彼女の見方だった。職人が書斎に入っていたこともあったが、ミスタ・マーシュが作業中の入室を禁じていたために何をしているのかはわからなかった。残念ながら、夫妻は補修を契約した会社がプリマスにあるということ以外、その名前も忘れていた。

ベイカー夫妻が出て行くと、ポアロは両手をこすり合わせながら言った。「一歩前進だな、ヘイスティングズ。第二の遺言書を書いてから、その隠し場所を作るためにプリマスの業者を呼んだんだ。床をはがしたり壁を叩いてまわるような時間の無駄ははぶいて、プリマスへ行こう」

多少の手間はかかったが、必要な情報を入手することはできた。二、三軒まわったあと、ミスタ・マーシュが仕事を頼んだ会社を見つけた。

そこの職人はみんな長くいる者ばかりだったので、ミスタ・マーシュの家で作業をした二人もすぐに見つかった。二人はその仕事をよく覚えていた。いろいろ小さな仕事をしたが、そのなかに、古い暖炉のレンガをひとつ取って、隠し穴を作るという作業があった。そして、合わせ目がわからないようにそのレンガを二つに切り、一方のレンガの端を押すと全体がもちあがるように細工をしたという。それはかなり面倒な仕事で、ミスタ・マーシュは口うるさく注文をつけたとのことだった。この話をしてくれたのはコーガンという白髪まじりの口髭を生やした背の高い痩せた男で、頭もよさそうだった。

私たちは意気揚々とクラブツリー荘へ戻り、書斎のドアに鍵をかけて、仕入れてきた情報の実践に取りかかった。どのレンガも見分けがつかなかったが、教わったとおりに押してみるとすぐに奥の空洞が見つかった。

ポアロが勢い込んで手を突っ込んだ。しかし、満足げな表情に狼狽の色が走った。彼がつかみ出したのは黒焦げになった硬い紙の切れ端だけで、それ以外には何も入っていなかった。

「くそっ!」ポアロが大声で言った。「誰かに先を越されたぞ」

私たちは不安になりながらその紙切れを調べた。たしかに、それは私たちが捜していた書類の断片だった。ベイカーの署名の部分は残っていたが、遺言書の肝心な部分がなくなっていた。

ポアロは膝をついてしゃがみこんでしまった。これほど落胆しているときでなかったら、彼の表情はさぞ滑稽なものに見えたことだろう。「さっぱりわからないな」彼が唸るように言った。「誰がこんなことをしたんだろう？　それに、何の目的で？」

「ベイカー夫婦かな？」

「なぜ？　どっちの遺言書にも彼らのことは書いてないんだし、この家が慈善施設のものになるよりはミス・マーシュといっしょにここにいられるほうが好都合なはずだ。遺言書を破って誰の得になるというんだ？　たしかに施設にとっては好都合だが――施設側を疑うわけにはいかないし」

「ミスタ・マーシュの気が変わって、彼が自分でやったのかもしれない」私はこう言ってみた。

ポアロは立ち上がり、いつものようにていねいに膝の埃を払った。

「そうかもしれないな」ポアロは言った。「きみにしては上出来じゃないか、ヘイスティングズ。さてと、ここにはもう用がなくなったな。できることはやったんだ。アンドルー・マーシュとの知恵比べには勝ったが、この程度の成功じゃミス・マーシュの立場はよくならないよ」

すぐに駅まで車を飛ばし、急行ではないが、なんとかロンドン行きの列車に間に合った。ポアロは見るからにみじめで不満そうだった。私は疲れきっていたので、居眠りをした。ところが、列車がトーントンの駅を出ようとしたそのとき、不意にポアロがとんでもない声を出した。

「ヘイスティングズ、急げ！　起きろ！　飛び降りるんだ！　早く！」

気がつくと、二人でプラットフォームに立っていた。帽子とトランクを載せたまま、列車は闇夜へと消えていってしまった。私は怒り狂ったが、ポアロは気にも留めていなかった。

「なんて馬鹿だったんだろう！」彼が大きな声で言った。「人の三倍も馬鹿だ！　こんな灰色の脳細胞なんて、二度と自慢なんかしないからな！」

「何はともあれ、それはいいことだよ」私はむっつりと言った。「それにしても、いったいどういうことなんだ？」

例によって、考えに没頭するポアロは私になど目も向けない。

「商人たちの記録だ――ぼくはそれをまるで無視していたんだ。だが、どこだろう？　いったいどこに？　まあいい、まちがいない。さあ、すぐに戻るぞ」

言うは易く行なうは難しだ。なんとかエクセター行きの鈍行に乗り、そこからはポアロが車を雇った。クラブツリー荘に着いたのは真夜中を過ぎていた。なんとかベイカー夫妻を起こしたときに彼らがどれほどびっくりしていたか、その様子は省略しよう。ポアロは彼らには目もくれず、書斎へ直行した。

「三倍どころか、三十六倍も馬鹿だったよ」彼はプライドも捨てて言った。「さあ、見ていてくれ！」

まっすぐに机のところへ行ったポアロは鍵を抜き、それについていた封筒を取った。私は呆気にとられてポアロを見つめていた。こんなに小さな封筒に、遺言書の書類が入るわけはないだろう？　彼は注意深く封筒を切り開き、平らにした。そして火をつけ、封筒の内側を炎であぶった。やがて、文字がかすかに浮かび上がってきた。

「見てくれ、ヘイスティングズ。どうだい？」ポアロが勝ち誇ったように言った。

私はじっとそれを見つめた。かすれたような文字が二、三行書かれているだけだったが、そこにはすべてを姪のヴァイオレット・マーシュに遺すとあった。日付は三月二十五日午後十二時三十分とあり、菓子屋のアルバート・パイクと妻のジェシー・パイクの署名もあった。

「これは、法的に有効なのか？」私は思わずこう訊いた。

「ぼくの知る限り、遺言書をあぶり出しインクで書いてはいけないという法律はないね。遺言者の意図は明らかだから、相続人は彼の唯一の親族ということになる。それにしても頭のいい人だ！　捜す者の手順を――この大馬鹿者の手順さえ――ちゃんと見抜いているんだから。彼は、二通の遺言用紙を買って使用人たちに二度も署名させておいてから、薄汚れた封筒の内側に書いた遺言書とあぶり出しインクの入った万年筆を持って出かけた。そして、何か理由をこじつけて菓子屋夫婦に署名してもらった。それを机の鍵に結びつけてにんまりしたんだ。もし姪が彼の計略を見破ったら、それは彼女が選んだ人生と高等教育の成果が証明されるわけだから、彼の財産を遺してやろうというわけさ」

「だが、彼女が見破ったわけではないぞ」私はおもむろに言った。「フェアじゃないような気がするな。本当に勝ったのは彼のほうなんだから」

「いいや、それはちがうぞ、ヘイスティングズ。まちがえてるのはきみのほうだよ。ミス・マーシュは、すぐにこの問題をぼくに任せたことによって、機転が利くということと女性が高等教育を受けることの価値を証明したんだからね。どんなときも、専門家に任せるべきなんだ。彼女は、この遺産を受け取る権利のあることを充分に証明したよ」

亡くなったアンドルー・マーシュはどう思っているだろう、私は考え込んでしまった。

ヴェールをかけた女

The Veiled Lady

　ここしばらくポアロがますます不満そうで落ち着きをなくしていることには、私も気が付いていた。興味を惹かれる事件もなく、彼の鋭い頭脳や素晴らしい推理力を発揮する機会がなかったのだ。今朝も、彼はじれったそうに、「チャー！」と言って新聞を放り出した。この〝チャー〟というのはポアロがよく使う感嘆詞で、ネコのくしゃみにそっくりだ。

「ヘイスティングズ、みんな、ぼくを怖がっているんだ。イギリスの悪党は、みんなぼくが怖いんだ！　ネコがいると、小ネズミどもはチーズにも寄りつかないんだから！」

「ほとんどの悪党は、きみのことなど知らないと思うがね」私はこう言って笑った。

　ポアロが非難がましい目を私に向けた。彼は、世界中がいつもエルキュール・ポアロのことを噂していると思っているのだ。確かにロンドンでは有名になったが、彼の存在が犯罪者の世界で恐怖の的になっているとはとうてい思えなかった。

「このあいだ、ボンド・ストリートで起こった白昼の宝石強盗なんかどうだい?」私は訊いてみた。

「見事なお手並みだったよ」ポアロは満足そうに言った。「だが、ああいうのはぼくの趣味じゃないな。精妙じゃなく、大胆なだけだからな! 鉛を詰めた杖を持った男が、宝石店のショウウィンドウのガラスを割って高価な宝石を鷲づかみにする。通りがかりの立派な人たちがそいつを捕まえる。警官がやって来る。犯人が現行犯で捕まる。署へ連行されるが、そこで宝石が模造品だということがわかる。本物は、共犯者に渡されていた――いま言った立派な人たちのひとりさ。犯人は刑務所行きになるだろう――まちがいなくね。だが、出所すれば、けっこうな財産が待っているんだ。たしかに悪くはないな。でも、ぼくならもっとうまくやれるよ。なあ、ヘイスティングズ、ときどき自分の道徳的な性格がいやになることがあるんだ。法律を敵にまわした仕事をするのも、気分転換になって楽しいだろうな」

「元気を出せよ、ポアロ。きみは、この道では天下無敵なんだから」

「この道といったって、いま何があるというんだ?」

私は新聞を取りあげた。

「ここに、オランダで謎の死をとげたイギリス人のことが出ているじゃないか」

「新聞なんて、いつもそうなんだよ――あとになって、本人は魚の缶詰で食中毒を起こしただけでまったくの自然死だった、なんてことになるんだ」

「よし、どうしても愚痴をこぼすというんだな！」

「おいおい！」窓際へ行ったポアロが言った。「下の通りを、小説に出てきそうな〝ヴェールを深くかけた女〟が歩いているぞ。階段を上がって――ベルを鳴らした。きっと、ぼくらに相談事があって来たんだ。面白い話かもしれない。ああいう若くてきれいな女性は、よほどのことがないかぎりヴェールで顔を隠すなんてことはしないからな」

やがて、来訪者が案内されてきた。ポアロの言うとおり、彼女は深々とヴェールをかぶっていた。スペイン風の黒いレースを上げて、はじめて彼女の顔立ちがわかった。ポアロの直感どおり素晴らしい美人で、ブロンドの髪にブルーの目をしていた。シンプルだが高価な服を着ているので、すぐに上流階級の女だということが見て取れた。

「ムッシュ・ポアロ」彼女が柔らかい音楽のような声で言った。「とても困ったことになっているのです。力になっていただけるとはとても思えないのですが、あなたの素晴らしい評判を耳にしていましたので、最後の頼みの綱と思って不可能なことをお願いにあがったのです」

「〝不可能なこと〟こそ、願ってもないものですよ、マドモワゼル」ポアロは言った。「さあ、先をつづけてください」

美しい来訪者がためらいを見せた。

「ですが、正直に話してください」ポアロが言い加えた。「どんなことも、私の知らないことがあってはいけませんので」

「あなたを信頼することにします」いきなり彼女はこう言った。「レディ・ミリセント・キャッスル・ヴォーンについては、お聞きになったことがおありですね？」

私は好奇心を掻きたてられ、彼女に目を向けた。レディ・ミリセントと若いサウスシャー公爵の婚約は、数日前に発表されたばかりだったのだ。彼女はアイルランドの貧乏貴族の五女なので、イギリスのサウスシャー公爵ならもっともバランスの取れた結婚候補のひとりだ。

「私が、そのレディ・ミリセントなのです」彼女は話をつづけた。「私の婚約の記事はお読みになったと思います。ですから、私は世界一幸せな女のはずなのですが、ポアロさん、たいへん困ったことになっているのです！　ラヴィントンという——恐ろしい男がおりまして、どうご説明したらいいんでしょう。私が十六歳のときに書いた手紙があるのですが――彼が――彼がですね――」

「あなたがそのミスタ・ラヴィントン宛てに書かれた手紙ですか？」

「いいえ――彼に、ではありません！　とても好きだった――ある若い兵士に書いたもので、その彼は戦死してしまいました」

「そうでしたか」ポアロは優しく言った。

「愚かで軽率な手紙でしたが、むろん、それだけのものです。ですが、そこに書いたことが――取りようによっては、別な意味にも取られかねないのです」

「なるほど。それで、その手紙がミスタ・ラヴィントンの手に渡った、そういうことですね？」

「ええ。それで、彼に脅されているのです。私にはとても用意できないほど多額のお金を支払わなければ、その手紙を公爵に送りつけるというのです」

「薄汚い下衆野郎め！」私は思わず叫んでしまった。「これは失礼しました、レディ・ミリセント」

「婚約者にすべてを打ち明けたほうがよろしいのでは？」

「そんなことはできません、ポアロさん。公爵は変わった性格の方で、嫉妬深くて疑り深く、何でも悪いほうへ取ってしまうのです。打ち明けるくらいなら、すぐに婚約を解消したほうがましなくらいです」

「おやおや」ポアロは渋い表情で言った。「それで、この私にどうしろと?」

「私からミスタ・ラヴィントンに、この件に関してはすべてをあなたにお任せしてあると言って、あなたに会うようお願いしてみたらどうかと思いまして。あなたなら、彼と金額の引き下げを交渉できるのではないかと」

「いくら要求されているのですか?」

「二万ポンドです——とても無理な額です。一千ポンドでさえ用意できますかどうか——」

「近々ご結婚なさるということで借金はできるでしょうが——あなたにその半分も用意できるかどうか疑問ですね。それより——支払いをすること自体が不愉快ですね! よろしい、エルキュール・ポアロの才能でその敵を倒してご覧にいれましょう! そのミスタ・ラヴィントンとやらをここへよこしてください。手紙を持ってくる可能性はあると思いますか?」

彼女は首を振った。

「ないと思います。とても用心深い男ですから」

「彼が手紙を持っていることに、まちがいはありませんか?」

「私が彼の家を訪ねたときに見せられましたから」

「彼の家へ行かれたのですか？　それは軽率でしたね」

「そうですか？　もう必死で、頼めばわかってくれるのではないかと」

「おやおや！　世のラヴィントンのような輩《やから》は、頼んでわかるような連中ではありませんよ！　むしろ、頼んだりすればその手紙がどれほど重要かを教えているようなものですからね。その立派な紳士はどこにお住まいで？」

「ウィンブルドンのボナ・ヴィスタです。私が行ったのは暗くなってからで――」ポアロが唸るような声を出した。「しまいには警察へ行くと言ったのですが、ぞっとするような、あざけるような態度で笑うだけで、〝どうぞ、レディ・ミリセント、そうしたければどうぞ〟と言われてしまいました」

「そうでしょうね、警察沙汰にはできそうもありませんから」ポアロはこう呟いた。「それからこうも言いました。〝もっとも、そんな馬鹿な真似はしないでしょうがね。さあ、これがあなたの手紙ですよ――この小さな中国製の箱に入れてありますから〟そして、その箱から出して私に見せました。ひったくろうとしたのですが、彼のほうが素早くて。ぞっとするような笑みを浮かべて手紙をたたむと、また小さな木箱に戻してしまいました。そして、〝ここに入れておけば大丈夫。箱もぜったいに見つからないところに隠しておくから〃と言いました。私が壁に作りつけになった金庫に目をやると、彼は首を振って笑いました。〃もっと安全なところがあるんですよ〃と。本当に忌まわしい男です！　ポアロさん、なんとかなりますでしょうか？」

「このパパ・ポアロを信じてください。必ずなんとかしますから」

その美人をポアロが階下へ送って行くのを見て、そんなに安請け合いしていいのか、と思った。私には、かなり厄介な依頼に思えたのだ。戻ってきたポアロにそのことを話すと、彼は渋い顔で頷いた。

「たしかに――一気に解決、というわけにはいかないだろうな。このラヴィントンという男のほうが有利な立場にあるんだから。いまのところは、彼を出し抜く方法も思いつかないし」

その日の午後、さっそくミスタ・ラヴィントンが訪ねてきた。レディ・ミリセントは忌まわしい男と言っていたが、まさにそのとおりだった。階段から蹴落としてやりたくて爪先がむずむずした。傲慢不遜で、ポアロが穏やかに話をするとそれを笑い飛ばし、イニシャティヴを握っているのは自分だという態度に終始していた。私には、ポアロの苦戦が感じ取れた。意気消沈しているように見えるのだ。

「さて、と」帽子を手にしてラヴィントンが言った。「これ以上、話をしても無駄なようだな。では、こういうことにしよう。レディ・ミリセントはあれほどの美人だから、少し減額してやろう」彼はなんともいやらしい目つきをした。「一万八千ポンドでいい。今日、私はパリへ行く――ちょっとした仕事の用事があってな。火曜日には戻ってくるから、その夜までに支払わなければ手紙は伯爵の手に渡ることになるぞ。レディ・ミリセントに金の工面は無理だ、などと言わないでくれ。あれだけの美人なら、男友だちのなかには金を用意しようという者がいるはずだ――彼女のやり方次第でな」

私は怒りで顔がまっ赤になり、一歩まえに出た。だが、言うだけ言ったラヴィントンはさっさと部屋から出て行ってしまった。

「あの野郎！」私は怒鳴った。「何とかしないと。あんなに馬鹿にされて平気でいられるのか、ポアロ？」

「威勢がいいな、ヘイスティングズ。だが、きみの灰色の脳細胞のほうはさっぱりだ。ぼくは、ミスタ・ラヴィントンに能力を自慢しようなどとは思っていないんだよ。小心者と思われたほうが好都合なんだ」

「なぜ？」

「レディ・ミリセントが来る直前に、〝法律を敵に回した仕事をするのも、気分転換になって楽しいだろうな〟と言っただろ？」ポアロは自分が言ったことばを嚙みしめるように言った。「考えてみると奇妙だな」

「留守を狙って彼の家に忍び込もうというのか？」私はびっくりして訊いた。

「ヘイスティングズ、たまには頭の回転が速くなるんだな」

「手紙を持ち歩いていたら？」

ポアロは首を振った。

「まずあり得ないな。家の中に、ぜったいに見つからないという自信満々の隠し場所があるにちがいない」

「それで――いつ、やるんだ？」

「明日の晩にしよう。十一時頃にここを出よう」


予定の時間には、私の準備も整っていた。黒いスーツに黒い帽子。そんな私を見てポアロはにこにこしていた。

「いかにも、という格好だな。さあ、ウィンブルドンまで地下鉄で行こう」

「何か持っていかなくていいのか？　忍び込む道具とか」

「なあ、ヘイスティングズ、エルキュール・ポアロはそんな無粋なやり方はしないんだよ」

私は一蹴されて引き下がったが、好奇心は高まっていった。

ボナ・ヴィスタにある小さくて田舎くさい庭に入り込んだのは午前零時頃だった。家はまっ暗で静まり返っていた。ポアロはまっすぐ裏手の窓へ行き、そっとサッシを開けて私に入れと言った。

「なぜ開くのがわかったんだ？」あまりにも不思議なので、私は訊いた。

「今朝、のこぎりで留め金を切っておいたんだ」

「なんだって？」

「そうなんだ、実に簡単だったよ。ここへ来て、偽の名刺とジャップ警部の本物の名刺を出したんだ。ミスタ・ラヴィントンが留守中に付けておいてほしいと注文した防犯錠を、スコットランド・ヤードの推薦で取り付けに来たと言ったら、家政婦はよろこんで入れてくれたよ。最近、この家は二度ばかり泥棒に狙われたらしい――その泥棒も、ぼくらと同じことを考えたにちがいない――まあ、高額な被害はなかったようだがね。窓を調べて細工をしてから、使用人たちに窓には電気が流れているから明日まで触ってはいけないと言って、ていねいに挨拶をして退散したわけさ」

「まったく、たいしたもんだな、ポアロ」

「これ以上に簡単なことはないよ、ヘイスティングズ。さあ、取りかかろう！　使用人たちはいちばん上の階で寝ているから、目を覚ます心配はないだろう」

「どこかの壁に金庫がはめ込んであるんだろうな？」

「金庫だって？　馬鹿馬鹿しい！　金庫なんかあるものか。ミスタ・ラヴィントンは頭のいいやつだ。金庫よりもっと巧妙な隠し場所があるにきまってる。誰だって、まっ先に金庫を調べるからな」

私たちは余すところのないよう徹底的な捜索を開始した。何時間にもわたって家じゅうを捜したが、見つからなかった。ポアロの顔に苛立ちの兆候が現われた。

「くそっ！　エルキュール・ポアロの敗北か？　いいや、そんなはずはないぞ！　落ち着いて考えよう。じっくり考えるんだ。灰色の脳細胞を働かせるんだ！」

しばらくのあいだ、ポアロは眉を寄せてじっと集中していた。やがて、彼の目に私のよく知る緑色の光が浮かんできた。

「ぼくが馬鹿だった！　キッチンだ！」

「キッチンだなんて、それはないだろう。いつも使用人がいるんだぞ！」

「そのとおり。百人中九十九人は、きみと同じことを言うだろうな！　だからこそ、キッチンが最適なんだよ。いろいろな家財道具があるからな。さあ、キッチンへ行こう！」

私は半信半疑で彼のあとをついて行き、パン入れを覗いたり、シチュー鍋を叩いたり、ガスレンジに頭を突っ込んだりするポアロを見つめていた。やがて見物にも飽き、ひとりで書斎へ戻った。私は、隠し場所は書斎だ、書斎にしかない、と確信していた。書斎を前より細かく調べた。気がつくとすでに四時十五分になっていて、もうすぐ空も白みはじめると思い、キッチンへ戻った。

驚いたことに、ポアロはこぎれいなスーツのことなどお構いなしに、石炭貯蔵庫の中に立っていた。彼が顔をしかめた。

「まったく、服を汚すなんてことはぼくの性分に反することなんだが、どう思う？」

「ラヴィントンが石炭の底に隠したとは思えないが」

「よく見てくれ、ぼくが調べているのは石炭なんかじゃないんだよ」

そう言われて見ると、貯蔵庫の奥の棚に薪が積んであった。ポアロは、その薪を一本ずつ下ろしていた。急に、彼が小さな声を出した。

「ヘイスティングズ、ナイフをよこせ！」

私がナイフを渡すと、ポアロはそれを薪に突き立てた。すぐに、薪が二つに割れた。のこぎりできれいに切られ、中央がくり抜かれていた。ポアロが、その空洞から中国製の木箱を取り出した。

「やった！」私は思わず叫んでしまった。

「静かに！　大声を出すなよ、ヘイスティングズ。さあ、日が昇る前に退散しよう」

木箱をポケットに入れたポアロは、石炭の貯蔵庫から身も軽く飛び出し、スーツについた汚れをていねいに払った。私たちは入ってきた窓から外へ出ると、急ぎ足でロンドンへ向かった。

「それにしても、大胆なところに隠したもんだ！」私は言った。「誰かがあの薪を使うかもしれないのに」

「七月に、か？　しかも、薪の山のいちばん下にあったんだぞ——実に利口な隠し場所だよ。タクシーが来たぞ。さあ、家へ帰って顔を洗ったら、ぐっすり休もう」


前夜、すっかり神経を昂ぶらせた私は寝坊してしまった。一時少し前にやっと起きだしてリヴィングルームへ行くと、すでにポアロはアームチェアに坐っていた。例の木箱から取り出した手紙を読んでいる。

彼は私に笑みを向け、手にした手紙を軽く叩いて見せた。

「レディ・ミリセントの言うとおりだよ。伯爵がこれを読んだら、ぜったいに許さないだろうな！　これほど濃厚な愛の表現には、お目にかかったこともないくらいだ」

「おいおい、ポアロ」私はいささか嫌悪感を覚えて言った。「他人の手紙を読むなんて。してはいけないことだぞ」

「それをしているのは、エルキュール・ポアロなんだ」彼は落ち着き払って言った。「それに、昨日、ジャップの名刺を使ったこともルール違反だと思うね」

「ぼくはゲームをしているわけではないんだぞ、ヘイスティングズ。事件の調査なんだ」

私は肩をすくめた。ものは言いようだ。

「階段を上がってくる音がするぞ。きっとレディ・ミリセントだろう」ポアロが言った。

心配そうな表情で美しい依頼人が入ってきたが、ポアロが木箱と手紙を掲げると嬉しそうな表情に変わった。

「まあ、ポアロさん、なんて素晴らしいんでしょう！　どうやって取り戻したのですか？」

「あまり大きな声では言えないような方法でね。それでも、ミスタ・ラヴィントンが訴えるなんてことはないでしょう。これがお捜しの手紙ですね？」

彼女はそれにざっと目を通した。

「ええ、そうです。なんとお礼を申し上げていいやら！　あなたって、本当に素晴らしい方ですね。ところで、どこに隠してありました？」

　ポアロが説明してやった。

「なんて頭の切れる方なんでしょう！」こう言って、彼女はテーブルから木箱を取り上げようとした。「これは、記念に頂いておきます」

「それは、私が頂けるものと思っていたのですが――やはり記念に」

「これよりもっといい物をお送りしますよ――結婚式の日に。ポアロさん、このご恩は必ずお返ししますから」

「あなたのお役に立てれば、小切手など頂かなくとも充分に嬉しく思いますよ――ですから、その木箱は私が頂きたい」

「それは困ります、ポアロさん。私、どうしてもこれが必要なんです」彼女は笑いながら言った。

　彼女は手を伸ばしたが、ポアロのほうが早かった。彼が箱をつかんだ。

「そうはいきませんよ」ポアロの声音が一変した。

「どういうことです？」彼女の声も鋭くなっているように聞こえた。

「とにかく、木箱に入っている別なものを出したいのですよ。おわかりのように、木箱の中は二分されています。上半分には手紙が入っていて、下半分には――」

ポアロは素早く指を動かし、それから手を差し出した。手の平には光り輝く大粒の宝石が四つと、やはり大粒の乳白色の真珠が二つ載っていた。

「先日、ボンド・ストリートで盗まれた宝石だと思います」ポアロが呟くように言った。

「ジャップに訊けばはっきりするでしょうが」

そのジャップがポアロのベッドルームから現われたので、私は仰天した。

「彼なら、あなたにもお馴染みでしょう？」ポアロは、レディ・ミリセントに向かって慇懃に言った。

「騙されたわ！」まるで人が変わったようにレディ・ミリセントが言った。「意地悪じじい！」彼女は、愛情と畏怖の念が入り混じったような目でポアロを見つめた。

「また会ったな、ガーティ」ジャップが言った。「ゲームは終わりだ。こんなにすぐにまた会えるとはな！　おまえの仲間も捕まえたぞ。このあいだ、ラヴィントンと名乗ってここへやって来た男だよ。ラヴィントンはクローカーやリードという偽名も使っていたが、オランダでやつを刺し殺したのはどいつだろうな？　あんた、宝石はやつが持っていると思っていたんだろ？　だが、そうじゃなかった。やつは完全にあんたを騙したんだ――自分の家に隠してな。あんたは仲間二人にそいつを捜させた。そして、このムッシュ・ポアロにも捜させた。それで、運よくポアロが見つけたというわけだ」

「あんたって、お喋り好きね」偽のレディ・ミリセントが言った。「落ち着きなさいよ。おとなしくお伴してあげるから。こう見えても、あたしだってレディなんだから。それじゃあね！」

私が呆然として口もきけずにいると、ポアロが気持ちよさそうに言った。「あの靴がまちがいの元だったんだ。イギリスの女性については、ぼくも多少の観察はしてきたからね。本物のレディは、靴にはいつも気を遣うものさ。安物の服を着ていても、靴だけはいいものを履くんだよ。ところが、あのレディ・ミリセントは高そうな服を着ているのに、靴は安物だった。きみにせよぼくにせよ、あれでは本物のレディ・ミリセントに会ったとは思えまい？　本物のレディ・ミリセントはほとんどロンドンにいたことがないし、あの女はうわべだけ見れば本物で通用するほど似ていた。いま言ったように、靴を見たとたんにぼくは怪しいと思ったんだ。それに、彼女の話も――あのヴェールも――ちょっとメロドラマ風だっただろ？　上半分に脅迫のネタにした手紙を入れた中国製の箱のことは、ギャング仲間にはよく知られていたにちがいない。だが、薪の隠し場所は、殺されたミスタ・ラヴィントンの思いつきだったんだ。そうそう、ヘイスティングズ、昨日みたいに、悪党がぼくを知っているはずはないなどと言って、ぼくの感情を害するようなことはしないでほしいな。現に、自分たちの手に負えなくなると、このぼくを雇ったりするんだからね！」

消えた廃坑

The Lost Mine

私は溜息をついて銀行の通帳を置いた。

「どうも変だな。当座借越だけど、一向に減る様子がないんだ」私は言った。

「それで不安になってるんだな？　ぼくに当座借越なんかあったら、一晩じゅう眠れないよ」ポアロが言った。

「きみは収支のバランスがいいのさ！」私は言い返した。

「四百四十四ポンド四シリング四ペンス、きれいな数字だろ？」ポアロはご満悦な様子で言った。

「きみの銀行の支配人が気配りをしているんだよ。彼は、きみがどんなことにもきれいな均整を求めることをよく知ってるんだ。ヤマアラシ油田に三百ポンドほど投資してみたらどうだい？　今日の新聞に載っている目論見書によると、来年には一〇〇パーセントの配当を出すそうだぞ」

「ぼくには向いてないな」ポアロは首を振って言った。「センセーショナルなものは好きじゃないんだ。もっと安全で確実な投資がいい――フランスの長期国債とか、イギリスのコンソル公債とか。それと、なんと言ったっけ？　転換社債とか」

「投機的な投資はしたことがないのか？」

「ないね」ポアロは少しばかり厳しい口調で答えた。「ぼくが唯一持っているのはいわゆる一流株でなく、ビルマ鉱業株式会社の一万四千株だけなんだ」

ポアロは先を促されるのを待つかのようにことばを切った。

「それで？」

「しかも、金は払っていないんだ――ぼくが働かせた灰色の脳細胞への報酬でね。この話、聞きたいかい？」

「もちろん聞かせてもらうよ」

「この鉱山は、ビルマのラングーンから二百マイルほど奥に入ったところにある。十五世紀に中国人が発見して、事業はイスラム教徒の反乱当時までつづいていたんだが、一八六八年に廃坑になってしまった。中国人は鉱脈の上層部から鉛を含んだ豊富な銀を採掘して、銀だけを精錬した。それで、大量の鉛を含んだ鉱滓は棄ててしまった。その後、ビルマで新たに探鉱がはじまると、このこともすぐにわかったんだが、以前の現場には土砂や水がたまっていて、鉱脈を見つけようとする試みは実を結ばなかった。いくつかの企業連合が何度も調査団を送り込んで広い範囲を掘り返したが、この宝の山はどうしても見つからなかった。ところが、ある企業連合の代表者が、その鉱山の位置を記録した書類を持っているとされる中国人一族を探し当てた。一族の当主はウー・リンといった」

「まるで通俗小説のようじゃないか！」私は言った。

「だろ？　なあヘイスティングズ、ブロンドの絶世の美女——いや、きみの大好きな金褐色の髪の美女が出てこなくても、小説にはなるんだよ。覚えてるだろ——」

「それはいいから、話をつづけてくれ」私は慌ててこう言った。

「で、このウー・リンという男に話がもちこまれた。彼はやり手の商人で、地元の名士だった。問題の書類を持っていることをすぐに認めて、売買の商談にも応ずると答えたが、幹部相手でないと交渉はできないという。結局、彼がイギリスまで来て、ある大企業の役員と会うことになった。

ウー・リンはアサンタ号でイギリスへ向かい、十一月の寒く霧の深い朝、船はサザンプトンに入港した。ミスタ・ピアソンという役員のひとりがサザンプトンまで迎えに出たんだが、霧のせいで列車の到着がかなり遅れてしまった。港に着いたのは、ウー・リンが臨時列車でロンドンへ向かったあとだった。ウー・リンの宿泊先を知らされていなかったので、ミスタ・ピアソンは困りながらもロンドンへ戻った。ところが、その日の遅くにオフィスへ電話があって、ウー・リンはラッセル・スクウェア・ホテルに泊まっていることがわかった。彼は、船旅で気分はよくないが翌日の役員会には出られる、と言った。

役員会は十一時にはじまった。十一時半になってもウー・リンが姿を見せないので、秘書がラッセル・ホテルに電話をした。ところがフロントは、その中国人なら十時半に友人と出かけたという。ウー・リンが会議に出席するつもりだったことは明らかだが、午後になっても現われなかった。もちろん、ロンドンに不慣れで迷子になった可能性もある。だが、その晩は遅くなってもホテルに戻ってこなかった。心配になったミスタ・ピアソンは警察に届けた。翌日になってもまるで手がかりがない。ところが、次の日の夕方ちかくにテムズ川で死体が発見され、それが不幸な中国人の遺体だということがわかった。死体からも、ホテルに残された荷物からも、鉱山に関する書類は見つからなかった。

こうして行き詰まったときに、ぼくに依頼があったんだ。ミスタ・ピアソンが訪ねてきてね。ウー・リンが死んだことには相当なショックを受けていたが、彼の関心事はその中国人がイギリスへ持ってきた書類を見つけることだった。警察の関心事はもちろん、殺人犯を見つけることだ——彼らにしてみれば、書類の発見は二の次なのさ。ミスタ・ピアソンはぼくに、警察に協力しながら会社の利益になるように働いてくれ、と言った。

ぼくはすぐに引き受けた。調査すべき点は二つあった。ひとつは、ウー・リンがイギリスへ来ることを知っていた社員を調べること。もうひとつは、乗船客の中で彼の用件を知っていた者を調べることだ。調査範囲が狭いこともあって、ぼくは二番目のほうからはじめた。そうしたら、この事件を担当したミラー警部と顔を合わせてしまった——彼は我らが友人のジャップとは大違いで、自惚れが強くて、無作法で、我慢のならない男なんだよ。ぼくは彼といっしょに乗組員から話を聞いたんだが、手がかりになるようなものはなにもなかった。航海中、ウー・リンはほとんどひとりきりでいたそうだ。二人の客としか打ち解けた話をしなかったらしい。ひとりはダイアーという年寄りのヨーロッパ人で、とかく噂のある人物だ。もうひとりはチャールズ・レスターという若い銀行員で、香港からの帰りだった。幸い、二人のスナップ写真が手に入った。そのときは、もし二人のどちらかが事件に関与しているとすればダイアーのほうだろうと思われた。

彼は中国マフィアと関係があったから、嫌疑が濃厚だったんだ。

次はラッセル・スクウェア・ホテルだ。ウー・リンの写真を見せると、従業員たちはすぐに彼にまちがいないと言った。ダイアーの写真も見せたんだが、がっかりだったよ。ポーターが、あの日の朝ホテルへやって来たのは彼ではないと断言したんだ。それで、念のためにレスターの写真を見せると、すぐにこの男だという答えが返ってきたのでびっくりしたよ。

〝はい、十時半にこの方がいらしてミスタ・ウー・リンに面会を求め、しばらくしてからいっしょに外出されました〟と言うんだからね。

これで、調査は進みだした。次はもちろん、ミスタ・チャールズ・レスターに話を聞くことだった。彼は気軽に会ってくれたよ。ウー・リンが死んだ話を聞くと暗い顔をして、できることなら何でも協力すると言った。彼の話はこうだ。ウー・リンと約束があったので十時三十分にホテルへ行った。ところが彼は現われず、代わりに使用人が出てきて、主人は用事があって出かけたが、若い方が見えたら自分のいるところへお連れするように言われている、と説明した。レスターが何も疑わずに承知すると、その中国人の使用人がタクシーを拾った。車はしばらく桟橋に向かって走っていた。レスターは急に不安になってタクシーを停め、中国人の言うことには耳も貸さずに車を降りた。彼が知っているのはそれだけだと言うんだ。

一応は納得して、我々は彼に礼を言って別れた。だがすぐに、彼の話は正確でないことがわかった。まず、ウー・リンには船でもホテルでも使用人などいなかった。第二に、あの朝二人を乗せたタクシーの運転手が名乗り出たんだ。レスターは途中で車を降りるどころか、彼と中国人はチャイナタウンのど真ん中にあるライムハウス地区の評判のよくない家へ行ったそうだ。そこは、最悪のアヘン窟として多少なりとも名が知られている。二人はそこへ入り、一時間ほどしてからイギリス人だけが出てきた。彼がタクシーの客だったことは、運転手に写真を見せて確認が取れている。彼は青ざめて気分の悪そうな顔をしていて、運転手には、いちばん近い地下鉄の駅へ行くように言ったそうだ。

チャールズ・レスターを調べてみると、人柄はとてもいいんだが、かなりの負債を抱えているということがわかった。それに、ひた隠しにしているようだが、相当なギャンブル狂なんだ。もちろん、ダイアーのほうも忘れたわけじゃない。彼がレスターに成りすます可能性もないわけではなかったが、そう考えること自体がまったく事実無根だということがわかった。当日の彼のアリバイが完璧だったんだ。むろん、アヘン窟の経営者は知らぬ存ぜぬの一点張りだ。チャールズ・レスターなど見たこともないし、その朝は二人連れの客など来なかった、とにかく警察がまちがってる、ここではアヘンを吸う者などいない、とね。

　だが、経営者がどんなに否定しても、チャールズ・レスターを助けることにはならなかった。それで、彼はウー・リン殺害の容疑で逮捕された。彼の所持品や関係先を捜索したが、鉱山関係の書類は出てこなかった。アヘン窟の経営者も拘留して家宅捜索が行なわれたが、成果はなかった。警察は勢い込んでいたのに、アヘンのアの字も出てこなかったんだ。

　その間、ミスタ・ピアソンはまったく落ち着きをなくして、愚痴をこぼしながらこの部屋をうろうろ歩きまわっていたよ。

〝ですが、ポアロさん、あなたには何か考えがおありなんでしょう！〟彼はこう言って、ずっとぼくをつついていた。〝何か考えがあるはずだ！〟

〝もちろん考えはありますよ〟ぼくは用心深く答えた。〝だから困っているんです——考えはたくさんあるんですが、それぞれが違う方向を示しているものですから〟

〝たとえば？〟

〝たとえば——タクシーの運転手です。二人の客をアヘン窟まで乗せたという話も、彼がそう言っているだけですからね。それがひとつ。それと——二人が行った場所は本当にそのアヘン窟だったのかどうか。アヘン窟のまえでタクシーを降りはしたが、中に入

って別な出入り口から出て他の場所へ行った、ということだって考えられるでしょう？〃

そう言うと、ミスタ・ピアソンはびっくりしていたよ。〃しかし、あなたは坐りこんで考えているだけじゃないですか。何か行動できないのですか？〃って、そう言うんだ。

彼はせっかちなんだよ。

〃ムッシュ〃ぼくは落ち着き払ってこう言ってやったよ。〃エルキュール・ポアロは、野良犬のようにライムハウスの薄汚い通りを走りまわったりはしないのですよ。まあ、落ち着いてください。刑事たちも動いていることだし〃

翌日、彼が喜びそうな情報が入った。あの二人は、本当にアヘン窟を通り抜けていたんだよ。本当の行き先は、テムズ川に近い小さな安食堂だった。二人がそこに入るのを見た者がいて、出てきたのはレスターひとりだったそうだ。

そうしたら、ヘイスティングズ、ミスタ・ピアソンがとんでもないことを言い出したんだよ！　二人でその店へ行って調べてみようと言うんだ。ぼくは反論したり頼んだりしたんだが、聞く耳ももたない。自分は変装すると言うし――言いたくもないが、ぼくにはこの口髭を剃り落とせ、などと言うし！　まったく、とんでもないよ！　ぼくは、馬鹿げていて愚にもつかない考えだ、と言ってやった。美しいものを気紛れで壊してはいけないんだ。それに、人生を見つめたりアヘンを吸うのに、口髭を生やしたベルギー人じゃいけないのか、ともね。

まあ、髭に関しては彼も妥協したが、計画自体は実行するんだと言い張る。夕方になって戻ってきた彼ときたら――ひどい格好だった！　彼の言う〝水夫ジャケット〟を着て、顎は汚れて無精髭が生えているんだ。それに、スカーフときたら鼻持ちならないひどい代物でね。なのに、本人は嬉々としているんだから！　まったく、イギリス人てやつは頭がどうかしてるぞ！　あげくにぼくの身なりにも口を出したが、言われるとおりにしたよ。頭のおかしなやつが相手じゃ、議論にもならないだろ？　そうして、二人で出かけることになった――彼は子どもがジェスチャーゲームをするような格好をしてるんだから、ひとりで行かせるわけにもいくまい？」

「まあ、たしかに」私は答えた。

「話をつづけよう。その店に着くと、ミスタ・ピアソンは何とも奇妙な英語を話すんだ。自分では船乗りのつもりなんだよ。〝ラバー《新米水夫》〟だの〝フォクスル《船員部屋》〟だのと、ぼくにはわけのわからないことを言っていた。そこは天井の低い狭い部屋で、中国人が大勢いた。風変わりな料理を食べたんだが、胃が変になりそうだったよ！」ポアロはことばを切って胃のあたりをさすった。「やがて、陰険そうな笑みを浮かべた中国人の経営者がやって来た。

〝二人とも、ここの料理は駄目みたいだね。もっといいもの探しに来たんだろ？　パイプとか？〟

ミスタ・ピアソンがテーブルの下で力任せにぼくの脚を蹴った。船乗り用のブーツを履いていたんだぞ！　そして彼は、〝おれはかまわないぜ、おやじ。案内してくれ〟と言ったんだ。

その中国人はにんまりして、先に立って歩きだした。ドアを通って地下室へ行き、跳ね上げ戸《トラップドア》を抜けて階段を上がり下がりすると、坐り心地のよさそうなソファーがたくさんある部屋に入った。ぼくらが横になると、中国人のボーイがブーツを脱がせてくれた。あの晩、いちばん気持ちのいい一瞬だったよ。すると、店員がパイプをもってきてアヘンを詰めた。ぼくらは吸うふりをして、それから夢見心地で寝るふりもした。二人きりになると、ミスタ・ピアソンが小声でぼくに声をかけて床を這いはじめたんだ。ぼくらはほかの人たちが寝ている部屋へ入っていったりしていたが、そのうちに話し声が聞こえてきた。カーテンに隠れて聞き耳を立てていると、彼らはウー・リンのことを話していたんだよ。

〝書類はどうなった?〟ひとりが訊いた。

〝ミスタ・レスターが持ってった〟もうひとりが答えた。こっちは中国人だ。〝安全なところに隠すと言ってた――警官にも見つからない場所だ、って〟

〝だが、彼は捕まったぞ〟

〝釈放されるよ。証拠がないんだから〟

そんなやり取りをしていたが、その二人がこっちへ来そうになったんで、ぼくらは慌ててベッドへ戻った。

〝抜け出したほうがよさそうですね〟しばらくするとピアソンが言った。〝ここは健康に悪い〟

〝たしかに、ムッシュ。茶番はもう充分にやりましたからね〟ぼくは賛成してこう答えた。

アヘンの料金をたっぷり払ってそこを抜け出した。ライムハウス地区を出ると、ピアソンは深呼吸をしていたよ。

〝あそこを出られてホッとしましたよ〟彼が言った。〝しかし、あれは確かめてみないと〟

〝もちろん〟ぼくは頷いた。〝こうなると、あれを見つけるのもそう難しいことではなくなりますね――今夜は変装までしたんですから〟

そして、ぼくの言ったとおり、簡単だったよ」ポアロは唐突に話を終えた。

あまりにも唐突なので、私はじっとポアロを見つめた。

「それにしても――いったいどこにあったんだ？」私は訊いた。

「彼のポケットさ――実に単純だ」

「ポケットって、誰の？」

「もちろん、ミスタ・ピアソンのさ！」そして、当惑した私の表情に気づいたポアロはこうつづけた。「まだわからないのかい？　チャールズ・レスターと同じように、ミスタ・ピアソンにも負債があって、しかもギャンブル狂だった。それで、ウー・リンから書類を盗むことを思いついたんだ。サザンプトンではちゃんとウー・リンに会っていたんだ。それで、いっしょにロンドンへ来てライムハウスへ直行した。あの日は霧が深かったから、ウー・リンはどこへ連れて行かれるのかまるで気づかなかった。思うに、ミスタ・ピアソンはしょっちゅうあそこへ行ってアヘンを吸っていたんだろうな。だから、知り合いもいただろう。彼には、ウー・リンを殺すつもりはなかったんだと思うよ。計画では、あそこの中国人のひとりをウー・リンに仕立てて役員会に来させ、書類の代金を横領するつもりだったんだ。そこまではうまくいっていた！　ところが、東洋人にとってウー・リンを殺してテムズ川に投げ込むことなどなんでもないから、ピアソンには相談もせずに自分流に片をつけてしまったのさ。ミスタ・ピアソンがどれほどびくびくしていたかは推して知るべしだな。列車でウー・リンといっしょだったのを誰かに見られているかもしれないんだから――殺人となると、単なる誘拐とはわけがちがうからな。

ラッセル・スクウェア・ホテルでは、仲間の中国人をウー・リンに仕立てておいた。死体があれほどすぐに見つかりさえしなければ！　たぶんウー・リンはチャールズ・レスターと会う約束がしてあって、彼がホテルへ訪ねてくることをピアソンに話したんだろう。そこでピアソンは、自分から嫌疑をそらす素晴らしい方法を思いついた。最後にウー・リンといっしょにいるところを見られたのはチャールズ・レスターだ。仲間の中国人はホテルでウー・リンの使用人になりすまし、レスターが来たらすぐにライムハウスへ連れてくるように言われていた。ライムハウスで、レスターは何かを飲まされたにちがいない――適当な薬物が入ったものをね。一時間後に外へ出たレスターは、それまでの記憶が朦朧としていたんだろうな。そういう事情があったから、ウー・リンが殺されたことを知ったレスターは怖じ気づいて、ライムハウスへ行ったことを否定したんだ。

もちろん、そんなことをしたせいでピアソンの思うつぼになってしまったのさ。だが、ピアソンはそれで満足したんだろうか？　答えはノーだ――彼は、ぼくの様子が気になって仕方がなかった。それで、この事件をすべてレスターになすりつけることにしたんだ。ごていねいに変装までしてね。ぼくはといえば、もう完全に騙されたよ。さっき、彼は子どもがジェスチャーゲームでもするような格好をしていた、と言っただろ？　ぼくはぼくで、ひと芝居打った。彼はよろこび勇んで家に帰ったが、翌朝にはミラー警部が玄関へやって来た。書類は彼が身につけていたよ。ゲームは終わりだ。エルキュール・ポアロと芝居なんかしたことを、さぞ悔やんだことだろうな！　この事件には、本当に厄介なことがひとつだけあった」

「というと？」私は好奇心をそそられて訊いた。

「ミラー警部を納得させることさ！　なんというやつだろうな、あいつは！　頑固で馬鹿なんだから。挙句の果てに、手柄は独り占めだ！」

「そいつはひどいな」

「まあ、埋め合わせはあったけどね。ビルマ鉱業株式会社の別の役員たちが、謝礼だといって一万四千株をくれたんだ。そう悪くはないだろ？　だがな、ヘイスティングズ、投資をするなら安全確実な株にしておけよ。新聞で読んだ記事だって、嘘かもしれないんだ。ヤマアラシの役員たちも――ミスタ・ピアソンみたいな輩かもしれないんだぞ！」

チョコレートの箱

The Chocolate Box

ひどい夜だった。外では風が吹き荒れ、時折すさまじい勢いで雨が窓を打っていた。

ポアロと私は暖炉のまえに坐り、赤々と燃える火のほうへ脚を伸ばしていた。二人のあいだには小さなテーブルがある。私の横にはお湯で割ったトディが、ポアロの横には百ポンドもらっても飲む気になれないようなこってりしたチョコレートが置いてある。ポアロは、ピンクのカップに入った茶色い代物を口にしては満足そうに溜息をついていた。

「なんて素晴らしい人生だろう！」彼が呟いた。

「ああ、むかしながらのいい世の中だし、ぼくには仕事、それもいい仕事がある！　おまけに、ここにはかの有名なきみもいるし――」

「おいおい！」ポアロが言った。

「そうだよ。まちがいなくそうさ！　これまでのきみの成功を振り返ると感心しちまうよ。きみは、失敗がどんなものか知らないんだ！」

「そんなことを言うやつは、よほどの道化者だよ!」

「そんなことはないさ。真面目に訊くが、きみは失敗したことがあるのかい?」

「数え切れないほどね。だって、そうだろう？　いつも幸運が味方してくれるとはかぎらないんだから。依頼されるのが遅すぎて、相手のほうが先にゴールすることだってよくあるしね。もう一歩というところで病気にやられたことも二度あるし。人間には浮き沈みがつきものなのさ」

「ぼくが言っているのはそういうことじゃないんだ。自分のミスで完敗を喫したことがあるか、ということなんだ」

「なんだ、そういうことか！　ぼくがとんでもなく馬鹿な真似をして笑いものになったことがあるか、ということなんだな？　一度あるよ――」彼の顔に考え深げな笑みが浮かんだ。「ああ、一度だけ大恥をかいたことがある」

ポアロがきちんと坐りなおした。

「なあ、ヘイスティングズ、きみはぼくが解決した事件の記録を取っているだろ？　その記録にひとつ付け加えてくれないか？　失敗談をね！」

彼は前かがみになって暖炉に薪をくべた。そして、暖炉脇の釘に掛かった小さな雑巾で丹念に手を拭くと、上体をゆったりと背もたれにあずけて話をはじめた。

「これから話すことは、何年も前にベルギーであったことなんだ。フランスで教会と政府が大揉めに揉めていた時期だよ。当時、ムッシュ・ポール・デルラールはフランスの有力な代議士で、いずれ大臣の椅子に就くだろうことは公然の秘密だった。彼は反カソリック派のなかでも強硬な人物だったから、権力を持てば猛烈な敵対心を向けられることは確実だった。彼はさまざまな点で風変わりな人物でね。酒もタバコもやらないが、ほかの点ではさほど堅物ではなかった。わかるだろ、ヘイスティングズ？　女だよ――とにもかくにも女なんだ！

その何年か前にブリュッセルの若い女性と結婚したんだが、彼女はかなりの持参金を持ってきた。もちろん、その金は彼の出世に役立ったにちがいない。その気になれば男爵を名乗る資格はあったんだが、もともと彼の一族は裕福ではなかったからね。二人のあいだには子どももなく、二年後には彼女も亡くなってしまった――階段から落ちたんだ。彼女が遺した財産のなかには、ブリュッセルのアヴニュ・ルイーズにある屋敷もあった。

彼が急死したのもこの家でだった。ちょうど、彼が後任になるはずの大臣が辞職したときだ。どの新聞も彼の経歴について長い記事を載せた。彼は夕食後に急死したんだが、死因は心臓麻痺とされた。

きみも知ってのとおり、当時ぼくはベルギー警察の刑事課にいた。ムッシュ・ポール・デルラールが死んでも、ぼくは興味も惹かれなかった。これも知ってのとおり、ぼくは敬虔なカソリック信者だから、彼が死んだことを幸運だとさえ思った。

それから三日ほどして、休暇がはじまったばかりのときに、ぼくのアパートメントを訪ねてきた人物がいた——ヴェールを深くかぶった女性だが、明らかに若そうだった。ひと目で、教養のある若い女性だということがわかった。

〝あなたがムッシュ・エルキュール・ポアロですか?〟彼女は低く美しい声で訊いた。

ぼくは頷いた。

〝捜査課の?〟

もう一度頷いた。〝どうぞお掛けください、マドモワゼル〟

彼女は椅子に坐ってヴェールを横へ寄せた。涙のあとがついていたが、チャーミングな顔をしていたよ。でも、不安に苛まれている様子だった。

〝ムッシュ、あなたが休暇中だということを聞きました。ですから、個人的なことも調べていただけるかと思いまして。警察には話したくないのです〟

ぼくは首を振った。〝申し訳ないが、マドモワゼル、それはできません。休暇中とはいえ、やはり私は警察の人間ですから〟

彼女は身を乗り出した。〝聞いてください、ムッシュ。調べていただければ、それだけでいいんです。調査結果を警察に報告されても、一向にかまいません。私の考えが正しければ、どうしても警察の力が必要になりますから〟

そういうことであれば事情はちがってくるからね。つべこべ言わずに引き受けることにしたんだ。

彼女の頬に赤味がさした。〝ありがとうございます、ムッシュ。調べてほしいのは、ムッシュ・ポール・デルラールの死についてなのです〟

〝何ですって？〟びっくりして思わず大声を出してしまったよ。

〝証拠があるわけではなく——女の勘なのです。ですが、私は信じています——確信しています——ムッシュ・デルラールの死は、自然死ではないのです！〟

〝しかし、ドクタたちが——〟

〝見落としているのです。彼は、それは頑健な人だったのですから。ムッシュ・ポアロ、お願いですから力を貸してください——〟

かわいそうに、彼女はほとんど我を忘れていたよ。いまにもひざまずきそうだった。ぼくは一所懸命になだめようとした。

〝お力になりますよ、マドモワゼル。取り越し苦労だとは思いますが、とにかく調べてみましょう。まず、同居されている方々のことを聞かせてください〟

〝もちろん、使用人たちがおります、ジャネット、フェリス、料理人のデニーズ。彼女はもう何年も前からいます。ほかは、どうということもない田舎の娘たちです。それとフランソワがいますが、彼も古くからの使用人です。次はムッシュ・デルラールのお母様ですが、息子のムッシュ・ポールや私といっしょに住んでいます。遅くなりましたが、私はヴィルジニー・メスナールと申します。ムッシュ・ポールの妻、つまり亡くなったマダム・デルラールの従妹になります。あの家には、もう三年以上おります。家の者はこれだけですが、あのときお客様が二人、お泊まりでした〟

〝それはどなたですか？〟

〝ムッシュ・デルラールがフランスにいらした頃、隣にお住まいだったムッシュ・ド・サンタラールと、イギリス人のお友だちのミスタ・ジョン・ウィルソンです〟

〝お二人はまだお宅に？〟

〝ミスタ・ウィルソンはまだいらっしゃいますが、ムッシュ・ド・サンタラールは昨日、お帰りになりました〟

〝で、マドモワゼル・メスナール、私にどうしろと？〟

〝三十分後に屋敷にいらしていただければ、あなたがいらっしゃる理由を説明しておきますが。ジャーナリズム関係の方、ということにしたほうがよろしいでしょうね。ムッシュ・ド・サンタラールの紹介状を持ってパリからいらした、そう言っておきます。マダム・デルラールは健康を害していらっしゃるので、細かいことには気をお遣いになりません〟

彼女のうまい口実で屋敷の中に案内され、死んだ代議士の母親に面会した。彼女は堂々とした感じの貴族的な女性だが、見るからに健康を害している様子だった。少し話をしたあと、敷地内を自由に見て回った。

きみに、ぼくの仕事のむずかしさがわかるかな？　とにかく、ここにひとりの男がいて、三日前に死んだ。もしそれが犯罪だとすれば、考えられる可能性はひとつしかない――毒殺だ！　ぼくには死体を見る機会もなかったし、毒物を混入させたものを検査したり分析できる可能性もなかった。手がかりになるようなものは何一つないんだからね。彼は毒殺されたのか？　それとも自然死だったのか？　エルキュール・ポアロは、手がかりもなしに判定しなければならなかったんだよ。

まず最初に、使用人たちから話を聞き、彼らに手伝ってもらって事件当夜のことをまとめてみた。ぼくは夕食の料理とその給仕の仕方に注目した。スープは、ムッシュ・デルラールが自分で深鉢からよそった。次は子牛肉のカツレツとチキン料理で、最後が果物だ。すべてがテーブルに置かれていて、ムッシュ・デルラール自身が取り分けた。コーヒーは、大きなポットに入れてディナーテーブルに運ばれた。不審な点はひとつもないだろ？　毒を入れれば全員が口にすることになるんだからね！

夕食後、マダム・デルラールはマドモワゼル・ヴィルジニーに付き添われて自室に戻った。男三人はムッシュ・デルラールの書斎に移った。しばらく談笑していると、なんの前兆もなく、突然、代議士が床に倒れ込んだんだ。ムッシュ・ド・サンタラールが部屋から飛び出して、フランソワに医者を呼ぶように言った。フランソワには卒中にまちがいないと言ったんだが、医者が来たときにはもう手の施しようがなかった。

マドモワゼル・ヴィルジニーに紹介されてミスタ・ジョン・ウィルソンに会ったんだが、中年のがっしりした男で、当時の典型的《ジョンブル》なイギリス人というタイプだった。彼が英語訛りの強いフランス語で説明してくれた話は、ほかの人から聞いた話とほとんど同じだった。

〝デルラールは、顔をまっ赤にして倒れたのです〟

倒れたときの様子に関しては、それ以上のことは何もなかった。次に、ぼくは悲劇の現場となった書斎へ行って、ひとりにさせてもらった。それまでのところ、マドモワゼル・メスナールの説を裏付けるものは何一つなかった。彼女の思いちがいだと考えるしかなかったんだ。きっと、彼女が故人に対してロマンティックな感情を抱いていたせいで、彼の死を客観的に見ることができなかったにちがいないと思った。それでも、ぼくは念入りに書斎を調べた。たとえば注射針にしても、故人の椅子にうまく仕込めば毒物を注入することだってできるんだからね。からだについた小さな針の痕など、たいていは見過ごされてしまうだろう? だが、そういう見方を裏付けるものもなかった。ぼくはがっかりして椅子に坐り込んでしまったよ。

〝断念せざるを得ないのか?〟ぼくは独り言を言った。〝手がかりなんかどこにもないじゃないか! 不審な点は何一つないし〟

こう口にしていると、そばのテーブルに載っている大きなチョコレートの箱が目に留まったんだ。心臓がドキドキしたよ。ムッシュ・デルラールの死の手がかりにはならないかもしれないが、どう見てもおかしな点があったんだ。それで、ふたをあけてみた。箱にはチョコレートが詰まっていて、手つかずだった。ひとかけらもなくなっていない——だが、そのせいでぼくの目に留まったおかしな点が際立ったんだ。というのもね、ヘイスティングズ、箱自体はピンクなのに、ふたはブルーだったんだよ。ピンクの箱にブルーのリボンをかけるとか、その逆というのはよく目にするが、箱とふたの色がちがうということは——ぜったいにない。ぼくは見たことがないよ！

この小さな事実が役に立つかどうかはわからないが、とにかくふつうとはちがっていたので調べてみることにしたんだ。ベルを鳴らしてフランソワを呼び、亡くなったご主人は甘党だったのか、と訊いた。彼の口元にかすかにもの悲しげな笑みが浮かんだ。

〝ええ、たいへん好んでおいででした。家の中にはいつもチョコレートの箱がございましたから。ワインもお酒も一滴もお飲みになりませんでしたし〟

〝しかし、この箱には手がつけられていないね？〟こう言って、ぼくは彼にふたをあけて見せた。

〝おことばですが、ムッシュ、前のものがなくなりかけていたので、お亡くなりになった日に買ったばかりのものなのです〟

〝ということは、前の箱は彼が亡くなった日に空になったということだね？〟ぼくはおもむろにこう訊いた。

〝さようでございます。朝、見ますと、空になっていたので私が捨てました〟

〝ムッシュ・デルラールは、一日じゅう、甘いものを食べていたのかい？〟

〝たいていは、夕食のあとでした〟
これで、ぼくにも光が見えてきた。
〝フランソワ、きみは秘密が守れるか？〟
〝必要とあらば〟
〝よし！　実は、私は警察の者なんだ。その前の箱を探し出してくれないか？〟
〝承知いたしました。ごみ箱に入っているはずです〟
二、三分後、彼が埃をかぶったものを持って戻ってきた。それはぼくが手にしているのと同じ箱だったが、今度は箱がブルーでふたがピンクだった。フランソワに礼を言い、このことは口外しないように念押しをした。それ以上はすることもなかったので、ぼくはアヴニュ・ルイーズの屋敷をあとにした。
次に、ムッシュ・デルラールの検死をしたドクタを訪ねた。彼にはぼくもてこずったよ。専門用語を並べ立てるんだ。だがそれは、この件に関して彼が自分で望むほどの確信がないせいだ、とぼくは思った。

〝ああした奇妙な出来事はよくあることなのです〟ぼくが何とか警戒心を解いてやると、彼は言い出した。〝怒りを爆発させたり、ひどく感情的になったりすると――満腹になったあとは特に――頭に血が上ってそれっきり、ということになってしまいます〟

〝しかし、ムッシュ・デルラールは気持ちを昂ぶらせていたということはありませんでしたよ〟

〝そうですか？　私は、彼がムッシュ・ド・サンタラールと激しい口論をしていたと聞きましたが〟

〝それはまた、なぜ？〟

〝わかりきったことですよ！〟ドクタは肩をすくめた。〝ムッシュ・ド・サンタラールは熱狂的なカソリック信者ではありませんでしたか？　この教会と政府の問題が元で、二人の友情が駄目になりかかっていたのです。口論のない日はありませんでした。ムッシュ・ド・サンタラールにしてみれば、デルラールはキリストの敵に映ったことでしょうよ〟

これは予想外のことで、考えるべきことができたと思ったよ。

〝もうひとつ聞かせてください、ドクタ。チョコレートに致死量の毒物を混入させることは可能でしょうか？〟

〝それは可能でしょうね〟ドクタはおもむろに答えた。〝たとえば、気化さえしなければ高純度の青酸などがぴったりでしょう。それに、何にせよ小さな錠剤なら気づかぬうちに飲んでしまうこともあります。ですが、あまり現実味のない仮定ですね。モルヒネやストリキニーネが大量に混入したチョコレートなど――〟こう言うと、彼は顔をしかめた。〝おわかりとは思いますが、ムッシュ・ポアロ、ひと噛みでわかりますからね！どんなに不注意な者でも、平気ではいられないでしょう〟

〝どうもありがとう、ムッシュ・ル・ドクトール〟

それから、アヴニュ・ルイーズを中心に薬局を訪ねてまわった。刑事だというのは便利だね。おかげで、必要な情報を楽に集めることができたんだから。結局、デルラール家に毒物を売った店は一軒しかなかった。それは、マダム・デルラールが使う硫酸アトロピンの点眼薬だった。アトロピンは強力な毒物だから、そのときはしめたと思ったんだが、アトロピンの中毒症状は食中毒の症状と似ているから、ぼくが調べていた中毒症状とは類似点がない。それに、その処方箋も古いものだった。マダム・デルラールは何年も両目に白内障を患っていたんだ。

がっかりして店を出ようとしたら、薬剤師に呼び止められた。

〝ちょっと待ってください、ムッシュ・ポアロ。いま思い出したんですが、その薬を買いに来た女の子が、これからイギリス人の薬局へ行くのだと言っていました。そこを当たってみたらどうですか？〟

行ってみたよ。そこでも、刑事だということを言って必要な情報を聞き出した。ムッシュ・デルラールが死ぬ前日、その店ではミスタ・ジョン・ウィルソンに薬を売っていたんだ。その薬局で調合したものではなく、ニトログリセリンの小さな錠剤だ。ぼくは、その薬を見せてほしいと頼んだ。それを見たとたん、心臓の鼓動が速くなったよ――というのも、その小さな錠剤がチョコレート色をしていたんだ。

〝これは毒薬なのか？〟ぼくは訊いた。

〝いいえ、ムッシュ〟

〝効能を教えてくれないか？〟

〝血圧を下げます。いくつかの心臓病にも投与されます――たとえば狭心症とか。動脈の緊張を緩和しますし、動脈硬化では――〟

ここで、ぼくは口をはさんだ。〝なるほどね！　だが、細々とした話を聞いても私にはさっぱりわからない。これを飲むと顔が赤くなるかね？〟

〝ええ、なりますよ〟

〝たとえば十錠――いや、二十錠を飲んだら、どうなる？〟

〝そんなことをしてはいけませんよ〟彼は素っ気なく答えた。

〝だが、毒薬ではないんだろ？〟

〝過剰に飲めば死ぬものでも、毒薬とは呼ばれていない薬はたくさんありますからね〟

ぼくはしめたと思って店を出た。やっと事が動き出したんだ！

これで、ジョン・ウィルソンは殺害手段を手にしていたことがわかった――だが、動機はどうだろう？　彼は仕事でベルギーへやって来て、ちょっと知っているだけのムッシュ・デルラールに泊めてほしいと頼んだ。つまり、デルラールが死んでも彼には何の得にもならないということさ。それに、イギリスに照会してわかったんだが、彼は何年か前から狭心症を患っていた。つまりは、その錠剤を持つ正当な理由があるわけだ。だがぼくは、誰かがチョコレートの箱のところへ行って、最初にまちがえて手をつけてないほうの箱を開け、次に古いほうの箱を開けて残っていたチョコレートを取り出し、そこへニトログリセリンの錠剤を詰め込んだにちがいない、そう思った。チョコレートは大きいものだったから、二、三十錠は入っただろうな。問題は、誰がやったかだ。

屋敷には二人の客がいた。ジョン・ウィルソンは手段を持っていた。サンタラールには動機がある。思い出してくれ、彼は狂信的な男で、宗教的な狂信者ほど過激な者はいない。彼が、ジョン・ウィルソンのニトログリセリンを盗んだのだろうか？

ここで、また別な考えが浮かんだ。おいおい、ヘイスティングズ、また妙なことを考えてると思って笑っているな？　なぜウィルソンはニトログリセリンを買い足したか、だ。イギリスを出るときには必要な量を持って出たはずだろ？　そこで、もう一度アヴニュ・ルイーズの屋敷へ行ってみた。ウィルソンは出かけていたが、彼の部屋を掃除しているメイドのフェリスに会った。それで、洗面台に置いてあったムッシュ・ウィルソンの薬瓶が少し前になくなったというのは本当か、と訊いてみた。彼女、興奮気味に答えたよ。たしかにそのとおりで、おかげで叱られたそうだ。ウィルソンは、彼女がその瓶を割ってしまってそのことを隠そうとしている、そう思ったんだ。だが、彼女は瓶には手を触れたこともない。だからやったのはジャネットにちがいない、と言うんだよ――ジャネットはいつも、用もないのにあちこちを覗いてまわっていたから――

ぼくはフェリスをなだめて屋敷を出た。知りたいことはすべてわかった。あとは推理の裏付けをするだけだが、そう簡単にはいくまいと思ったよ。サンタラールがジョン・ウィルソンの洗面台からトリニトリンの瓶を持ち去ったにちがいないという確信はあったが、他の人々を納得させるには証拠を示さなければならない。ところが、証拠など何もなかったんだ！

しかし、心配は無用だ！　ぼくにはわかっていた――これが難事件だということはね。スタイルズ荘事件で苦労したことを覚えているだろう、ヘイスティングズ？　あのときも、ぼくにはわかっていたんだ――証拠の鎖を完璧なものにする最後のひとつの輪を見つけるには長い時間がかかる、ということがね。

ぼくは、マドモワゼル・メスナールに話を聞かせてくれと頼んだ。彼女はすぐに会ってくれたよ。それで、ムッシュ・ド・サンタラールの住所を教えてくれと言った。彼女、困ったような顔をしたんだ。

〝なぜ知りたいのですか、ムッシュ？〟

〝必要なんです〟

彼女は疑うような――困ったような様子だった。

〝彼にお訊きになっても無駄ですよ。この世のことには興味のない方ですから。自分のまわりで起きていることにさえ気づかないのです〟

〝そうかもしれませんね、マドモワゼル。でも、彼はムッシュ・デルラールの古い友人でしたから、何か聞けるかもしれません――過去のことや――古い怨み言や――むかしの恋愛沙汰などをね〟

彼女は顔を赤らめて唇を嚙んだ。〝どうぞお好きに――でも――私、まちがったことをしたと思っているのです。あなたが私の依頼を引き受けてくださったことには感謝していますが、あのときの私は気が動転していたのです――すっかり頭が混乱していて。いま思うと、解決しなければならない謎など、何もなかったのです。ですから、どうか放っておいてください、ムッシュ〟

ぼくはまじまじと彼女を見つめたよ。

〝マドモワゼル、犬にも臭いを嗅ぎつけることがむずかしい場合がありますが、いったん嗅ぎつけてしまうと、もう止めることはできないのですよ！　優秀な犬であればなおさらです。私、エルキュール・ポアロはその優秀な犬でしてね〞

彼女は何も言わずにどこかへ行ってしまったが、すぐに住所を書いた紙を持って戻ってきた。ぼくがそれを受け取って屋敷を出ると、外でフランソワがぼくを待っていた。とても心配そうな顔をしていた。

〝何かわかりましたか？〞

〝まだ何も〞

〝本当に！　お気の毒なムッシュ・デルラール！　私も同じ考えでした。司祭など大嫌いですから。でも、そんなことを家の中では言いませんが。女性たちはみんな信心深いので――それはそれでよいことなのでしょう。マダムはとても信心深い方ですし――マドモワゼル・ヴィルジニーもそうですから〞

マドモワゼル・ヴィルジニーも？　彼女がとても信心深い？　初めて会ったあの日の、彼女の涙にくれた顔を思い出してぼくは不思議に思った。

ムッシュ・ド・サンタラールの住所を手に入れていたので、ぼくは時間を無駄にはしなかった。フランスとの国境近く、フランス側のアルデンにある彼の大邸宅まで行ったが、中に入れてもらう口実が見つかるまでに何日かかかってしまった。どういう口実だと思う？　配管工になって入り込んだんだよ！　彼のベッドルームのわずかなガス漏れを修理するというわけだ。道具を取りに出て、自由に歩きまわれる時間を見計らって戻った。だが、何を探したらいいのか、自分でもよくわからなかった。どうしても欲しいものはひとつあったが、見つけられるとは思わなかった。彼が、それを置いておくなどという危険を冒すとは思えなかったからだ。

そうは言っても、洗面台の上の小さな棚に鍵がかかっているのがわかったときには、中を見たいという誘惑には勝てなかったね。鍵は単純なもので、すぐに開いた。古い瓶がたくさん並んでいたよ。震える手で、ひとつひとつ調べていった。ある瓶を手にしたとき、思わず声を上げてしまった。その小瓶にはイギリス人の薬局のラベルが貼ってあったんだ。そこには、〈ニトログリセリン錠剤。必要に応じて一錠ずつ服用のこと。ミスタ・ジョン・ウィルソン〉と書かれていた。

はやる気持ちを抑えて戸棚を閉めると、瓶をポケットに入れてガス漏れの修理をつづけた。そういうことは抜かりなくやらなければならないからね。修理を終えて邸宅を出ると、すぐに列車に飛び乗ってベルギーへ戻った。ブリュッセルにはその晩遅く着いた。

翌朝、警視総監に報告書を書いていると、メモが届いた。マダム・デルラールからで、すぐにアヴニュ・ルイーズの屋敷へ来てくれとあった。

ぼくを迎えたのはフランソワだった。

〝マダムがお待ちです〟

彼に案内されてマダムの部屋へ行った。彼女は大きなアームチェアにゆったりと坐っていた。マドモワゼル・ヴィルジニーの姿は見えなかった。

〝ムッシュ・ポアロ〟マダムが言った。〝さっき知ったのですが、あなたは警察の方だったのですね？〟

〝ええ、そのとおりです、マダム〟

〝息子の死について調べにいらしたのですね？〟

ぼくは同じ答えをした。〝ええ、そのとおりです、マダム〟

〝どこまで調べが進んだか、話していただけるとありがたいのですが〟

ぼくはためらった。

〝その前に、どうやってそのことをお知りになったかを話していただけませんか、マダム？〟

〝すでにこの世にはいない者から聞いたのです〟

そのことばと陰鬱な口調に、ぼくはゾッとしたよ。ものも言えなかったくらいさ。

〝ですから、ムッシュ、捜査の進展具合を正直にお聞かせください〟

〝マダム、私の捜査は終わりました〟

〝すると、私の息子は？〟

〝謀殺です〟

〝犯人はわかったのですか？〟

〝ええ、マダム〟

〝誰ですか？〟

〝ムッシュ・ド・サンタラールです〟

〝それはちがいます。ムッシュ・ド・サンタラールはそのようなことのできる方ではありません〟

〝証拠があります〟

〝もう一度、お願いします。すべてを聞かせてください〟

今度は訊かれたことに答えて、ここまでの経緯をひとつずつ話した。彼女は熱心に聴いていた。話し終えると、彼女は頷いた。

〝ええ、ひとつのことを除けば、あなたのおっしゃるとおりです。息子を殺したのはムッシュ・ド・サンタラールではなく、母親のこの私なのです〟

ぼくは彼女を見つめた。彼女はゆっくりと、何度も頷いていた。

〝あなたをお呼びしてよかったと思います。ヴィルジニーが修道院へ行く前に自分のしたことを話してくれたのも、神様の思し召しでしょう。聞いてください、ムッシュ・ポアロ！　息子は邪悪な男でした。教会を迫害したのです。地獄に堕ちるような大罪を犯して生きていました。自分ばかりか、他人の魂をも堕落させてしまったのです。それだけではありません。ある朝、私が自分の部屋から出ますと、義理の娘が階段の上に立っておりました。手紙を読んでいたのです。その背後から息子が忍び寄って、彼女の背中を突き飛ばしたのです。彼女は転げ落ちて、大理石の階段に頭を打ちつけました。みんなが抱き起こしたときには、もう死んでいました。息子は人を殺したのです。しかも、そのことは母親の私しか知りませんでした〟

彼女はしばらく目を閉じていた。〝あなたには、私の苦しみや絶望などおわかりにならないでしょうね。私はどうすればよかったのでしょう？　警察に訴えればよかったのでしょうか？　私にはとてもできませんでした。そうするのが義務だったのですが、私は弱い人間でした。それに、そうしたところで警察は私の話を信じたでしょうか？　しばらく前から私の視力は落ちていましたから――きっと見まちがいだと言われていたことでしょう。そういうわけで他言はせずにおりましたが、私は良心の呵責に苦しみました。黙っていることによって、私も共犯者なのですからね。息子は彼女の財産を相続しました。そして出世の階段を駆け上がり、今度は大臣の椅子にさえ坐ることになっていました。そうなれば、教会への迫害もいよいよひどくなることでしょう。それに、ヴィルジニーのこともありました。美しくて信心深かったのに、息子に心を惹かれてしまったのです。息子は、女性を惹きつける不思議な恐ろしい力をもっていました。いずれそうなることはわかっていましたが、私には防ぎようもありませんでした。息子には彼女と結婚する気などさらさらなかったのです。いよいよ彼女が息子に身も心も任せてしまいそうになりました。

そのとき、私には取るべき道がはっきりとわかったのです。息子を産んだのはこの私です。息子の責任は私にあります。息子は女性をひとり殺し、またもうひとりの魂まで殺そうとしているのです！　私はミスタ・ウィルソンの部屋へ行き、あの薬瓶を持ち出しました。以前、彼が笑いながら、これで人がひとり殺せるのだと言っていたからです。私は書斎へ行き、いつもテーブルに置いてある大きなチョコレートの箱をあけました。最初はまちがえて新しい箱をあけてしまいました。テーブルには古い箱もありました。その箱にはチョコレートはひとつしか残っていませんでした。それは好都合でした。チョコレートを食べるのは息子とヴィルジニーだけなので、その晩は彼女を私の部屋に引き止めておくつもりでした。事は計画どおりに進んで——〟

マダムはことばを切り、しばらく目を閉じていた。やがて目をあけると話をつづけた。

〝ムッシュ・ポアロ、私のことはどのようにでもなさってください。余命いくばくもないことはわかっています。私は、神のまえで自分の行ないを申し上げるつもりですが、現世でもそうしなければなりませんでしょうか？〟

ぼくはためらった。〝しかし、マダム、あの空瓶ですが〟ぼくは時間稼ぎにこう言った。〝どうしてムッシュ・ド・サンタラールのところにあったのでしょう？〟

〝帰るというので彼が挨拶に来たときに、私がこっそり彼のポケットに入れたのです。瓶をどう処分したらいいかわからなかったものですから。すっかりからだが弱ってしまって、手助けがないとあまり動けないのです。それに、もしあの空瓶が私の部屋で見つかったら疑われるでしょうからね。でも、わかってくださいね——〟こう言うと、マダムは上体をまっすぐ起こした——〝ムッシュ・ド・サンタラールに疑いの目が向くように、などという考えはまったくなかったのですよ。そんなことは夢にも思いませんでした。きっと彼の執事か誰かが空瓶を見つけて捨ててしまうだろう、そう思ったのです〟

ぼくは頭をさげて言った。〝わかりました、マダム〟

〝それで、どうなさるおつもり？〟

彼女は口ごもることもなく、声もしっかりしていて、頭を高く上げつづけていた。

ぼくは立ち上がった。

〝マダム、これで失礼いたします。私は捜査を終えました――捜査は失敗でした。事件は解決したのです〟」

ポアロはしばらく黙り込んでいたが、やがて穏やかに言った。「マダムは、その一週間後に亡くなったよ。マドモワゼル・ヴィルジニーは修練期間を終えて正式に修道女になった。これがぼくの失敗談さ。まったく、ぼくも形無しだったよ」

「だが、失敗ではないだろう」私は言った。「そういう事情では、ほかに考えようがないだろう？」

「いや、とんでもないよ！」急に元気になったポアロが大きな声を出した。「まだわからないのか？　ぼくは三十六倍も愚かだったけどね。ぼくの灰色の脳細胞はちっとも働いていなかったんだ。最初からずっと、手がかりはつかんでいたのに」

「手がかり？」

「チョコレートの箱だよ！　わからないか？　ちゃんと目の見える者があんなまちがいをするわけがないだろ？　ぼくは、マダム・デルラールが白内障だということを知っていた――アトロピンの点眼薬でそれがわかるじゃないか。あの家で、ふたがどっちの箱のものかわからないほど目の悪い者はひとりしかいなかったんだ。ぼくがはじめて手がかりをつかんだのはあの箱だったのに、最後までその本当の意味が見抜けなかったわけだ。

それに、ぼくの心理分析もまちがっていた。ムッシュ・ド・サンタラールが犯人なら、証拠になる瓶を置いておくわけがないからね。あの瓶を見つけたということが、彼の無実の証拠だったんだ。マドモワゼル・ヴィルジニーから聞いて、彼がぼうっとした人間だということはわかっていた。そんなこんなで、いまきみに話した事件は冷や汗ものだったよ。このことは、いままで誰にも話したことがないんだ。聞いてのとおり、見る影もないからな。老夫人の犯行があまりにも単純で見事なものだから、エルキュール・ポアロもすっかり騙されてしまったのさ。まったく！　考えるだにおぞましいよ。もう忘れてくれ。いやいや――覚えていてくれ。もしぼくが自惚れだしたな、と思ったらいつでも――そんなことはあるまいが、ないとも限らないし」

私は笑みを抑えつけた。

「そう思ったら、〝チョコレートの箱〟と言ってくれ。いいな？」

「了解！」

「とにかく」ポアロは思い返すように言った。「あれはいい経験だったよ。いまのヨーロッパではまちがいなく随一の頭脳の持ち主たるぼくだ、これくらいは大目に見てもらってもかまうまい！」

「チョコレートの箱」私は小声で呟いた。

「何だって？」

私はポアロの無邪気な顔を見つめたが、もう一度言ってくれというように身を乗り出されると、つい言えなくなってしまった。彼のせいで何度となく嫌な思いをさせられてきたが、ヨーロッパ随一の頭脳を持ち合わせていない私でも、大目に見ることはできるのだ！

「別になんでもないよ」私はこう答えてパイプに火をつけ、心の中でにんまりした。

解説

コラムニスト
香山二三郎

アガサ・クリスティーはＴＶを嫌い、晩年まで受像機を持っていなかったという。だが幸い、ＴＶドラマ化を禁じるまでには至らず、その後数々の作品が内外で彼女の名前を広めることになったのはご承知の通り。近年の海外のミステリ系ＴＶドラマには秀作が多いし、もう少し長生きしていたら、あるいはクリスティー女史もドラマ鑑賞に目覚めていた可能性はあったかもしれない。一九七〇年代に一世を風靡した『刑事コロンボ』シリーズを秘かに楽しみにしていたなんてことはないのだろうか。

もちろん『コロンボ』以外にも彼女の感想を聞いてみたい作品はある。二〇〇四年四月からＮＨＫのＢＳ２で放映が始まった『名探偵モンク』もそのひとつだ。

アメリカのＵＳＡネットワークで二〇〇二年七月から始まったこのドラマ、現在第三シーズンに入っているほどの人気ぶりで、主演(兼プロデューサー)のトニー・シャルーブは本作の主演で二〇〇三年、ハリウッドの外国人記者が選出するゴールデングローブ賞とTV界のアカデミー賞——エミー賞の男優賞をW受賞している。

高い内容に人気が伴った第一級のミステリドラマというわけで、パズラー作りも堂に入っているが、注目は何といっても主人公エイドリアン・モンクのキャラクターに尽きる。この一見冴えない中年男はサンフランシスコ市警の元刑事なのだが、数年前に愛妻を殺害されたあげく、事件は迷宮入りに。それをきっかけに妄想や強迫神経症にとらわれるようになり、現在は休職中。しかし、鋭い観察力、推理力を具えているうえ、直観記憶の持ち主でもあり、難事件もたちどころに解決してしまう。看護師のシャローナをパートナーにコンサルタントとして警察に協力することも珍しくなかった……。

シャーロック・ホームズはもとより小説の名探偵も奇人変人は少なくないが、このモンク氏もとびっきりの変人といっていい。強迫神経症で潔癖症だから、よその物には触れないのに、アンバランスなものをみると正さずにはいられなくなる。初対面の相手にも必ずといっていいくらいうろんな目でみられるが、その実、誠実で愛情深い正義漢でもある。アメリカで人気を博したのも、彼のキュートなキャラに多くの視聴者が惹かれたからだろう。

考えてみると、奇人変人タイプの名探偵というのは往々にして偏屈だったり人間嫌いだったり、人気者にはなりにくいタイプが多い。奇人変人だが愛すべき男というモンクのキャラは、ミステリの世界においては異色の存在というべきなのかもしれない。

ひるがえって本書の主人公エルキュール・ポアロ氏であるが、奇人変人ぶりにかけては先輩のホームズに優るとも劣らない。卵型の頭に口髭を生やした小男という外見もちょっと異形だし、大げさなポーズで伊達男を気取り、大言壮語の癖もある自惚れ屋というキャラにも馴染みにくいものがある。現代の日本の学校シーンでいえば、いじめの対象になりやすいタイプ。何せ、生みの親であるクリスティー女史自ら、「私にもポアロ氏を激しく忌み嫌ったこと、一生この小男に束縛されるのに反発したことは何度かある」（「エルキュール・ポアロ　小説世界最高の探偵」／『アガサ・クリスティー　生誕100年記念ブック』早川書房刊）と述べているほどだ。

告白すると、クリスティー小説の主人公としてはポアロよりミス・マープルのほうが読者の人気が高いということを筆者はつい数日前まで知らなかったのだが、今となってはその理由を聞かずとも充分納得がいく。考えてみれば、その昔ポアロものの傑作に触れ、感銘を受けたときも、ポアロ自身に愛着を覚えたという記憶はない。だからといって、別に嫌なヤツだとも思わなかったが、もしポアロがエイドリアン・モンクみたいな男だったら、ポアロものにものめり込んでいたかもしれない。

ただ、そんな何かと問題のあるキャラではあるが、馴れてくると親しみが感じられないこともない。筆者としても、多くの読者に、この際何とかしてポアロという男にもっと愛情をもって欲しいと思うのだ。何でいきなり掌を返すようなことをいい出すのかといえば、本書がそのきっかけのひとつになるのではないかと思うから。そう、ポアロのことがあまり好きじゃなかった人でも、これを読めばちょっと見かたが変わってくる……。

本書『ポアロ登場』(原題 *Poirot Investigates*)は一九二四年、ロンドンのボドリー・ヘッド社から刊行された。中身はすべてポアロもの。彼とその助手ヘイスティングズ大尉の活躍を描く一四篇を収めた記念すべき第一短篇集である。

掲載は、各篇とも著者の初期作品を多く載せた *The Sketch* 誌で、全作一九二三年の発表。本書での作品の配列は発表順ではなく、初出の順に並べると以下のようになる。

「グランド・メトロポリタンの宝石盗難事件」三月一四日号
「ミスタ・ダヴンハイムの失踪」三月二八日号

「〈西洋の星〉盗難事件」四月一一日号
「マースドン荘の悲劇」四月一八日号
「首相誘拐事件」四月二五日号
「百万ドル債券盗難事件」五月二日号
「安アパート事件」五月九日号
「狩人荘の怪事件」五月一六日号
「チョコレートの箱」五月二三日号
「エジプト墳墓の謎」九月二六日号
「ヴェールをかけた女」一〇月三日号
「イタリア貴族殺害事件」一〇月二四日号
「謎の遺言書」一〇月三一日号
「消えた廃坑」一一月二一日号

クリスティーの執筆史からすると、一九二三年という年はデビュー作『スタイルズ荘の怪事件』と傑作『アクロイド殺し』のちょうど中間に位置することになる。一九二〇年に『スタイルズ荘の怪事件』を刊行した後も、トミー＆タペンスものの第一作『秘密機関』（一九二二）にポアロものの第二作『ゴルフ場殺人事件』（一九二三）と順調に長篇を重ねていくが、この頃からすでに短篇作品も数多く発表していたのであった。

内容的にはすべて謎解きものではあるが、ロンドンを離れる話も多く、ポアロは旅行嫌いであるにもかかわらず、「エジプト墳墓の謎」ではアレクサンドリアにまで遠征するし、「グランド・メトロポリタンの宝石盗難事件」では保養先のブライトンのホテルで事件に遭遇。さらに「首相誘拐事件」では英仏間を行き来するという塩梅。著者は本格一辺倒の作家だと思っている人もいるだろうが、初期作品でいえば、前出の『秘密機関』や『ビッグ4』のような諜報活劇、冒険活劇も少なくない。本書でも、ポアロとヘイスティングズがホームズ&ワトソン役を務めるお話が中軸をなすが、そうした多彩な作風をうかがわせる作品もちりばめられている。

先の「エジプト墳墓の謎」は一九二二年のツタンカーメン王墓の発掘後、現実に起きた連続変死事件（〝ミイラの呪い〟！）をベースに伝奇色の強いスリラーにも仕立てられているし、「首相誘拐事件」はポアロが何とイギリスを国際危機から救うという謀略活劇仕立て。灰色の脳細胞が007顔負けの活躍をみせるとは、驚かれる向きも多いに違いない。

しかし本書の読みどころは、そうした一篇一篇の趣向もさることながら、やはりポアロとヘイスティングズの掛け合いにあるというべきかもしれない。

ファンならすでにご承知の通り、ふたりのそもそもの馴れ初め（⁉）はポアロのベルギー時代まで遡る。イートン校を出た後ロイズ保険で働いていたヘイスティングズは出張先のベルギーで捜査官時代のポアロの知遇を得、その探偵術の薫陶を受ける。やがて第一次大戦に出征し、負傷して帰国後、傷病休暇に訪れたスタイルズ荘でポアロと運命の再会を果たすことに……というわけで、本書の当時はふたりはロンドンで同居中。

といっても、冒頭の「〈西洋の星〉盗難事件」では、ポアロは探偵気取りのヘイスティングズの過ちを見抜きながら黙っていて、最後にそれをさらして彼を怒らせることになる。

コンサバ男のヘイスティングズはいっぽうで単純極まりなく、再三ポアロの毒舌の餌食になるのだが、いまいましいと思いつつも、彼の天才ぶりに敬愛の念を禁じ得ない。ポアロもポアロで、そんなヘイスティングズを可愛がり、最後の「チョコレートの箱」では、自らのベルギー時代の失敗談を披露してみせる。

まさに和気あいあいといったふうであるが、注目していただきたいのはその「チョコレートの箱」の最後で、例によって自慢話を繰り出し始めたポアロに対し、ヘイスティングズが笑って大目にみてやるところ。

前述した通り、著者自身、ポアロに対しては何度となく反発したというが、結局憎んでも憎みきれず、灰色の脳細胞のいいなりになってしまった。その懐の深さはまさにヘイスティングズのそれに通じよう。

むろんそこには、ポアロがベルギー人であり、彼が異郷で生きる者ならではの突っ張りを演じていることへの理解もあろう。それもこれも含め、本書の一四篇を読み通した読者なら、クリスティー女史＝ヘイスティングズと同様、寛容の境地に達するのではあるまいか。憎たらしい異形の老探偵ではあるが、時折みせる無邪気な振る舞いに、どうか笑って、まあいいか、と受け入れていただきたい。

そこからポアロものの新たな楽しみが拡がっていくのは間違いないだろう。

訳者略歴　1947年生，明治大学英文科卒，英米文学翻訳家　訳書『バイク・ガールと野郎ども』チャヴァリア，『探偵はいつも憂鬱』オリヴァー，『ホッグ連続殺人』デアンドリア，『狼は天使の匂い』グーディス（以上早川書房刊）他多数

ポアロ登場《とうじょう》

〈クリスティー文庫 51〉

二〇〇四年七月十五日　発行
二〇二五年五月二十五日　十七刷

（定価はカバーに表示してあります）

著者　アガサ・クリスティー
訳者　真《ま》崎《さき》義《よし》博《ひろ》
発行者　早川　浩
発行所　株式会社　早川書房
郵便番号一〇一 - 〇〇四六
東京都千代田区神田多町二ノ二
電話　〇三 - 三二五二 - 三一一一
振替　〇〇一六〇 - 三 - 四七七九九
https://www.hayakawa-online.co.jp

乱丁・落丁本は小社制作部宛お送り下さい。
送料小社負担にてお取りかえいたします。

印刷・三松堂株式会社　製本・株式会社フォーネット社
Printed and bound in Japan
ISBN978-4-15-130051-6 C0197

本書は活字が大きく読みやすい〈トールサイズ〉です。